23/6

Duncan

Wächter der Nacht

Rolf Adam

Duncan
Wächter der Nacht

Rolf Adam

Ein Buch aus dem WAGNER VERLAG

Korrektorat: Irena Wessolowski
Umschlaggestaltung: Wagner Verlag GmbH

1. Auflage

ISBN: 978-3-86279-914-5

Bibliografische Information der Deutschen Nationalbibliothek:
Die Deutsche Nationalbibliothek verzeichnet diese Publikation in der Deutschen Nationalbibliografie; detaillierte bibliografische Daten sind im Internet über http://dnb.dnb.de abrufbar.
Die Rechte für die deutsche Ausgabe liegen beim
Wagner Verlag GmbH,
Langgasse 2, D 63571 Gelnhausen.
© 2013, by Wagner Verlag GmbH, Gelnhausen
Schreiben Sie? Wir suchen Autoren, die gelesen werden wollen.

Über dieses Buch können Sie auf unserer Seite www.wagnerverlag.de
mehr erfahren!
www.wagnerverlag.de/presse.php
www.facebook.com/meinverlag
Neue Bücher kosten überall gleich viel.
Wir verwenden nur FSC-zertifiziertes Papier.

Das Werk ist einschließlich aller seiner Teile urheberrechtlich geschützt. Jede Verwertung und Vervielfältigung des Werkes ist ohne Zustimmung des Verlages unzulässig und strafbar. Alle Rechte, auch die des auszugsweisen Nachdrucks und der Übersetzung, sind vorbehalten! Ohne ausdrückliche schriftliche Erlaubnis des Verlages darf das Werk, auch nicht Teile daraus, weder reproduziert, übertragen noch kopiert werden, wie zum Beispiel manuell oder mithilfe elektronischer und mechanischer Systeme inklusive Fotokopieren, Bandaufzeichnung und Datenspeicherung. Zuwiderhandlung verpflichtet zu Schadenersatz.
Wagner Verlag ist eine eingetragene Marke.
Alle im Buch enthaltenen Angaben, Ergebnisse usw. wurden vom Autor nach bestem Wissen erstellt. Sie erfolgen ohne jegliche Verpflichtung oder Garantie des Verlages. Er übernimmt deshalb keinerlei Verantwortung und Haftung für etwa vorhandene Unrichtigkeiten.

**FÜR
MEINE SCHWESTER**

Kapitel 1

Die S-Bahn war wie üblich überfüllt mit Menschen. Feierabendverkehr. Stickige, verbrauchte Luft klebte in den Waggons wie Kaugummi an einer Schuhsohle. Es roch nach altem, kaltem Schweiß, abgetragenen und viel zu süßen Parfüms, Essensgeruch, kaltem Rauch – und die nasse Kleidung verstärkte dies noch. Einige Fahrgäste starrten vor sich hin, andere telefonierten und wieder andere unterhielten sich lauthals. Inmitten dieses Potpourris aus Gerüchen und Geräuschen stand Peter und hoffte, dass diese Fahrt bald ein Ende hatte und er endlich nach Hause kam. Er fuhr schon seit nunmehr zwei Jahren mit öffentlichen Verkehrsmitteln, aber an diesen Geruch konnte er sich nicht gewöhnen und würde es wohl nie. Er besaß zwar ein Auto, aber mit der Bahn war er einfach schneller und auf Dauer billiger. Über Dinge wie Benzinkosten, Staus und Parkplatzprobleme brauchte er sich keine Gedanken zu machen. Es hat eben alles seine Vor- und Nachteile, aber einen Preis muss man wohl bezahlen.

Endlich kam die Bahn an seiner Station an und er war froh, diesem Gefängnis endlich entkommen zu können. Die Türen öffneten sich und ein kalter, muffiger Luftzug kam herein. Die Leute drängten hastig aus der Bahn. Jeder versuchte der Erste zu sein – das übliche Gerangel und Gedränge.

„Es geht wohl nicht nur mir so", sagte er laut und genervt zu sich, als er mit der Masse nach draußen geschoben wurde. »Haltestelle Marktplatz« stand auf dem vergilbten Schild über dem Bahnsteig: seine Haltestelle. Endlich geschafft. Eine Station weiter und ich wäre erstickt, dachte er erleichtert. Am Bahnsteig atmete er erst einmal auf. Allerdings war der Geruch hier auch nicht viel besser. Der dumpfe Geruch von abgestandener und verbrauchter Luft in solchen Stationen und der penetrante Gestank von Urin mischten sich zu dem ganz speziellen und typischen Geruch in Tiefbahnhöfen.

Die Menschen strömten den Ausgängen entgegen. Um nicht mitgerissen zu werden, versuchte er erst einmal einen freien Platz am Bahnsteig zu finden, um sich vor den Menschenmassen in Sicherheit zu bringen. Nachdem sich das Gewühle und Gedränge einigermaßen aufgelöst hatte, war es Zeit, die Station nun ebenfalls zu verlassen. Plötzlich war ein lautes Gebrüll und Geschrei am anderen Ende des Bahnsteigs zu hören. Im selben Moment riss ihn eine unglaubliche Kraft zu Boden. Seine Aktentasche schlug auf dem Boden auf und der Inhalt verteilte sich über den Bahnsteig. Im ersten Moment wusste er nicht, wie ihm geschah und sah sich verwirrt um. Ein fetter, großer, stämmiger Mann hatte ihn umgerannt. Offensichtlich war der Typ auf der Flucht vor der Polizei, denn vier Beamte jagten brüllend hinter ihm her.

Am Ende des Bahnsteigs, wo sich die Rolltreppen befanden, hatten die Polizisten ihn eingeholt und warfen ihn zu Boden. Zwei der Beamten hielten den Kerl am Boden und der Dritte versuchte, ihm mit aller Kraft Handschellen anzulegen. Sie hatten einige Schwierigkeiten damit, denn der Mann war stark und wehrte sich heftig. Der vierte Polizist kam zu Peter und hielt ihm seine Hand entgegen, um ihm aufzuhelfen.

„Ist alles in Ordnung?", fragte er.

„Ja, ich denke schon", antwortete Peter verwirrt. Der Polizist half ihm auf. Nachdem die Beamten den Mann in Gewahrsam genommen hatten, führten sie ihn ab. Er wehrte sich immer noch heftig, fluchte und schimpfte lauthals. Aber die Polizisten ließen sich davon nicht beirren. Der Beamte wandte sich wieder Peter zu und fragte ihn, ob wirklich alles in Ordnung sei. Er bejahte dies, denn er wollte nur noch schnellstens nach Hause. Der Polizist meinte nur noch, dass sie den Typen nur dank seiner Hilfe geschnappt hätten. Wäre er nicht in ihn hineingerannt, hätten sie ihn wohl kaum erwischt. Er bedankte sich nochmals und verabschiedete sich dann.

Peter hob seine Aktentasche auf und suchte seine auf dem Bahnsteig verstreuten Gegenstände zusammen. Dann setzte er sich erst einmal auf eine der Plastikbänke. Der Laptop in seiner Tasche war bei dem Sturz zum Glück nicht kaputtgegangen, auch die anderen Dinge in seiner Tasche nicht. Da wird man brutal umgerannt und ein Polizist bedankt sich dann auch noch, dass es passiert ist, wunderte er sich. Nachdem die Polizisten den fetten Muskelprotz abgeführt hatten, war der Bahnsteig fast menschenleer. Peter stand auf und ging sicherheitshalber in die entgegengesetzte Richtung auf den anderen Ausgang zu. Vor der Rolltreppe nach oben stand eine Gruppe gewalttätig aussehender, stämmige Leder-Typen. In ihren Händen hatten sie Bierflaschen und rauchten Zigaretten, obwohl es hier unten verboten war. Sie hatten Tätowierungen und Piercings an allen möglichen Stellen und sahen eher wie deformierte Skinheads aus. Die Typen stellten sich ihm in den Weg, als er die Rolltreppe besteigen wollte. Sie standen wie eine Mauer vor ihm, somit war ein Verlassen der Station unmöglich.

„Die Scheißbullen haben unseren Boss festgenommen dank dir Arschloch. Tolle Leistung, du Wixer", raunzte einer. Ein anderer mit dicken Warzen an den Händen packte ihn am Kragen seines Mantels und drückte ihn brutal gegen die Wand.

„Pass auf, Freundchen. Das war keine gute Idee, sich einzumischen", zischte er – ein Schrank von Kerl mit einem dicken Piercing an der Augenbraue. Er nahm einen tiefen Zug von seiner Zigarette und blies den Rauch direkt in Peters Gesicht.

„Was wollen Sie von mir?", fragte er entsetzt und hustete.

„Im Moment dich einfach nur fertigmachen, du kleiner Pisser", zischte der erste wieder und zeigte ihm sein Messer. „Wir schneiden dir deine Eier ab."

„Was ist denn hier los?", fragte plötzlich eine laute, kräftige Stimme hinter der Gruppe. Einer der Typen dreht sich hastig um. Hinter der Gruppe stand ein junger Mann, ungefähr zwanzig Jahre alt, groß, muskulös und sportlich. Er war komplett in schwarzem Leder gekleidet und hatte einen langen schwarzen Ledermantel an. Die anderen aus der Gruppe sahen ihn feindselig und streitlustig an.

„Das geht dich einen Scheißdreck an, Milchbubi!" zischte einer der Kerle ihn an. „Hau' lieber ab, sonst machen wir dich auch noch fertig, du halbe Portion."

„Ich glaube kaum. Ich denke, ihr werdet meinen Freund jetzt loslassen und wir gehen alle unserer Wege, keiner wird verletzt", sagte der Fremde ruhig.

„Hey, der Typ will auch eine in die Fresse haben", sagte einer aus der Gruppe lachend zu den anderen.

„Na, dann wird es ein richtiger Spaß", entgegnete ein anderer grinsend.

In diesem Moment fuhr die nächste Bahn ein und sie ließen Peter los.
„Los kommt, gleich wimmelt es hier von Leuten!", rief einer. „Wir sehen uns, Bürschchen!", zischte er ihm ins Ohr. Dann wandte er sich an den Fremden. „Und du wirst es noch bereuen, dich hier eingemischt zu haben." Der Fremde zeigte sich völlig unberührt von der Drohung. Dann stiegen sie grölend in die eingefahrene Bahn. Dabei stießen sie einige der aussteigenden Fahrgäste brutal zur Seite. Bevor sie losfuhren, sah Peter noch, wie einer dieser Typen seinen Zeigefinger über seine eigene Kehle zog als Zeichen, dass sie ihm was antun würden, sollten sie ihn noch mal irgendwo sehen.
Er rannte in Panik die Rolltreppe hoch ohne sich umzusehen. Oben angekommen, blieb er stehen und holte erst einmal tief Luft. Seine Beine zitterten und sein Herz schlug wie wild, als wäre er einen Marathon gelaufen. Er fragte sich, was da eben passiert war und wie knapp er den Typen entkommen war. Dann fiel ihm ein, dass er sich bei dem Fremden nicht einmal bedankt hatte. Er fuhr die Rolltreppe zur Station hinunter, aber der junge Mann war nirgends zu sehen. Der Bahnsteig war verwaist. Nur ein paar alte, ausgelesene Zeitungen wehten über den Bahnsteig und auf die Gleise.

Kapitel 2

Es regnete in Strömen an diesem Abend. Es war das typisch nasskalte, regnerische Wetter wie fast immer im Dezember. Die Wolken hingen tief und der Wind blies in starken, eiskalten Böen über den Marktplatz. Peter stand am Rande des Marktplatzes und schaute sich um. Die Geschäfte der Ladenpassage neben dem Eingang zur S-Bahn hatten bereits geschlossen. Das nasse Kopfsteinpflaster des Platzes spiegelte die Lichter der dortigen Weihnachtsmarktstände wider. Alte Fachwerkhäuser umgaben den Marktplatz wie ein Kreis und schlossen ihn fast komplett ein. Zwischen einigen von ihnen waren kleine, dunkle schmale Gassen, die wiederum zu anderen größeren Straßen führten. Einige der Häuser hatten kleine Läden im Erdgeschoss, einen Metzger, einen Bäcker, Kneipen oder Bistros. Andere wiederum waren reine Wohnhäuser mit hölzernen Klapprollläden und Blumenkästen an den Fenstern. In den Häusern brannte kein Licht. Entweder schliefen die Bewohner schon – was bei dem Krach des Weihnachtsmarktes unwahrscheinlich war – oder sie waren ausgegangen oder verreist. Zumindest würde er es so machen.

Er stand noch immer am Eingang zur S-Bahn-Station und war innerhalb von Sekunden völlig durchnässt. Der Wind zerrte an seinem offenen Mantel wie an einer Fahne im Wind. Hastig knöpfte er ihn zu und wollte schnellstens nach Hause. Der Schrecken von eben saß ihm noch in den Gliedern. Dann kam ihm der Gedanke, ob er nicht

noch was trinken sollte zur Beruhigung, bevor er nach Hause ging. Ein heißer Glühwein vielleicht oder ein warmer, widerlich süßer Punsch wäre eine gute Idee. Der weihnachtsmarkttypische Geruch von frisch gebrannten Mandeln und Anis sowie der fettige Geruch von Gebratenem und Gegrilltem lagen in der Luft. Von überall her ertönten Weihnachtslieder aus den Lautsprechern der einzelnen Stände. Es war typisch für Weihnachtsmärkte.
Der Gedanke an die bevorstehende und vergangene Weihnacht kam ihm in den Sinn. Wie üblich bestand Weihnachten daraus, alleine zu Hause sein und fernzusehen. Aus lauter Melancholie würde er eine Flasche Rotwein nach der anderen trinken, bis er endlich im Vollrausch einschlief. Das war Weihnachten für ihn, so liebte er es und so sollte es sein. Von seiner Familie hatte sich noch nie jemand zu Weihnachten oder überhaupt gemeldet und sie würden es dieses Jahr auch nicht tun. Sei's drum. Wer braucht schon Familie?! Sie haben sich die letzten zehn Jahre nicht um ihn gekümmert, geschweige denn zu Heiligabend eingeladen. Er war all die Jahre alleine zurechtgekommen, so auch dieses Jahr wieder.
Der Weihnachtsmarkt mit seinen Ständen und Fahrgeschäften war mäßig besucht. Bei dem Wetter blieben die Leute wohl lieber zu Hause und machten es sich gemütlich. Außerdem war es mitten in der Woche. Am Wochenende war hier sicher mehr los. Nur die Stände mit Getränken und Essen waren sehr gut besucht. Dort drängten sich die Menschen. Essen und trinken können die bei jedem Wetter. Meistens stehen dort eh nur die, die es sich nicht leisten können. Dicke und fette Menschen, die alles nur so in sich hinein schaufeln. Peter lief weiter und erreichte die Mitte des Marktplatzes. Hier war ein al-

ter, aus Backsteinen oder Sandstein – er kannte sich da nicht aus – bestehender Springbrunnen im gotischen Stil oder irgendeinem anderen altertümlichen Stil. Das Becken des Brunnens war hoch, rund und riesig. In der Mitte türmten sich kleinere Becken wie bei einer Etagere, über deren Ränder das Wasser wie Kaskaden nach unten fiel. Im Sommer planschten hier Kinder und Jugendliche im Wasser, bespritzten sich und kreischten. Jetzt war es natürlich leer und der Brunnen war abgeschaltet. Dort blieb er stehen, um zu überlegen, in welche Richtung er seine Suche nach was »Trinkbarem« fortsetzen sollte. Es war der einzige Platz, an dem nicht so viele Menschen herumdrängelten und nervten. Auf der rechten Seite waren die ganzen Stände mit Weihnachtsdekoration und frisch geschnittenen Weihnachtsbäumen. Kugeln, Glocken und anderen Krimskrams gab es dort zu kaufen. Am schlimmsten waren diese Blinksterne. Das andauernde Geblinke nervte ihn. Was finden die Leute nur an dem dämlichen Zeug? Man hängt die Dinger ins Fenster, nur um zu zeigen, dass Weihnachten ist. Das bescheuerte Geblinke braucht doch niemand, und mit Weihnachten hat das auch nichts zu tun. Weihnachten als Leuchtreklame, ganz toll, »Las Vegas meets Christmas.

Links waren die Glühwein- und Essensstände, die »Fressmeile« eben. Dahinter war ein altes, fast schon antik wirkendes, doppelstöckiges Karussell für Kinder aufgebaut – die Sorte Karussell mit geschnitzten Holzpferden, Kutschen und so weiter, die sich auf und ab bewegen. Während es sich drehte, spielten Weihnachtslieder wie »Oh du fröhliche« oder »Kling Glöckchen«. Kreischende Kinder saßen auf Pferden, in Kutschen oder auf anderem Getier. Genervte Eltern hielten ihre Kleinen auf den Pferden fest, wenn sie noch sehr klein waren oder standen um das Karussell und winkten ihren Plagegeistern zu oder machten dämliche Fotos fürs Familienalbum. Ihm kam der Gedanke, ob er sich dieses Jahr nicht doch so eine bescheuerte Weihnachtsdekoration kaufen oder nur etwas essen oder trinken sollte. Beim Herumdrehen fiel sein Blick auf einen in schwarzem Leder gekleideten, jungen, weißblonden Mann. Es war der Mann, der ihn vor den Skinheads gerettet hatte. Er war muskulös, aber doch schlank und sah irgendwie blass und fahl aus. Bewegungslos wie eine schwarze Statue stand er an dem Brunnen und beobachtete die vorbeiziehenden Leute. Irgendwie passte er zu den Ornamenten und Figuren des Brunnens. Peter sah nun etwas genauer hin, denn der Typ faszinierte ihn auf eine sonderbare Weise. Er war komplett in schwarzem Leder gekleidet. Seine Haut war seltsam weiß, fast wie Elfenbein, und er hatte schneeweißes, kurzes Haar. Der lange Ledermantel, den er trug, wehte im Wind. Eigentlich war es nicht seine Absicht, aber irgendwie konnte er seinen Blick nicht abwenden. Sollte er ihn ansprechen und sich bei ihm bedanken? Das war eigentlich das Mindeste und er ging auf ihn zu. Der Regen schien den jungen Mann nicht zu stören, er stand einfach reglos da und beobachtete die vorbeigehenden Menschen. Die Regentropfen perlten an seiner Lederkleidung ab und liefen wie kleine Rinnsale über sein Gesicht und an seinem Körper herunter. Der Wind spielte mit seinem langen, schwarzen Ledermantel, der mit seltsamen Runen an beiden Seiten des Revers bestickt war wie mit einem Kinderdrachen. Als der Fremde bemerkte, dass Peter auf ihn zukam und ihn anstarrte, drehte er seinen Kopf langsam in seine Richtung und sah ihn an. Der Blick des Mannes war durchdringend und komischerweise kalt. Peter war es im Bahnhof nicht aufgefallen, wie auch. Da er von dieser Bande bedroht wurde, konnte er den Mann auch nicht richtig sehen, sondern nur hören. Außerdem war er in dem Moment voller Panik gewesen. Der Mann nickte ihm wie zum Gruß zu und schaute dann wieder wie eingefroren in die Menschenmenge.

Peter wollte ihn gerade ansprechen und sich bedanken, als es plötzlich hinter ihm einen lauten Knall gab und er sich erschreckt umdrehte. Zeitgleich fing ein kleines Mädchen im rosafarbenen Kinderskianzug fürchterlich an zu schreien. Die beherzte Mutter versuchte es zu beruhigen, aber sie hatte nicht sehr viel Erfolg damit. Der Kleinen war wohl der Luftballon geplatzt und nun schrie sie aus Verzweiflung. Er mochte keine Kinder, halslose Ungeheuer waren das! Von daher dachte er sich, recht so, elendes Balg. Die Mutter begann erneut und genervt auf das Kind einzureden und versuchte es zu beruhigen. Einige der vorbeigehenden Leute sahen die junge Mutter mitleidig an, andere schüttelten missbilligend die Köpfe. Der Vater stand genervt daneben und verdrehte die Augen. Das ist Weihnachten, grinste Peter innerlich. Als er sich wieder in Richtung des Brunnens wandte, um sich bei dem Mann zu bedanken, war dieser verschwunden.

Nach dem plötzlichen Verschwinden des Fremden und um das schreiende Kind hinter sich zu lassen, lief er weiter über den Weihnachtsmarkt. Seine Hoffnung war doch noch etwas zu essen, aber vor allem etwas zu trinken zu finden. Das war jetzt nötig. Er drehte sich mehrmals suchend um, ob er den jungen Mann vielleicht noch irgendwo entdecken konnte, aber dem war leider nicht so.

Der Regen hatte in der Zwischenzeit an Stärke zugenommen, es goss in Strömen. Seine Kleidung war mittlerweile völlig durchnässt und ihm war kalt. Er klappte den nassen Kragen seines Wollmantels hoch, um ein wenig Schutz vor der Kälte zu haben, aber viel brachte es nicht. Bevor er nun nach Hause ging, beschloss er doch noch einen Glühwein zu trinken. Soll ja angeblich aufwärmen, und wenn nicht – auch egal –, war sein Gedanke. Die gute alte Weihnachtsdepression kam langsam in ihm hoch. Kein Wunder bei der geballten Weihnachtsmacht hier. Alle Leute waren irgendwie in Weihnachtsstimmung, er nicht. Da war nur diese Leere wie an jedem Weihnachten, diese tiefe, endlose Leere wie ein großes, tiefes, schwarzes Loch, das kein Ende zu haben schien. Wenn man versuchte herauszukommen, wurde man nur noch tiefer hineingezogen. Jetzt werde nur nicht melancholisch, dachte er. Es sah sich um und fand einen netten kleinen Glühweinstand, der nicht ganz so voll mit Leuten war, und marschierte los. Dort standen einige Besucher dicht gedrängt an den Stehtischen mit ihren dampfenden Glühweintassen und unterhielten sich. Sie schienen wohl alle kein Zuhause zu haben. Und was auch typisch war, die Leute standen einem immer im Weg. Er zwängte sich an einigen außergewöhnlich fetten Männern und Frauen vorbei an den Ausschank. Ein junges Mädchen war damit beschäftigt, die Tassen mit Glühwein oder Punsch zu füllen. Man sah ihr den Stress förmlich an. Daher dauerte es eine Weile, bis sie ihn bemerkte. Na klar, bei all den fetten, unförmigen Menschen fallen schlanke nicht auf. Aber letztendlich kam auch er an die Reihe und bestellte sich einen Glühwein. Das Mädchen fragte ihn, welchen er denn wolle. Es gab den normalen, einen mit Orange, einen mit Apfel und noch viele weitere, die sich Peter nicht merken wollte. Er nahm einen normalen Glühwein und versuchte sich einen Weg durch die Menschenmenge zurück ins Freie zu bahnen, was bei den eng stehenden

Menschen hier nicht so einfach war, zumal er noch eine Tasse, bis zum Anschlag gefüllt mit Glühwein, in der einen Hand hielt. Warum müssen sie die Tassen immer so voll machen? Er schaffte es endlich, einen einigermaßen freien und geschützten Platz in der Nähe des Standes zu finden. Die meisten Stehtische waren allerdings besetzt, aber was für ein Glück – da war noch ein freier, geschützter Platz ohne viel Gedränge. Der Glühwein tat gut bei so einem Mistwetter. Während er trank, dachte er an die zurückliegenden Ereignisse unten in der S-Bahn-Station. Plötzlich war da wieder dieses panische Gefühl. Was ist, wenn die Typen wiederkommen oder ihm auflauerten? Im Geiste zogen Bilder von diesen widerlichen, stinkenden und schleimigen Typen an ihm vorbei, wie sie ihn krankenhausreif schlugen. Ach was, woher sollen die wissen, wo ich bin, wo ich wohne oder was ich sonst mache, versuchte er sich zu beruhigen. Seine Blicke schweiften gedankenverloren über den Weihnachtsmarkt. Die Ereignisse von vorhin verblassten langsam und Kindheitserinnerungen an Weihnachten kamen ihm in den Sinn. Er nahm noch einen Schluck und versuchte die Gedanken verzweifelt abzuschütteln, es gelang ihm nicht. Es waren keine fröhlichen Gedanken.

All dies geschah in dem Jahr, in dem er achtzehn wurde. An diesem Weihnachten starb sein Vater durch einen Verkehrsunfall. Sein Vater hatte gerade zusammen mit ihm für seine Frau ein Weihnachtsgeschenk gekauft, einen Diamantring in Herzform. Er hatte lange dafür gespart und war überglücklich, seiner Frau nach Jahren wieder ein Weihnachtsgeschenk machen zu können. Peter war mit ihm zu dem kleinen Juwelierladen gegangen, um den Ring mit ihm gemeinsam abzuholen. Als sie das Geschäft verließen und wieder auf dem Gehweg waren, hörten sie hinter sich ein Motorheulen und Reifenquietschen. Sein Vater drehte sich erschrocken um und sah ein Auto, völlig außer Kontrolle, auf sie zurasen. Der Wagen schlingerte unkontrolliert von einer Straßenseite zur anderen. Er wusste nur noch, dass sein Vater ihm einen kräftigen Stoß gab. Das Nächste, woran er sich erinnern konnte, war, dass er neben seinem Vater kniete, der blutend auf dem Gehweg lag und schrie. Der Wagen war gegen eine Straßenlaterne gerast und die komplette Motorhaube hatte sich darum verkeilt. Rauch stieg aus dem Wrack auf und es roch nach Benzin. Der Fahrer lag mit einer riesigen Platzwunde bewusstlos auf dem Lenkrad, anscheinend hatte der Airbag nicht ausgelöst, aus welchem Grund auch immer. Bevor der Wagen an der Laterne zum Stehen gekommen war, musste er sehr wahrscheinlich seinen Vater frontal mit der Stoßstange oder sonst irgendwie erwischt und ihn überfahren haben. Er hatte keine Chance dem Auto auszuweichen, aber indem er Peter wegstieß, rettete er seinem Sohn das Leben. Peter sah zu seinem auf dem Gehweg liegenden Vater hinunter. Blut floss ihm aus dem rechten Mundwinkel und er atmete schwer. Es war mehr ein Röcheln. Der Zusammenstoß mit dem Auto musste ihm wohl sämtliche Rippen gebrochen haben oder vielleicht noch mehr. Trotz seiner schweren Verletzungen versuchte er ihm krampfhaft etwas zu sagen.

„Pass auf deine Mutter auf und sag ihr, dass ich sie liebe", flüsterte er leise. Dann drückte er ihm seine blutverschmierte Hand mit der kleinen Schachtel mit dem Ring in die Hand. Er versuchte seinem Sohn zuzulächeln. Mit letzter Kraft sagte er zu ihm: „Ich liebe dich, mein Sohn."

Dann fiel sein Kopf zurück und sein Blick wurde starr und leer.
Peter begann zu weinen und schüttelte seinen Vater.
„Stirb nicht! Das kannst du nicht machen!"
Als der Notarztwagen mit den Sanitätern ankam, hielt er noch immer weinend die blutverschmierte Hand seines Vaters. Er war tot.
Der Fahrer überlebte schwer verletzt. Der Wagen war dermaßen zerstört, dass die Feuerwehr ihn mit hydraulischen Zangen aus seinem Auto schneiden musste. Es stellte sich im Nachhinein heraus, dass er völlig betrunken war und eigentlich kein Auto mehr hätte fahren dürfen, auch war das Fahrzeug wohl nicht verkehrstauglich ...

Peter schüttelte sich, um die Gedanken loszuwerden, und nahm noch einen Schluck Glühwein, der mittlerweile kalt wurde. Ihm standen die Tränen in den Augen. Mist, dachte er und wischte die Tränen ab. Er versuchte krampfhaft auf andere Gedanken zu kommen und beobachtete mit starrem Blick die vorbeiziehenden Leute. Einige Paare waren mit ihren Kinderwagen unterwegs und schoben diese energisch durch die Menge der Leute. Mein Gott, waren die rücksichtslos. Die Kinder in den Wagen sehen doch eh nur Ärsche. Kein Wunder, dass die traumatisiert sind, dachte er. Eine Mutter zerrte ihre kleine Tochter vom Spielwarenstand weg, wo sie gerade nach einer Puppe greifen wollte, worauf die Kleine anfing zu brüllen. Dann gab es die ältere Generation mit und ohne Gehhilfen, die langsam schlendernd zwischen den Ständen wandelten und alles aufhielten. Mensch, da können die kaum laufen und zwängen sich hier durch. Andere Kinder nervten ihre Eltern, dass sie mit dem Karussell fahren dürften, und die genervten Eltern gaben resigniert nach. Der normale Wahnsinn eben.

Seine Blicke wanderten wieder gedankenverloren über den Weihnachtsmarkt, doch plötzlich hielt er inne. Neben dem alten, doppelstöckigen Karussell, an einer Hauswand gelehnt, stand der schwarz gekleidete Mann wieder. Wie auch schon am Brunnen, stand er reglos und beobachtete die Leute. Die ganze Erscheinung war irgendwie seltsam und traurig. Vielleicht ein Leidensgenosse. Na ja, Weihnachten ist nicht für alle das Fest der Freude und der Familie. Vielleicht hatte seine Familie ihn auch rausgeworfen oder so. Es gibt ja solche Eltern. Ihn wunderte, dass niemand -Notiz von ihm nahm, so als wäre er gar nicht da. Normalerweise starrten die Leute immer jemanden an, der anders aussah oder war wie sie selbst. Während Peter seinen Glühwein austrank, beobachtete er den Mann immer wieder. Der Mann stand wie eine schwarze Statue mit verschränkten Armen da und bewegte sich nicht. Es faszinierte ihn, wie ein Mensch nur so reglos dastehen konnte.

Als er seine Tasse mit dem nun kalten Glühwein geleert hatte, brachte er sie wieder an den Stand zurück. Mittlerweile war der Stand fast leer. Wo war nur die Zeit geblieben? Er war froh, denn so musste er sich nicht wieder durch diese „Fleischmassen" drängen. Das junge Mädchen spülte gerade die zurückgebrachten Tassen. Als er ankam, nahm sie seine Tasse entgegen und gab ihm das Pfandgeld mit einem Lächeln zurück, und er steckte es in die Hosentasche seiner durchnässten Jeans. Es wird Zeit nach Hause zu gehen und den Tag zu vergessen. Sein Blick wanderte wieder zu dem Karussell, wo der junge Mann vorher stand, aber er war verschwunden. Schon wieder.

Kapitel 3

Es wurde Zeit, dass er sich auf den Heimweg machte, denn für heute war es genug von dem Weihnachtsmarkt und von der Weihnachtsatmosphäre. Sein Weg führte ihn durch eine schmale Gasse zwischen den Fachwerkhäusern am Ende des Weihnachtsmarktes entlang. Diese führte zu einer großen vierspurige Straße direkt am Fluss. Es war eine der beiden Hauptverkehrsstraßen durch die Stadt. Jeder, der mit dem Auto aus der Stadt wollte, musste entweder diese Straße nehmen oder die am anderen Flussufer. Hier stauten sich wie jeden Abend im Berufsverkehr üblich die Autos. Einige Autofahrer schimpften hinter dem Steuer oder gestikulierten heftig mit den Händen, andere hupten wie verrückt. Es war jedes Mal ein richtiges Schauspiel. Als ob das irgendwie helfen würde. Die Stadt hatte zwar immer wieder versprochen, dieses sogenannte „Nadelöhr" zu entschärfen, aber bei dem Versprechen blieb es. Es gibt so viele andere Wege, Schleichwege. Aber der Mensch ist wohl ein Gewohnheitstier, und wenn sie nicht in der Stadt wohnten, kannten sie diese wohl nicht.

Er erreichte kopfschüttelnd die Ampel mit dem Überweg und stand nun in einer Meute fröhlicher Weihnachtsmarktbesucher und wartete geduldig, bis sie grün wurde. Die Leute waren bepackt mit Weihnachtssachen, Christbaumschmuck, Spielzeug für ihre Kinder und viele Dinge mehr. Es war interessant zu sehen, was für einen Kram die Leute mit nach Hause schleppten, nur um es sich ein wenig weihnachtlich zu machen. Als die Ampel auf Grün sprang, überquerte er zusammen mit der Menschentraube die Straße in Richtung der Fußgängerbrücke. Seine Wohnung lag direkt auf der anderen Seite des Flusses am anderen Ende der Brücke. Die Brücke, eine riesige Beton- und Stahlkonstruktion aus den Sechzigern oder Siebzigern sah eigentlich mehr wie eine alte Eisenbahnbrücke ohne Schienen aus und hatte schon einige Jahre auf dem Buckel. An dem aus rosafarbenem Sandstein bestehenden Portal hatten sich Graffitikünstler mit irgendwelchen verrückten, undefinierbaren und abstrakten Zeichnungen oder blöden Sprüchen verewigt. Manche dieser Graffiti waren von anderen wieder überdeckt worden, sodass man nicht mehr erkennen konnte, was der ursprüngliche Künstler mitteilen wollte. Die Treppenstufen waren durch den andauernden Gebrauch und die mangelnde Pflege teilweise kaputt oder angebrochen, und an den stählernen Aufbauten und den massiven Stahlnieten nagte schon der Rost. Als er den Aufgang erreichte, stieg er die Stufen nach oben und versuchte, nicht auf den kaputten und durch den Regen glitschigen Stufen auszurutschen. Es regnete immer noch und er beeilte sich nach Hause zu kommen. Obwohl es mittlerweile egal war, er war eh schon nass und zitterte vor Kälte.

Oben angekommen, sah er den jungen Mann wieder. Dieser stand in der Mitte der Brücke an das Brückengeländer gelehnt und schaute regungslos und irgendwie verträumt in Richtung der riesigen, hell beleuchteten Bankentürme am Flussufer. Sie ragten wie fünf riesige Säulen über die umliegenden Häuser in den Nachthimmel. Die Lichter der Türme spiegelten sich im schwarzen Wasser des Flusses wider und sahen aus wie sich windende Lichtschlangen. Der Mann schien wie in Trance zu sein. Als er auf ihn zulief, bemerkte er dies und drehte sich zu ihm um.

„Hallo", sagte er mit ruhiger, aber emotionsloser Stimme.

„Hallo", entgegnete Peter freundlich. „Ich wollte mich noch bei Ihnen bedanken, dass Sie mir in der S-Bahn-Station geholfen haben."

Bei näherem Hinsehen hatte der junge Mann etwas Unheimliches, fast Mystisches an sich. Dieses blasse Gesicht, die schneeweißen Haare, diese stechenden dunkelbraunen Augen. Vielleicht lag es ja nur an dem schwarzen Lederoutfit, das ein zu starker Kontrast zu seinem Gesicht war.

„Es hat ja sonst keiner was getan", entgegnete er ruhig.

„Daher musste ich wohl eingreifen, oder?".

„Das ist leider nicht üblich. Die meisten schauen weg oder gehen einfach weiter", sagte Peter.

„Das ist wohl wahr, aber ich denke, es ist besser, wenn man Zivilcourage zeigt und Menschen in Not oder Bedrängnis hilft. Sonst ändert sich doch nichts in der Gesellschaft, oder?", erwiderte der Mann.

„Ich war zu sehr in Panik und bin einfach weggelaufen, mein Fehler. Also ich möchte mich bei Ihnen bedanken. Was kann ich tun?", fragte er ein wenig schüchtern.

„Das brauchst du nicht. Ich habe es gerne getan und würde es wieder tun. So bin ich eben", erwiderte der Fremde.

„Wie wäre es, wenn ich mich doch erkenntlich zeige und Sie vielleicht auf einen Drink einlade?", fragte Peter. „Wäre morgen Abend okay?"

„Wenn du es unbedingt willst, gerne", antwortete der Fremde und dieses Mal zeigte sich eine kurze Gefühlsregung in seinem Gesicht. War es ein Lächeln?

„Soll ich bei dir vorbeikommen oder sollen wir uns irgendwo in der Stadt treffen?"
„Wenn Sie wollen, können Sie bei mir vorbeikommen", sagte Peter. „Ich wohne dort drüben in dem Haus mit den Stahlbalkonen direkt am Ende dieser Brücke, Hausnummer 34."
„Also bis morgen dann", sagte der junge Mann und drehte sich rasch weg. Er schien wohl plötzlich in Eile zu sein.
„Bis morgen, ich freue mich", erwiderte Peter und wollte gerade weitergehen, da fiel ihm ein, dass er dem Mann seinen Namen nicht gesagt hatte. Wie sollte er denn bei ihm vorbeikommen, wenn er nicht mal wusste, wo er klingeln soll. Er drehte sich um: „Entschuldigen Sie ...", aber der Mann war verschwunden.
Mist, dachte er und sah sich noch einmal auf der Brücke um, aber der Mann war nirgends zu sehen. Leicht verwirrt und durcheinander beschloss er nach Hause zu gehen. Vielleicht kommt er ja morgen vorbei oder ich treffe ihn auf dem Weg nach Hause auf dem Weihnachtsmarkt oder in der S-Bahn-Station.

Kapitel 4

An der anderen Flussseite angekommen, ging er auf das Haus zu, in dem sein Appartement war. Es war ein restaurierter Altbau, wohl aus den Zwanzigern mit vier Etagen. Die Wohnung war schon einige Zeit sein Zuhause. Es war ein ruhiges Haus in einer ruhigen Straße und lag abseits des ganzen Trubels der Stadt. Hier gab es keine Straßencafés und Bars, wo man draußen sitzen und einen Kaffee trinken konnte. Aber wenn man wollte, konnte man sich auf seinen Balkon setzen oder an die mit Bäumen gesäumte Uferpromenade gehen und einfach seinen Gedanken nachhängen. Im Winter und bei solch einem Wetter sah das alles natürlich etwas trostlos aus. Er kramte in seiner nassen Manteltasche nach seinem Schlüssel und schloss die Haustür auf. Im Treppenhaus begegnete ihm seine Nachbarin, Frau Swetlova, die hektisch die Treppe herunterkam.

Katharina Swetlova kam vor ein paar Jahren aus St. Petersburg hierher. Damals war sie wohl noch verheiratet – oder war es immer noch – und sie hatte eine kleine Tochter. So genau wusste er das nicht. Frau Swetlova war immer ein wenig wortkarg. Sie grüßte kurz und verließ eilig das Haus, wohl um zur Arbeit zu gehen. Was sie arbeitete oder sonst so trieb, wusste er nicht. Sein Interesse für seine Mitbewohner und deren Gewohnheiten oder Jobs hielt sich in Grenzen. Er hatte Katharina einmal im Treppenhaus getroffen, als er die „Hauswoche" machte und sie gefragt, ob sie bei ihm nach dem Rechten sehen könnte, solange er auf Geschäftsreise war. Frau Swetlova wohnte genau gegenüber von ihm und seitdem tat sie es eigentlich immer. Für ihre kleine Tochter brachte er zum Dank immer eine Kleinigkeit von seinen Reisen mit. Sie sagte zwar immer, er solle dies nicht tun, aber er tat es trotzdem. Er eilte die Treppen in den zweiten Stock hoch zu seiner Wohnung, schloss sie auf und ging schnell hinein und schloss die Tür wieder ab. War das ein seltsamer Abend. Jetzt aber erst mal raus aus den nassen Sachen.

Seine Wohnung hatte zwei große, fast quadratische Zimmer, eines davon war sein Wohnzimmer mit zwei große hohen Bogenfenstern, das andere daneben, sein Schlafzimmer, mit nur einem Fenster. Dann gab es noch eine kleine Küchenzeile, die neben dem schmalen Gang an der Eingangstür zum Wohnzimmer an der Wand integriert war. Als Abschluss zum Wohnzimmer hatte sie einen Tresen mit zwei Barhockern. Das kleine Bad hatte allerdings kein Fenster, nur so einen lauten Luftabzug, wenn man das Licht einschaltete. Die Wohnzimmereinrichtung bestand aus einer weißen mittelgroßen Ledercouch, die er aus einer Internetauktion hatte. Seitlich neben dem rechten Fenster an der Wand stand ein Designer-Glastisch in Form einen hockenden nackten Mannes, der die Glasplatte in den ausgestreckten Armen hielt, und sein schwarzer Lederfernsehsessel. Die Sachen hatte er seinerzeit günstig bekommen. Neben dem Fernsehsessel stand eine kleine Bar in Form eines Globusses, die immer gut gefüllt war, meistens mit Rotwein. Den trank er am liebsten. Gegenüber von den Fenstern und der Couch stand eine große antike Anrichte aus dunklem Mahagoniholz an der Wand, auf der auch sein Fernseher stand. Das Schlafzimmer, fast genauso groß wie sein Wohnzimmer, hatte eine Kleiderstange von der einen zu anderen Wand für seine Hemden, Anzüge, Hosen, ein Regal mit Schubladen für seine anderen Sachen und ein großes Metalldoppelbett. Das Bad war zwar klein, hatte aber eine schmale Eck-Badewanne und eine Dusche. Für die Fenster im Wohnzimmer hatte er zwar beim Einzug von seiner Mutter sehr schöne dunkelrote Vorhänge und passende Gardinen bekommen, aber diese hatte er nach kurzer Zeit wieder abgenommen. Sie waren überflüssig, denn er wohnte im zweiten Stock mit Blick auf den Fluss. Es gab keine Häuser gegenüber oder Nachbarn, die ihn beobachten konnten.

Er zog seinen nassen Mantel aus und hängte ihn an die Garderobe im Flur. Seine durchnässten Schuhe flogen ins Badezimmer in die Wanne und die nasse Jeans hängte er in der Dusche auf. Nach dem Abtrocknen zog er frische, trockene Unterwäsche an und ging ins Wohnzimmer, setzte sich in seinen Fernsehsessel, öffnete eine Flasche Rotwein und schaltete den Fernseher an. Das Zappen durch die Programme war leider erfolglos, denn kein einziger Sender zeigte irgendwas Interessantes. Nur Weihnachten, Weihnachten und nochmals Weihnachten, es war zum Kotzen.

Nach einer Weile ging er ans Fenster, um in die Dunkelheit zu starren. Warum, wusste er nicht, es schien ihm aber ein Bedürfnis zu sein. So stand er eine lange Zeit da und starrte in die Nacht. In einigen Wohnhäusern auf der anderen Flussseite hatten die Bewohner die Rollläden heruntergelassen, andere Fenster und Balkone waren dunkel, und in anderen war der laufende Fernseher zu sehen – und natürlich die gehassten blinkenden Weihnachtssterne. Dann fiel sein Blick auf die Uferpromenade mit ihren kahlen Bäumen. Sie war fast menschenleer um diese Zeit, nur einige Pärchen schlenderten eng umschlungen entlang. Auf dem Parkstreifen vor seinem Haus standen ein paar geparkte Autos, und auf der Straße fuhr gelegentlich eins vorbei. Ihr Licht spiegelte sich auf der nassen Straße. Nach einer Weile hatte er genug, denn ihm wurde auf einmal bewusst, dass er lediglich mit einem knappen, fast durchsichtigen Slip bekleidet an seinem Fenster stand und sein Wohnzimmer hell erleuchtet war. Peter grinste verlegen zu sich selbst. Er schaltete das Licht im Wohnzimmer aus, ging zurück zu seinem Sessel, nahm einen Schluck und starrte seinen Fernseher an. Was für eine seltsame Begegnung, dachte er.

Sein Magen knurrte plötzlich. Nachdem er die Flasche geleert hatte, ging er an seinen Kühlschrank in der Hoffnung, etwas Essbares dort zu finden. Aber im Kühlschrank herrschte gähnende Leere bis auf einen Beutel Vollmilch für seinen Kaffee. Sonst war nichts Essbares vorhanden. Mist, ich wollte doch noch einkaufen gehen. Vor lauter Verzweiflung kramte er in den Schränken und Schubladen seiner Küche herum und fand tatsächlich noch ein Päckchen asiatische Trockennudeln. Na besser als nichts ... Der Wasserkocher war schnell aus dem Hängeschrank geholt und mit Wasser gefüllt und eingeschaltet. Während sich das Wasser erwärmte, ging er an seine Bar, schenkte sich noch ein Glas ein und trank es fast in einem Zug leer. Mist, wegen dem Vorfall in der S-Bahn-Station und dem schwarzem „Ledertypen" habe ich vergessen, mir was zu essen zu kaufen, dachte er. Das Wasser kochte und er ging zurück in die Küche, öffnete das kleine Paket asiatischer Nudeln, schüttete alles in eine Schüssel, goss das heiße Wasser darüber und ging zurück zu seinem Sessel. Nachdem er sich hingesetzt hatte und ein weiteres Glas Wein in einem Zug getrunken hatte, wurde er schläfrig. Na, ist doch der beste Weg, um diesen Tag zu vergessen, am besten im Vollrausch. Peter schlief ein.

Ein fürchterlich schrilles Geräusch ließ ihn hochschrecken. Zuerst wusste er gar nicht, was es war, aber langsam dämmerte es ihm. Er musste wohl gestern Abend im Sessel eingeschlafen sein, denn er lag noch in diesem und der Fernseher lief noch. Er hatte noch seine Sachen von gestern Abend an – also fast nichts – und die Rotweinflasche stand noch halbvoll auf dem Tisch. Das schreckliche Geräusch war sein Wecker. Es war sieben Uhr morgens und es wurde Zeit, langsam wach zu werden. Als sich der Nebel in seinem Kopf lichtete, stand er auf und ging genervt und noch ein wenig benebelt ins Schlafzimmer, um den Wecker auszuschalten. Mist, dachte er, ich sollte wirklich weniger trinken und schaltete den Wecker aus.

Das dumpfe Gefühl in seinem Kopf war die übliche Nachwirkung am Morgen danach. Seine inzwischen trocknen Kleider warf er in den Wäschekorb und ging ins Bad, nahm seine Schuhe aus der Badewanne und stellte sie in den Flur. Das warme Wasser der Dusche tat gut und langsam wurde es in seinem Kopf klarer, vielleicht noch nicht ganz nüchtern, aber klarer. Er trocknete sich ab und zog seinen Bademantel an, dann ging er in die Küche, um sich einen Kaffee zu machen. Dort standen noch die Nudeln vom gestrigen Abend.

Na ja, dann habe ich halt was für heute Abend, sagte er sich und stellte sie in den Kühlschrank. Ich muss dringend einkaufen gehen. Dann schaltete er seinen Kaffeeautomaten an, wartete, bis das Lämpchen grün wurde, und drückte dann die Taste für den Kaffee. Während der Kaffee durchlief, holte er die Milch aus dem Kühlschrank und schüttete reichlich davon in seine Kaffeetasse. Dann kam das übliche Zeremoniell: Kaffee nehmen, sich an den Küchentresen setzen und rauchen. Während er seinen Kaffee trank und den Rauch tief einzog, fielen ihm die Ereignisse vom Vorabend wieder ein. Was für ein seltsamer Abend gestern. Das hätte böse enden können. Hoffentlich sehe ich den Mann, dessen Namen er nicht wusste, wieder, damit ich mich revanchieren kann, dachte er. Die Schlägertypen von der S-Bahn mussten nicht mehr auf der Bildfläche erscheinen. Hoffentlich lauerten sie ihm heute Abend nicht auf. Alles Grübeln und Nachdenken half nichts, die Arbeit rief. Nach seiner zweiten Tasse Kaffee zog er sich an und machte sich auf den Weg. Beim Verlassen des Hauses schaute er sich vorsichtig um, ob die Typen nicht vielleicht vor dem Haus herumstanden und auf ihn warteten. Es war niemand zu sehen. Auf dem Weg zur Arbeit und in der S-Bahn sah sich Peter immer wieder vorsichtig um, ob ihm jemand folgte. Aber es folgte ihm niemand. Es waren die üblichen Leute, die zur Arbeit gingen oder Richtung S-Bahn eilten. Aber keiner interessierte sich auch nur im geringsten für ihn. Alle waren nur mit sich selbst beschäftigt. Du hast schon Paranoia, dachte er.

Als er am Abend aus seinem Bürogebäude kam, fing es gerade wieder an zu regnen und ein eisiger Wind blies ihm ins Gesicht. Vorsichtig sah er sich erst um, ob vielleicht jemand auf ihn wartete oder gar auflauerte. Das ungute Wissen, das ungute Gefühl und die Ereignisse vom gestrigen Abend ließen ihn noch nicht los. Schöner Mist, denn ein Regenschirm gehörte auch heute nicht zu seiner Ausstattung. Es ist ja immer so, hat man einen dabei, regnet es nicht, hat man keinen, dann regnet es mit Sicherheit. Aber bei dem Wind nützte ihm ein Regenschirm auch nichts, der würde weggeweht werden. Als sicher war, dass hier niemand auf ihn wartete oder ihm auflauerte, machte er den Reißverschluss seiner Jacke zu, stellte den Kragen hoch und eilte in Richtung S-Bahn-Station. Auf dem Bahnsteig blies der Wind in eiskalten Böen und sein Gesicht war im Nu taub vor Kälte. Einige Leute standen dicht gedrängt in Gruppen zusammen, um sich gegen die Kälte zu schützen. Er sah sich immer wieder unsicher und etwas nervös um, aber auch hier schien sich niemand für ihn zu interessieren. Warum mussten diese Krawalltypen ihn so beschäftigen, fragte er sich. Er beschloss, sich nicht weiter darum zu kümmern. Es war ihm mittlerweile auch mehr oder weniger egal – na ja, nicht wirklich, aber zumindest half die Einbildung. Er suchte sich eine einigermaßen geschützte Stelle auf dem Bahnsteig und wartete auf die S-Bahn.

Die S-Bahn hatte wie üblich mal wieder Verspätung. Während er in der Kälte stand und fror, fiel ihm ein, dass er noch einkaufen musste. Er setzte sich auf eine Bank, holte einen Zettel aus seiner Aktentasche und schrieb auf, was er einkaufen musste oder zumindest, was ihm einfiel. Bei der Kälte und dem beißenden Wind war das nicht einfach, denn der Kugelschreiber verweigerte ab und zu seinen Dienst und seine Hand zitterte. Rotwein, dachte er und schrieb es auf, denn sein Vorrat neigte sich dem Ende, Brot, Butter, Marmelade und noch weitere Kleinigkeiten. Als seine Einkaufsliste fertig war, steckte er sie in seine Jackentasche, packte den Kugelschreiber wieder in seine Aktentasche und schloss sie. In dem Moment kam die S-Bahn, wie immer überfüllt mit Leuten, angefahren. Alles war wie immer. Nachdem einige Leute ausgestiegen waren, zwängte er sich mit Nachdruck in ein Abteil des

Waggons. Das ist so typisch, dachte er, nicht mal im Berufsverkehr können die einen Waggon mehr anhängen. Es wäre ja auch viel zu bequem für die Fahrgäste. Die Bahn brauchte eine halbe Stunde bis zur Station am Marktplatz. Es war ein Wohlgefühl, als die Fahrt endlich zu Ende war. So eine gedrängte Menschenmenge war einfach nur furchtbar. Wenn man Platzangst hatte, war die Bahn nicht das richtige Transportmittel. Er stieg aus und ging in Richtung seines gewohnten Ausgangs wie am Abend zuvor. Die Rolltreppe, die nach oben führte, wurde gerade repariert, also war Treppensteigen angesagt. Auf dem Marktplatz angekommen, strahlten ihm die Lichter des Weihnachtsmarkts entgegen. Peter atmete tief durch und kramte genervt seinen Einkaufszettel aus der Jackentasche. Es regnete immer noch und der Wind war eisig kalt und stach wie spitze Nadeln im Gesicht. Der Supermarkt war auf der rechten Seite neben dem Ausgang der Station in der Ladenpassage. Er beeilte sich ihn zu erreichen, um nicht total durchnässt zu werden. Haben die Leute kein Zuhause, denn der Supermarkt war voller Menschen. An den drei Kassen hatten sich lange Schlangen gebildet. Peter stöhnte, nahm einen Wagen, zückte seinen Zettel und marschierte los ...

    Mit zwei Einkaufstüten bepackt verließ er genervt den Supermarkt und machte sich auf den Heimweg. In seinen Tüten waren mal wieder nur Fertigessen anstelle der anderen Dinge auf seiner Liste, aber was soll's, es hält sich länger und ist einfach und schnell zuzubereiten. Sein Lieblingswein war auch dabei.

    Er erreichte den verhassten Weihnachtsmarkt. Heute war der Markt sehr gut besucht und ihm graute schon davor, diesen Slalom zwischen Kinderwagen, Kleinkindern, genervten Müttern und alten Leuten zu machen. Aber den Weihnachtsmarkt zu umgehen, würde ihn eine halbe Stunde kosten und durch dunkle, einsame Gassen führen, und bei dem Wetter und dem Regen machte das keinen Spaß und es war auch gefährlich. Ihm fiel wieder ein, dass er ja noch nach seinem „Retter" Ausschau halten musste. Vielleicht hatte er ja Glück und sah ihn durch Zufall. Also marschierte er mit forschen Schritten los und überquerte mit suchenden Blicken den Weihnachtsmarkt. Hin und wieder stieß er dabei mit Leuten zusammen, die dann vor sich hin schimpften, überrannte beinahe zwei kleine Kinder, die vor ihm hin und her liefen, aber das ignorierte er. Warum können die Mütter nicht auf ihre Bälger aufpassen?! Er wollte nur nach Hause. Als er endlich die Menge hinter sich gelassen hatte und am Ende des Weihnachtsmarkts angekommen war, war er sichtlich erleichtert. Leider war der junge Mann nirgends zu sehen gewesen, weder am Brunnen noch am Karussell. Er schaute sich nochmals um, aber vor lauter Menschen konnte er nichts sehen.

Kapitel 5

Wie schon am Abend zuvor führte ihn sein Weg an die vierspurige Straße an der Brücke. Ebenfalls wie jeden Abend war hier wieder das totale Chaos ausgebrochen. Autos stauten sich, es wurde gehupt und geschimpft. Er überquerte die Straße und stieg die Treppe zur Brücke hinauf. Oben angekommen blieb er überrascht stehen. Dort stand der Fremde wieder. Immer noch im gleichen schwarzen Leder gekleidet. Bewegungslos wie am Abend zuvor blickte er mit leeren Augen in die Dunkelheit. Sein langer schwarzer Ledermantel wehte im Wind. Er schien die Menschen um sich herum, die die Brücke überquerten, nicht wahrzunehmen, oder er ignorierte sie einfach. Peter freute sich, dass er ihn doch noch getroffen hatte und ging auf ihn zu.

„Hallo, junger Mann", sagte der Mann ohne ihn anzusehen.

„Guten Abend", erwiderte Peter. „Ich bin froh, dass ich Sie treffe. Ich hatte gestern vergessen, Ihnen meine Adresse zu geben."

„Das ist doch kein Problem. Nun hast du mich ja gefunden", sagte der Mann ruhig.

„Haben Sie denn heute noch Zeit etwas essen oder trinken zu gehen?", fragte er.

„Leider muss ich dich enttäuschen, ich habe bereits gegessen. Ich habe hier auf dich gewartet, um dich zu fragen, wie es denn morgen bei dir aussieht", antwortete der Mann.

Peter dachte kurz nach und sagte dann: „Das ginge. Ja, gerne. Wann wäre es Ihnen denn recht?"
„So gegen acht Uhr morgen Abend. Ich kenne da einen netten Club etwas außerhalb der Stadt", sagte der Mann.
„Okay, dann gebe ich Ihnen jetzt endlich mal meinen Namen und meine Adresse", und gab dem Mann seine Visitenkarte.
„Peter, Peter Schneider", sagte der Mann und sah von der Karte auf. „Angenehm, mein Name ist Duncan. Nur Duncan."
„Gut, Duncan, dann sehen wir uns morgen", sagte er erfreut. „Ich muss jetzt wirklich los, meine Sachen nach Hause bringen." Peter bückte sich, um die Einkaufstüten aufzuheben. „Also einen schönen ...", fing er an zu sagen, aber Duncan war nicht mehr da. Es war verwirrend und seltsam. Wie konnte ein Mensch so einfach verschwinden?
Er nahm seine Einkaufstüten und ging nach Hause. Wie macht er das nur, dass er verschwindet, ohne dass ich es mitbekomme? Ist eigentlich ein wenig unhöflich. Aber seine Frage musste bis morgen warten, wenn der Fremde denn wirklich auftauchte.

Zu Hause angekommen, packte er seinen Einkauf aus und verstaute die Sachen in seinen Schränken und im Kühlschrank. Sein Abendessen bestand aus den asiatischen Nudeln vom Vorabend. Dann folgte der übliche Ablauf – Fernseher einschalten, sich in seinen Sessel setzen und eine Flasche Wein aufmachen. Peter konnte dem Fernsehprogramm nicht folgen, seine Gedanken waren immer noch bei Duncan und dem plötzlichen und unerklärlichen Verschwinden. Die Schüssel war leer, das Glas

Rotwein auch, also machte er den Fernseher aus und ging zu Bett.

In dieser Nacht war es ihm unmöglich Schlaf zu finden. Er wälzte sich im Bett hin und her, aber es half nichts. An Einschlafen war nicht zu denken. Eine seltsame Unruhe hatte ihn gepackt. Er beschloss aufzustehen und ein Glas Milch zu trinken, vielleicht kam die Müdigkeit ja dann. In der Küche öffnete er den Kühlschrank und nahm die Milch heraus. Nachdem das Glas gefüllt war, ging er an sein Wohnzimmerfenster und blickte hinunter auf den Fluss, während er seine Milch trank. Am Anleger lagen zwei Frachtschiffe, mit Kohle beladen, vertäut und warteten wohl auf die Entladung am nächsten Morgen. Auf der Straße am gegenüberliegenden Ufer fuhren einige Autos. Der Regen hatte aufgehört und der Wind hatte sich gelegt. Alles sah friedlich und ruhig aus. Der Mond stand hoch am sternenklaren Nachthimmel und tauchte alles in ein schwaches Licht. Es war schaurig schön.

Gedankenverloren stand er da und blickte hinaus. Nach einer Weile kam endlich die ersehnte Müdigkeit, und er beschloss wieder ins Bett zu gehen. Diese Mal schlief er sofort ein. Es war ein unruhiger Schlaf mit wirren Träumen. Ein schwarzer Mann verfolgte ihn. Wie ein Racheengel fiel er über ihn her und versuchte jeden Gedanken aus ihm herauszusaugen. Während er ihm die Gedanken aussaugte, machte der Mann ein fürchterliches schrilles und durchdringendes Geräusch, mehr ein Kreischen. Dann kam eine Horde Wilder auf sie zu und wollte Peter in Stücke reißen. Er schrie und wollte sich befreien oder weglaufen. Aber wie immer in einem Traum, kann man nicht weglaufen oder schreien oder sich gar wehren. Man muss es einfach ertragen und das war das Schlimmste an einem Albtraum ...

Schweißgebadet schreckte er aus dem Schlaf hoch und saß senkrecht im Bett. Völlig verstört blickte er sich in seinem Schlafzimmer um. Die schrecklichen Bilder verblassten langsam. Ihm wurde klar, dass er nur geträumt hatte. Aber war es wirklich nur ein Traum? Das schrille Geräusch des schwarzen Mannes war immer noch zu hören und er sah sich verwirrt um. Dann wurde ihm klar, woher das Geräusch kam. Es war mal wieder sein Wecker. Er musste unwillkürlich lachen, auch über seine grundlose Angst. Ein Wecker mit Musik wäre wohl eine echte Alternative. Mit einunddreißig sollte man sich nicht mehr fürchten wie ein Kind vor dem schwarzen Mann.
Er stand auf, schaltete den Wecker aus und ging ins Bad. Danach machte er sich einen starken Kaffee, setzte sich wie immer im Morgenmantel an seinen kleinen Tresen, rauchte seine Zigarette und trank seinen Kaffee. Was für eine seltsame Begegnung gestern Abend, dachte er wieder. Nach der üblichen zweiten Tasse Kaffee zog er sich an und ging zur Arbeit. Auf dem Weg zur S-Bahn sah er ein paar Skinheads grölend an einer Trinkhalle stehen und schon fiel ihm wieder die Begegnung mit den Schlägertypen ein. Anscheinend hatte sein Inneres es doch noch nicht ganz vergessen oder verarbeitet.

In der Mittagspause fragte ihn eine Kollegin im Vorbeigehen, Stephanie war wohl ihr Name, ob er nicht Lust hätte, nach der Arbeit mit auf eine After-Work-Party am alten Güterbahnhof zu kommen. Alle Kollegen seiner Abteilung würden dort sein, meinte sie. Normalerweise fragte ihn niemand, ob er mit zu so einer Party gehen würde. Die meisten seiner Kollegen wussten, dass er die Einladung eh' ablehnen würde. Muss wohl an Weihnachten liegen, dachte er. Auch dieses Mal hielt sich seine Lust in Grenzen, seine Kollegen auch noch nach Feierabend zu sehen, aber da er mal wieder unter Leute kommen wollte, um sich abzulenken, sagte er zu. Sie meinte noch, er solle was Bequemes anziehen, also keinen Anzug oder so etwas. Okay, dann hieß es nach der Arbeit kurz nach Hause fahren und was Bequemeres anziehen und dann ab zur After-Work-Party. Mal sehen, was da so abgeht. Lust hatte er zwar nicht wirklich, und er fragte sich, warum er überhaupt zugesagt hatte, aber seine Kollegin wollte er nun einmal nicht verärgern. Dann fiel ihm wieder ein, dass er eigentlich heute Abend bereits eine Verabredung hatte, nämlich mit Duncan. Mist! Aber vielleicht kam er ja nicht, mal sehen. Es ist ja meistens so, die Leute versprechen was und halten es dann doch nicht, und absagen konnte er ja trotzdem immer noch.

Kapitel 6

Der Tag schleppte sich langsam dahin. Es waren die üblichen stupiden Arbeiten zu verrichten. Anrufe von Kunden entgegennehmen, weiterleiten, beantworten. Bestellungen und Aufträge in den Computer eingeben oder ändern. So richtig konzentrieren konnte er sich allerdings nicht. Hoffentlich war der Tag bald vorüber.
Nach der Arbeit eilte er zur S-Bahn und fuhr nach Hause. Dort angekommen, zog er sich um. Was Bequemes, sagte die Kollegin, also elegante Freizeitkleidung heißt das wohl. Blue Jeans, weißes Hemd, Weste und Ledersakko waren vielleicht nicht die erste Wahl, aber was anderes hatte er im Moment nicht greifbar. Wo war jetzt sein Geld? Hatte er es nicht auf den kleinen Tisch bei seiner Garderobe hingelegt? Nein, da war es nicht. Mist, wo hatte er es wieder hingelegt? War vielleicht jemand in seiner Wohnung, während er auf der Arbeit war, und hatte ihn beklaut? Dann fiel es ihm ein und er musste über sich selbst lachen, es war noch in der Innentasche seines Sakkos, das er auf der Arbeit anhatte. Also, niemand war hier und hatte ihn beraubt. Es wäre ihm mit Sicherheit aufgefallen, wenn hier eingebrochen worden wäre.–Man, das geht wirklich Richtung Paranoia. Ein kurzer Blick auf seine Uhr sagte ihm, dass er sich beeilen musste, denn sonst war seine Bahn weg, und die nächste ging erst in einer halben Stunde. Er steckte das Portemonnaie in die Gesäßtasche seiner Jeans, schnappte sich seinen Schlüssel und seine dicke Daunenjacke und verließ seine Wohnung.

Beim Öffnen der Haustür blieb er wie angewurzelt stehen und traute seinen Augen nicht. Vor der Haustür lehnte Duncan an seinem Auto, einem großen, schwarzen „Jaguar XJ" und schaute ihn freundlich an. Peter war wie vor den Kopf gestoßen und wusste erst nicht, was er machen sollte.

„Wow, Duncan, du bist doch gekommen", sagte Peter erfreut.

„So war es doch abgemacht.", erwiderte der. „Ich glaube, wir wollten was trinken gehen", sagte er gewohnt ruhig. „Ich hoffe, ich habe dich gestern durch mein plötzliches Verschwinden nicht zu sehr erschreckt oder verwirrt, aber ich musste dringend noch wohin und hatte keine Zeit ‚Auf Wiedersehen' zu sagen."

„Ja es war schon etwas seltsam, vielleicht, ja, aber so gut kennen wir uns nun auch noch nicht. Sprich, du musst dich mir gegenüber nicht rechtfertigen", stotterte Peter unsicher.

„Na, dann steig ein, mein Freund", sagte er grinsend.

„Einen Moment", entgegnete Peter hastig. Er kramte sein Handy aus der Jackentasche und rief seine Arbeitskollegin an. „Ja, hallo Stephanie, ich bin's. Du, mir ist leider etwas dazwischen gekommen. Ich werde nicht auf die Party kommen können, tut mir leid. Das nächste Mal, okay? Versprochen", sagte er. Er beendete das Gespräch und steckte sein Handy wieder ein.

„Sorry, aber ich habe echt nicht damit gerechnet, dass du wirklich kommst", sagte er ein wenig verlegen. „Viele hatten sich schon mit mir verabredet, aber gekommen ist keiner. Von daher war ich nicht sicher, ob du es wirklich ernst gemeint hattest oder ob es nur so, na ja, ein Spruch war.".

„Ich bin nicht wie ‚viele' ", erwiderte Duncan.

Er startete den Wagen und fuhr los. Peter war neugierig und wollte von Duncan wissen, ob er denn keine Angst hatte, als diese Typen ihn in die Mangel genommen hatten. Dieser verneinte und meinte nur, in seinem Alter hat man nicht mehr diese Angst.

„Nu hör aber auf, du bist doch nicht viel älter als zwanzig, Duncan", sagte er lachend.

„Ich bin älter, als du denkst, mein Freund", entgegnete Duncan ruhig. Peter verstand das nicht. Was sollte dieser Spruch? Er sieht aus wie ein junger Mann Anfang zwanzig.

„Woher kommst du?", fragte Peter nach einer Pause. Duncan antwortete ihm nicht darauf, sondern meinte nur, dass er eine Bar gewählt hätte, wo sie Musik aus den siebziger und achtziger Jahren spielten. Er sah hinüber zu Peter und fragte ihn, ob er diese Art von Musik mochte.

„Ja, ich mag diese Musik sehr", erwiderte Peter. „Du bist nicht ein Mann großer Worte, oder? Ich meine, du redest nicht sehr viel."

„Entschuldige bitte", sagte Duncan. „Vielleicht bin ich ein wenig aus der Übung gekommen über all die Jahre. Ich bin es nicht mehr gewohnt, längere Unterhaltungen mit fremden Leuten zu führen."

„All die Jahre?", fragte er erstaunt. „Nun hör aber auf, das ist doch wirres Zeug." Doch Duncan meinte nur, wenn man niemanden etwas zu erzählen hat oder einem niemand zuhört, dann ist man es nicht mehr gewohnt eine Unterhaltung zu führen. Ihm war auch bewusst, wie seltsam er sich anhörte, aber er bat Peter um ein wenig Zeit es zu erklären.

Peter wunderte sich erneut, was für ein seltsamer Mensch dort neben ihm saß. Er redete von Jahren – spinnt der oder wie kann man es nicht gewohnt sein eine

Unterhaltung zu führen. Aber egal, er hatte ihm geholfen, als er in Not war und das war alles, was zählte.

„Du musst reich sein, wenn du so einen Wagen fahren kannst", sagte er.

„Reich ist relativ. Im Grunde ist es ein Auto und es war gerade zur Hand, mehr nicht. Marken oder Statussymbole interessieren mich nicht, haben sie noch nie. Ich habe über die Jahre gelernt, dass es wichtigere Dinge gibt."

Peter wollte nicht weiter fragen, obwohl er neugierig war, was Duncan für ein Mensch ist, daher sah er eine Weile stumm aus dem Fenster. Die Neonreklame der Geschäfte und die Straßenlaternen zogen an ihnen vorbei. Sein Blick viel auf Duncan. Der sah wie versteinert auf die Straße vor ihnen. Keinerlei Regung war zu erkennen. Die Frage, warum er so blass war und so seltsame Kleidung trug, drängte sich auf, aber Peter wollte nicht weiter fragen und starrte weiter stumm in die Nacht hinaus.

Nach einer etwa dreißigminütigen Fahrt waren sie am Rande der Stadt. Sie verließen die Hauptstraße und bogen in einen kleinen, staubigen Feldweg ein. Nach einer holprigen Fahrt durch einen kleinen Wald kamen sie zu einem alten, verlassenen Fabrikgelände. Die Gebäude waren teilweise verwittert oder eingestürzt und eigentlich nur noch Ruinen. Die zurückgelassenen Maschinen und Fahrzeuge standen einsam auf dem Gelände herum und rosteten vor sich hin. Früher hatte man hier Stahl hergestellt, aber vor etwa zehn Jahren ging die Firma pleite und die Gebäude verfielen. Eigentlich eine recht düstere Gegend. Niemand würde sich hierher verlaufen oder gar einen Club vermuten. Aber vielleicht war das auch so gewollt.

Der Club war in einem der noch intakten Nebengebäude und hieß „Bone Yard". Der Name war in blutrotem

Neonlicht über dem Eingang angebracht. Es war ein seltsamer Name für eine Bar oder einen Club, aber was war an diesem Abend nicht seltsam. Irgendwie passte der Name auch in diese Gegend. Hier war alles öde, verlassen, verfallen, trostlos und tot. Die Fensterläden des Gebäudes waren verschlossen und mit Brettern zugenagelt. Außer dem leuchtenden Neonschild und dem Türsteher am Eingang deutete nichts darauf hin, dass es ein Club war oder der Club geöffnet hatte.

Duncan parkte den Jaguar direkt vor der Tür. Der sandige Parkplatz war nicht sehr voll. Es standen etwa fünf bis zehn Autos dort.

„Wir sind da", sagte er und stieg aus.

„Bist du sicher, dass diese Bar das Richtige für mich ist? Ich bin nicht so ein Grufti oder Gothic Typ", fragte Peter unsicher. Duncan meinte, es würde ihm bestimmt gefallen, denn es käme nicht auf die Gäste an, sondern nur auf sich selbst und was man aus dem Abend machen würde. Es war das erste Mal, dass er ihn bewusst lächeln sah. Als sie ausstiegen, flogen gerade einige aufgeschreckte Krähen kreischend über den Platz. Der Vollmond kam langsam hinter den dichten Wolken hervor und tauchte das ganze Gelände in ein unwirkliches Licht. Das machte die ganze Szenerie noch unheimlicher und surreal.

Sie stiegen die steinernen Stufen zur Eingangstür hinauf. Der Türsteher dort war ein bulliger, zwei Meter großer, slawischer Bodybuilder-Typ im schwarzen Lederanzug und einem schwarzen Ledermantel – fast so wie Duncans. Er nickte ihnen kurz zu, öffnete die Tür und ließ sie hinein. Unter seinem Mantel konnte man den Abdruck einer Waffe erkennen. Ob Duncan auch eine Waffe trug? Gesehen hatte Peter zwar keine, aber das hieß noch lange nicht, dass er nicht eine hatte.

Der Eingangsbereich war staubig und im Schein der vielen Kerzen an den Wänden sah man überall Spinnweben, verfallene Möbelstücke und jede Menge alten Kram auf dem Boden liegen. Es sah aus, als ob der Ort vor langer Zeit eilig verlassen worden war, und als ob hier schon eine Ewigkeit keine Menschenseele mehr einen Fuß hineingesetzt hatte. Duncan ging voraus und sein langer schwarzer Ledermantel wirbelte den auf dem Boden liegenden Staub auf und seine schweren Stiefel hinterließen deutliche Abdrücke auf dem staubigen Boden. Eine hölzerne Wendeltreppe am Ende des Raums führten nach unten in den eigentlichen Club. An den Seiten der Treppe hingen alte staubige und ebenfalls mit Spinnweben umhüllte Bilder im üppigen Goldrahmen, vermutlich in Öl gemalt. Die Motive waren düster und in dunklen Farben gehalten. Einige zeigten einen wilden, zerklüfteten Berg, auf dessen Spitze eine Art Festung oder Burg thronte. Andere zeigten Portraits von Männern in Rüstung oder edlen Gewändern. Je weiter sie die Treppen nach unten stiegen umso kühler wurde es und Peter war froh, eine Jacke mitgenommen zu haben. Es fröstelte ihn schon ein wenig. Die Treppe endete in einem großen, hohen Kellergewölbe. Dieses Gewölbe war der Club und die Party wohl schon in vollem Gange. Es war erstaunlich, sie spielten wirklich die Hits aus den siebziger und achtziger Jahren und die Tanzfläche in der Mitte des Clubs mit all den Lichtern und Blitzen war gut gefüllt.

Peter blickte sich um. Der ganze Club sah eher wie ein Folterkeller aus dem Mittelalter aus. Überall schwarze Kerzen in silbernen Kerzenleuchtern auf den Tischen und an den Wänden. In den einzelnen Nischen hingen alte Ölgemälde. Das Ganze gab dem Club ein düsteres Ambiente. Folterwerkzeuge wie Zangen, Messer, Haken sowie auf dem Kopf stehende Kreuze und Grabsteine standen auf dem Boden und hingen an den Wänden. In einer Ecke stand sogar eine „Eiserne Jungfrau". Auf der anderen Seite standen eine Streckbank und etwas, was aussah wie ein elektrischer Stuhl, nur mit Stahlspitzen auf dem Sitz und den Armlehnen. In manchen Ecken standen alte Ritterrüstungen mit Schwertern oder Morgensternen. Die Wände waren roh, denn man konnte jeden einzelnen Stein an den Wänden und der geschwungenen Decke sehen. Es war ein merkwürdiger Club. Sie setzten sich an einen freien Tisch in eine der Nischen mit roten plüschigen Bänken und roten Vorhängen an den Seiten. Von dort aus konnte man das Geschehen recht gut überblicken. Es war sehr interessant die Leute zu beobachten. Männer wie Frauen trugen mal mehr, mal weniger Kleidung aus schwarzem Leder. Einige Männer trugen lediglich einen Lendenschurz unter dem ihr Schwanz und teilweise gepiercter Sack zu sehen war, andere trugen Kettenhemden zu ihren Lederhosen. Einige hatten Piercings an ihren Schwänzen, den Brustwarzen oder im Gesicht, andere trugen ganze Anzüge aus Leder. Die Frauen waren ebenso aufreizend gekleidet wie die Männer. Sie trugen Korsagen, enge kurze Röcke oder lange enge Hosen mit langen Stiefeln oder enge lange Kleider mit Öffnungen an den Brüsten. Wie auch die Männer waren einige der Frauen mit Piercings an den Brüsten oder im Gesicht bestückt. Es war beinahe wie in einem Leder-Fetisch-Club. Aber der Name des Clubs passte. Mit dem ganzen Schwarz und dem mittelalterlichen und düsteren Ambiente kam man sich wirklich wie auf einem Friedhof vor, auf dem eine Fetischparty stattfindet.

Nach einer Weile kam eine junge, schlanke, gutaussehende, schwarzhaarige Frau an ihren Tisch. Sie trug einen kurzen, engen, schwarzen Lederrock und hatte eine schwarze Lederkorsage an, die ihre Brüste nach oben herausdrückte. Ihr bleiches Gesicht und Dekolleté standen in starkem Kontrast zu ihrer schwarzen Kleidung, was durch das schwarze Make-up um die Augen und den schwarzen Lippenstift noch betont wurde.

Duncan fragte Peter, was er gerne trinken wolle. Da er nicht genau wusste, was man in so einem Club trinkt, fragte er, was man hier denn so trinkt. Duncan empfahl ihm zum Einstieg einen sehr guten und alten Rotwein zu versuchen.

„Okay, dann nehme ich einen. Rotwein trinke ich eh gerne", sagte er. Sie bestellten also beide Rotwein. Bevor die Bedienung ging, beugte sie sich zu Duncan herunter, fragte ihn etwas und schaute zu Peter. Sie sprachen so leise, dass man sie nicht verstehen konnte. Duncan nickte ihr kurz zu und die Bedienung entfernte sich.

Peter wippte mit dem Fuß zur Musik. Es war schwer dies zu unterdrücken. Duncan hatte Recht, er mochte diese Musik. Das war Musik, zu der man noch tanzen konnte. Den Gästen schien es auch zu gefallen, denn die Tanzfläche war dauernd gut gefüllt. Die Tänzerinnen und Tänzer bewegten sich wie in Ekstase zur Musik. In erotischer Ekstase musste man schon sagen, denn es war fast schon obszön, wie sie ihre fast nackten Körper aneinander rieben. Es war ihnen wohl auch egal, ob sich gerade ein Mann mit einem Mann oder einer Frau vergnügte oder umgekehrt. Hier war wohl alles erlaubt. Nach einer Weile kam die Bedienung mit dem Rotwein zurück. Schweigend stellte sie den beiden die Gläser hin, lächelte Peter kurz zu und entfernte sich.

Obwohl sein Gegenüber ebenfalls Rotwein bestellt hatte, sah der etwas dunkler und dickflüssiger aus. Peter probierte seinen Wein und er war in der Tat sehr gut, sehr alt. Er fragte Duncan, was er für einen Rotwein gewählt hätte.

„Es ist eine sehr alte Sorte", antwortete er und nahm einen Schluck von dem Wein. In diesem Moment schien es, als ob seine Augen für einen kurzen Moment aufleuchteten. Vielleicht nur ein Lichteffekt von der Tanzfläche, denn als Peter ihn erneut ansah, waren seine Augen wieder dunkelbraun wie immer.

„Wie wäre es, willst du nicht tanzen? Oder traust du dich nicht", fragte Duncan.

„Doch schon, aber es ist eine Weile her. Und ehrlich gesagt, komme ich mir immer ein wenig dämlich vor", antwortete Peter verlegen.

„Denke einfach nicht darüber nach. Hier wird keiner lachen, glaub es mir. Lass dich einfach von der Musik treiben wie die anderen hier auch", erklärte ihm Duncan. Peter fragte ihn, ob er denn nicht tanzen wolle.

„Das nicht so mein Ding. Außerdem muss ich kurz mit dem Chef hier etwas besprechen. Aber ich bin gleich wieder zurück, also los, geh tanzen", entgegnete er und stand auf, ging an der Bar vorbei durch eine Tür und verschwand.

Peter war eigentlich kein Tänzer, aber die Musik gefiel ihm. Sie war nicht zu laut und gut ausgesteuert. Es war schon in Discotheken gewesen, da war die Musik so schlecht ausgesteuert, dass es in den Ohren weh tat. Aber hier war es optimal. Gerade spielten sie eines seiner Lieblingslieder und die Tanzfläche füllt sich immer mehr. Umso besser, dachte er sich, dann falle ich nicht auf. Nach dem Song folgten weitere rhythmische Lieder der siebziger und achtziger Ära. Er fühlte sich wohl, irgendwie lebendig wie schon lange nicht mehr. Das Treiben und Balzen der anderen auf der Tanzfläche störte ihn nicht. Duncan hatte recht, keiner lachte. Hier tanzte entweder jeder für sich oder jedes Paar für sich. Es war doch eine gute Idee hierher zu kommen, anstatt auf diese bestimmt langweilige und spießige After-Work-Party. Er fiel ein wenig wegen seiner Kleidung auf, da die anderen Gäste alle in schwarzem Leder angezogen waren, aber das störte ihn nun nicht mehr und die anderen Gäste erst recht nicht. Sie waren so sehr mit sich selbst beschäftigt, dass sie Peter eh nicht bemerkten und keinerlei Notiz von ihm nahmen.

Während er tanzte und seinen Körper zur Musik bewegte, näherte sich eine hellblonde, sportliche, junge, mittelgroße Frau. Sie war wohl so um die achtzehn bis zwanzig Jahre alt, und wie die anderen Gäste in dieser Bar trug sie ebenfalls schwarze Lederkleidung allerdings nicht ganz so aufreizend wie die anderen, aber dennoch erotisch. Eine schwarze Lederkorsage mit einer hautengen langen Lederhose, dazu schwarze hochhackige Lederstiefel. Sie schaute ihn interessiert von oben bis unten an und er starrte wie versteinert zurück. Er konnte seinen Blick einfach nicht von ihr nehmen. Ihr elfengleicher Körper, die weiße Haut und das schwarze Leder zogen ihn auf erotische, fast lasterhafte Weise an.

„Du tanzt gut, es gefällt mir", sagte sie mit einem vielsagenden Lächeln und forderte ihn auf mit ihr zu tanzen. Er grinste sie an und dachte, warum nicht. So eine hübsches Ding wie du, warum nicht. Sie legte sie ihm beide Arme um den Hals und drückte sich fest an ihn. Schlagartig wurde ihm warm – um nicht zu sagen – heiß. Nicht, dass es ihm unangenehm war. Das Mädel schmiegte sich mit ihren Hüften an seine und er merkte, wie er eine heftige Erektion bekam. Egal, sagte er sich. Tonight is the night, dachte er. Sie schien es wohl zu merken, denn sie drückte ihre Hüfte nur noch fester an seine. Peter atmete schwer und stoßweise. Ihre blasse Haut fühlte sich seltsam zart, aber auch kühl an, obwohl es in der Bar mittlerweile recht warm war.

„Was machst du hier? Ich habe dich hier noch nie gesehen, bist wohl neu in der Gegend?", fragte sie ihn.

„Ich bin mit einem, na ja, Freund – oder was auch immer – hier", sagte er schwer atmend.

„Was nun? Das verstehe ich nicht", sagte sie irritiert.

„Na ja, es ist ein wenig seltsam, ich habe ihn erst vor ein paar Tagen kennengelernt. Er hat mir geholfen, als ich Probleme mit ein paar Typen hatte", erwiderte er.

„Wie seltsam. Wo ist denn dein Freund oder was auch immer, vielleicht möchte ich ihn kennenlernen?", fragte sie mit einem verführerischen Lächeln. Er deutete in Richtung ihres Tisches, an dem Duncan mittlerweile wieder saß.

Das Mädchen schaute lächelnd in die Richtung, in die Peter deutete. „Ach, du bist mit Duncan hier", sagte sie und winkte ihm zu. Das Lied war mittlerweile zu Ende und sie ließ Peter los. „Na, dann noch einen schönen Abend, hübscher Mann. Ich hoffe, ich sehe dich bald wieder", sagte sie und küsste ihn leidenschaftlich. Ohne ein weiteres Wort zu sagen, drehte sie sich herum und verschwand in der Menge.

„Was ist denn los? Wo willst du hin?", rief er ihr nach, aber sie war schon in der schwarzen Menschenmenge verschwunden.

Peter verließ verwirrt und ein wenig enttäuscht die Tanzfläche und kehrte zu Duncan an den Tisch zurück. Zum Glück hatte seine Erektion nachgelassen. Es wäre ihm peinlich gewesen, wenn jemand es bemerkt hätte.

„Irgendwie seltsam", sagte er mehr zu sich.
„Was denn?", fragte Duncan.
„Als ich eben tanzte, kam ein sehr, sehr hübsches Mädchen zu mir, um mit mir zu tanzen. So wie sich an mich geworfen hatte, dachte ich ... na ja ... sie will vielleicht auch mehr als nur tanzen. Dann fragte sie mich, was ich hier mache und ob ich alleine hier bin", fuhr Peter fort. „Als ich ihr sagte, ich bin mit dir hier und auf dich deutete, gab sie mir einen Kuss und verschwand in der Menge."
„Was für ein Mädchen?", fragte Duncan und sah sich um.
„Sie ist verschwunden. Aber sie kannte dich wohl. Ich hoffe, es war nicht deine Freundin oder so. Denn das wäre mir jetzt peinlich", sagte er.
Duncan sah ihn ruhig an.
„Nein, keine Angst. Ich habe keine Freundin oder so. Ich hatte schon sehr, sehr lange keine Beziehung mehr."
Den Abend verbrachte Peter noch öfters mit dem einen oder anderen Mädel auf der Tanzfläche Aber das blonde Mädchen, oder vielmehr die junge Frau, sah er nicht wieder. Zwischendurch genehmigte er sich auch den einen oder anderen Whiskey Sour. Es war ihm, als müsse er die vergangenen Jahre nachholen. Duncan tanze nicht ein einziges Mal. Er saß den ganzen Abend am Tisch und trank seinen Rotwein, oder was immer es auch war, und beobachtete ihn sichtlich amüsiert. Peter fragte ihn, ob er den Wein nicht mal probieren könne, aber Duncan meinte, es solle bei seinem eigenen Wein oder dem Whisky bleiben. Allerdings fiel ihm immer auf, dass, jedes Mal, wenn Duncan einen Schluck nahm, seine dunkelbraunen Augen funkelten. Vielleicht sehe ich schon Gespenster oder bin schon so blau, dass ich Halluzinationen habe,

dachte er sich. Er hatte ja auch schon einige Weine und anderes Zeug getrunken und beschloss für sich, nicht weiter darüber nachzudenken.

Gegen vier Uhr morgens verließen die meisten Gäste die Bar und auch Duncan schickte sich an zu gehen. Peter kam von der Tanzfläche und fragte Duncan, ob sie wirklich schon gehen müssten.

„Es ist vier Uhr morgens, außerdem schließt die Bar gleich", antwortete er. Peter willigte widerwillig ein. Der Abend war zu schön als schon zu Ende zu sein. Aber es ist immer so. Wenn es am Schönsten ist, ist es meist auch zu Ende. Duncan versprach ihm wiederzukommen, wenn er es wolle und Peter gab widerwillig nach und wollte an die Bar gehen, um zu bezahlen.

„Ist alles schon erledigt. Komm jetzt, es wird Zeit", drängte er.

„Du musst doch nicht für mich bezahlen, ich wollte nicht, dass du mich einlädst. Ich bin derjenige, der dich einladen hätte sollen. Als Dank, verstehst du?", sagte Peter ein wenig empört. Duncan versicherte ihm, dass er das nächste Mal bezahlen könne, sie aber nun los müssten. Warum hat er es so eilig, dachte Peter sich. Der Abend hätte noch ewig so weitergehen können.

Als sie den Club verließen und an die frische Luft kamen, wurde Peter schlecht. Die Welt drehte sich wie mit Schallgeschwindigkeit. Es war ein Gefühl, als wenn ein Vorhang vor seinen Augen herunterfällt. Mist, dachte er sich, ich hätte nicht so viel trinken sollen. Er taumelte Richtung Auto und wäre beinahe hingefallen, doch Duncan fing ihn auf und stützte ihn.

„Man soll nicht mehr trinken als mit Gewalt reingeht", sagte er vorwurfsvoll. Am Auto angekommen, legte er Peter behutsam auf die Rückbank, dann stieg er selbst ein und fuhr los. Auf der Rückbank war nur ein Stöhnen zu hören.

„Das nächste Mal solltest du vielleicht bei einem Getränk bleiben", kam ein Kommentar von vorne. Toll, nun auch noch kluge Ratschläge, genau das brauche ich jetzt, dachte Peter und schloss die Augen, aber das machte alles nur noch schlimmer. Als er sie wieder öffnete, hörte er seinen Begleiter wie durch eine Nebelwand sagen, dass sie angekommen wären. Oh Mann, ist mir schlecht, dachte Peter. Er hätte bei dem Rotwein bleiben und nicht das harte Zeug durcheinander trinken sollen.

Er wollte gerade nach dem Türöffner der Autotür greifen, als die Tür von außen geöffnet wurde. Duncan half ihm aus dem Wagen und bat Peter, ihm die Schlüssel zu geben. Er gab sie Duncan widerwillig.. Er konnte das alleine. Er brauchte keine Hilfe – von niemandem, dachte er mürrisch. Aber nachdem die Welt begann, sich nur noch mehr und schneller um ihn zu drehen und er das Gefühl bekam, kotzen zu müssen, beschloss er doch, ihm den Schlüssel zu geben.

Duncan schleppte ihn zur Tür, schloss sie auf und bugsierte ihn ins Haus und die Treppe hoch. Es war verwunderlich, mit welcher Leichtigkeit Duncan ihn trug, schob oder festhielt. Er war nicht mal außer Atem, nachdem er ihn die Treppe hochgetragen hatte. Duncan schloss die Wohnungstür auf.

„Den Rest schaffst du, denke ich, alleine", sagte er. Er ließ ihn los und Peter taumelte in seine Wohnung. Duncan legte noch den Schlüssel auf die Ablage an der Garderobe, schloss die Tür und ging.

Peter schwankte in Richtung Bad. Ihm war so übel. Sein Körper wollte den Alkohol wohl doch nicht in sich behalten, wie er anfangs hoffte. Er schaffte es gerade noch zur Toilette, als der Rotwein und der Whisky und das andere Zeug seinen Weg gewaltsam aus seinem Körper nahmen. Er hing wie ein Häuflein Elend über der Toilettenschüssel und kotzte sich die Seele aus dem Leib. Aber danach ging es ihm ein wenig besser. Noch schwach auf den Beinen, ging er ins Schlafzimmer, fiel aufs Bett und schlief sofort ein. Was für eine Nacht, dachte er, während er einschlief.

Kapitel 7

Er erwachte am nächsten Morgen, es war ein Samstag, recht spät mit einem fahlen, pelzigen Geschmack im Mund. Mann, hatte er einen Kater. Es war, als würde ein kleines Männlein mit einem riesigen Hammer in seinem Kopf wüten. Oh Mann, war das ein Abend gewesen. Sein Schädel brummte wie ein Bienenstock. Beim Versuch aus seinem Bett aufzustehen, wurde es nur noch schlimmer. Er beschloss sich einen Kaffee zu machen und eine Kopfschmerztablette zu nehmen – oder doch zwei? Das sollte helfen. Immer noch groggy wankte er in Richtung Küche und machte sich einen Kaffee, wobei ihm beinahe die Kaffeetasse herunterfiel, als er sie ungeschickt unter die Maschine stellte. Danach setzte er sich an seinen Tresen, nahm zwei Tabletten, rauchte eine Zigarette und trank seinen Kaffee. Langsam lichtete sich der Nebel und es ging ihm besser und das Schwindelgefühl verflog allmählich. Trotzdem, eine weitere Kopfschmerztablette musste sein, sicher ist sicher.

Er dachte über den gestrigen Abend nach. Viel wusste er nicht mehr. Nur, dass er viel getanzt und getrunken hatte. Dann waren da noch dieses seltsame blonde, hübsche, geile Mädchen und Duncan. Er hatte den ganzen Abend nicht einmal getanzt, aber er schien sich trotzdem amüsiert zu haben. Er wusste auch noch, dass er den Club verlassen hatte und dass ihm an der frischen Luft alle Lichter ausgingen. Duncan musste ihn nach Hause gefahren und ihn in die Wohnung gebracht haben. Nett von ihm. Er hätte ihn auch in der einsamen Gegend einfach stehen lassen können. Schließlich kannten sie sich kaum oder eher gar nicht. Echt nett von ihm, dachte er. Aber woher wusste er, welches seine Wohnung war? „Oh Mann, ich brauche noch einen Kaffee", sagte er zu sich selbst.

Nach seinem fünften Kaffee setzte er sich in seinen Sessel und schaltete aus der Gewohnheit heraus seinen Fernseher an. Es war Samstag und wie üblich liefen auf fast allen Kanälen vorweihnachtliche Sendungen. Ein interessanter Bericht in einem der Wissenschaftskanäle ließ ihn aufhorchen. Er handelte von Fledermäusen und deren Opfern. Auch zeigte der Bericht, welche Krankheiten sie übertrugen und so weiter und so weiter. Peter versuchte dem Bericht zu folgen, aber die monotone Stimme des Erzählers lullte ihn in den Schlaf.

Um fünf Uhr nachmittags erwachte er und öffnete die Augen. Mist, es fiel ihm siedend heiß ein, dass er sich noch ein paar neue Klamotten für den Geburtstag seiner Mutter kaufen wollte. Noch im Halbschlaf stand er auf. Da merkte er, dass er noch seine Kleider vom Vorabend an hatte. Er zog sie aus und warf sie in den Wäschekorb. Die warme Dusche belebte ihn wieder und nachdem er sich angezogen hatte, verließ er das Haus um einkaufen zu gehen. Zum Glück hatten die Geschäfte an Samstagen länger geöffnet und vor Weihnachten eh. Na wenigstens eine gute Sache an Weihnachten, dachte Peter.

Der Abend war regnerisch, kalt und windig. Es war Dezember, was sollte man da erwarten. Hoffentlich fing es nicht auch noch zu schneien an. Bei Schneefall zu seiner Mutter zu fahren, war eine Tortur. Der Wetterbericht hatte keinen Schnee angekündigt, aber bei dem Wetter wusste man es nie, auch der Wetterdienst nicht.

Er marschierte recht stramm über die zugige Brücke in Richtung Innenstadt und versuchte den Weihnachtsmarkt und dessen Besucher zu meiden. Der Versuch den Menschenmassen auszuweichen, hatte dennoch nicht funktioniert. So musste er sich durch das Gedränge der Leute in der Fußgängerzone den Weg bahnen.

Die gut besuchte Einkaufsmeile in der Fußgängerzone der Stadt war nach gut einer halben Stunde erreicht. Jede Menge Läden, Einkaufspassagen und Kaufhäuser – alle hell beleuchtet und in den Schaufenstern weihnachtliche Dekoration. Über die Menschen, die dort herumeilten, konnte man nur den Kopf schütteln. Sie eilten hektisch hin und her. Viele waren noch auf der Suche nach den letzten Weihnachtsgeschenken. Andere liefen sichtlich genervt mit bereits gekauften und eingepackten Dingen umher. Gott sein Dank hatte das seine Familie schon lange abgeschafft. Den Stress brauchte er sich nicht zu geben.

Er schlenderte gedankenverloren die Geschäfte entlang, ging in das eine und andere Bekleidungsgeschäft hinein, wobei ihm jedes Mal die warme, widerliche Lüftung der Klimaanlage entgegenblies, fand aber nichts, was ihm gefiel oder in seiner Größe war. Toll, dachte er, ich laufe hier schon seit zwei Stunden herum und finde nichts. Die Verwandtschaft brezelt und tufft sich bestimmt wieder auf – und ich sehe wieder aus wie ein Penner. Er erinnerte sich noch an letztes Jahr, da kamen die lieben Verwandten aufgedonnert an und er stand da mit seiner Jeans und seinem Karohemd. Ach was soll's, dachte er sich. Ich bin da, um meine Mutter mal wieder zu sehen, und die Verwandtschaft kann mir egal sein.

Nachdem er den Entschluss gefasst hatte nun doch nichts zu kaufen, verließ er das Kaufhaus, in dem er gerade war und machte sich auf den Heimweg. Plötzlich wurde er von einem bulligen und schmierigen Mann angesprochen. Er roch ekelhaft nach Bier und altem, abgestandenen Schweiß.

„Wegen dir haben mich die Bullen gekriegt!" Der Mann riss ihn aus seinen Gedanken. „Du Arschloch", sagte der Mann und spuckte ihn an. „Das warst du, ich erinnere mich genau. Du warst das Arschloch."

Peter erinnerte sich. Es war der bullige, eklige Typ, der ihn im S-Bahn-Bahnhof umgerannt hatte. Der Typ hatte etwas Bedrohliches und Kampflustiges in seinen Augen.

„Wenn meine Kumpels kommen, machen wir dich fertig", fauchte er ihn an. Er packte Peter am Arm und wollte ihn festhalten

„Lassen Sie mich los, Mann", schrie Peter und riss sich los.

„Wir kriegen dich und dann machen wir dich fertig", schrie der bullige Typ ihm nach. „Du wirst dafür bezahlen, ob du willst oder nicht!"

Armer Irrer, dachte sich Peter. Nach dem Vorfall lief er schneller, er wollte nur noch nach Hause. Für seinen Geschmack war das genug für heute. Während er weiterlief, schaute er sich öfters um, ob der Mann ihm nicht folgte. Das würde ihm noch fehlen, dass der Typ heraus bekam, wo er wohnt. Was für ein Idiot, dachte Peter.

Um schneller nach Hause zu kommen, nahm er eine Abkürzung und bog in eine dunkle Seitenstraße ab. Er überlegte noch einmal, ob er sich wirklich sicher war, diese Abkürzung zu gehen, denn diese Straße führte in eine nicht sehr sichere und heruntergekommene Gegend. Dies war ihm bekannt, aber es war der schnellste Weg. Nicht gerade die beste Gegend, aber zu dieser Zeit sollte es noch einigermaßen sicher sein da durchzugehen. Die

Straße am Fluss war schon in greifbarer Nähe. Spärliches Licht erleuchtete die Seitenstraße. Einige Straßenlaternen waren kaputt und überall lagen Müll und Dreck auf der Straße, auf dem Gehweg und in den Hauseingängen. Viele Häuser waren grau, dreckig, heruntergekommen und trist. Die Stadt hatte hier schon lange kein Geld mehr investiert, auch die Reinigungskräfte wurden hier schon lange nicht mehr gesehen. Von den Fassaden bröckelte der Putz und an manchen Häuern waren die Fensterscheiben zerbrochen oder eingeschlagen und mit Holz verschlossen. An manchen Ecken klebten alte verblichene Plakate an den Hauswänden. Er beeilte sich, um die Straße und dieses Stadtviertel schnell zu verlassen.

Plötzlich sah er dunkle Gestalten im Schatten einiger Hauseingänge vor und hinter ihm stehen. Sie waren ihm wegen der Dunkelheit gar nicht aufgefallen. Zu seinem Schrecken bewegten sich die Gestalten auf ihn zu. Im Schein der Straßenlaternen konnte Peter acht große, bullige Skinheads im Jeansoutfit und Springerstiefeln erkennen. Und keine Menschenseele war in der Nähe, die ihm zu Hilfe kommen könnte. Er drehte sich rum und wollte zurücklaufen, aber es war zu spät. Hinter ihm standen bereits zwei dieser acht bulligen Typen mit verschränkten Armen und versperrten den Weg. Sie wirkten riesig im spärlichen Licht der Straßenlaterne. Im Nu war er von den acht riesigen und schwergewichtigen Typen umringt, die ihn mit ihren massigen Körpern in Richtung Hauswand drückten. Peter erkannte sie, es waren die Typen von der S-Bahn-Station. Der Versuch wegzurennen scheiterte, denn die Typen waren schneller. Einer fasste seine Jacke und warf ihn mit dem Rücken an die Hauswand. Als Peter sich wehren wollte, nahm einer dieser Typen, ein ziemlich großer, fetter Typ mit schmierigen

Haaren, Peters Kopf in beide Hände und schlug mit seinem eigenen dagegen – „Kopfnuss" nannte man das wohl. Ihm wurde schwarz vor Augen und er sah nur noch Sterne. Sein Kopf dröhnte und er hatte eine große blutende Platzwunde an der Stirn. Als er im Begriff war ohnmächtig zu werden, wurde er brutal in die Wirklichkeit zurückgeholt. Einer der anderen Typen – es war der Typ, der Peter packte, als er aus dem Kaufhaus kam, allem Anschein nach der Bandenchef – gab ihm zwei heftige Faustschläge ins Gesicht. Dem hatte sein Kopf nichts entgegenzusetzen. Die Faust schlug wie ein Dampfhammer ein und seine Nase brach. Warmes Blut lief über sein kaltes Gesicht. Die Bewusstlosigkeit raste auf ihn zu wie ein Schnellzug. Er hörte seinen Angreifer von ganz weit weg nur brüllen: „Wach auf, du Scheißkerl!" und öffnete langsam die Augen. Sein Gesicht war heftig angeschwollen durch die Schläge und Blut lief ihm in die Augen. „Warum hast du dich eingemischt? Warum hast du mich aufgehalten, als die scheiß Bullen mich grundlos gejagt haben?", brüllte der Bandenchef.

„Eh Chef, Dornröschen kommt wieder zu sich", lachte ein anderer Typ mit einem kahl rasierten Kopf. „Ich glaube, die scheiß Schwuchtel braucht mal 'ne richtige Abreibung, damit er weis, dass man sich nicht in anderer Leute Dinge einmischt", grinste ein weiterer. „Wie sieht's aus, du schwule Tunte? Mischst du dich wieder in anderer Leute Sachen ein?", fragte der Bandenchef hämisch.

„Fick dich ins Knie. Das war nicht meine Schuld!", schrie Peter verzweifelt.

Der Bandenchef riss Peter brutal auf die Beine, zwei seiner Kumpane packten und warfen ihn erneut mit aller Gewalt an die Hauswand. „Jetzt wird er wohl auch noch lustig der Scheißkerl", zischte der Bandenchef. „Wir wollen doch mal sehen, ob er immer noch drollig ist, wenn ich ihn aufschlitze."

Peter war zu benommen, um sich zu wehren. Der Kerl holte ein Klappmesser aus seiner Tasche und hielt es ihm an die Kehle.

„So, du Tunte, nun schrei nach deiner Mami!", lachte er. „Sie wird dich aber nicht hören, keiner wird dich hören. Es wird dir auch keiner helfen. Wir schlachten dich ab wie ein Schwein und keinen wird es stören."

Die Situation war ausweglos. Dieser schmierige Kerl würde ihm die Kehle aufschlitzen und ihn liegenlassen wie ein Stück Dreck.

„Wartet", sagte er schwach. „Ich habe mein Geld in der Jackentasche, nehmt, was ihr wollt. Ich gebe euch alles, nur lasst mich in Ruhe."

Der Boss grinste nur. „Du hattest deine Chance, Arschgesicht. Dein Geld interessiert uns nicht, davon haben wir genug. Es geht jetzt nur noch um dich. Wir wollen jetzt Spaß mit dir haben – und das werden wir. Nicht wahr, Jungs?" „Klar, Johnny", sagten die anderen. Mit einem eiskalten Grinsen schlug er Peter mit der Faust mehrmals in den Magen. Er krümmte sich vor Schmerzen und rang nach Luft. Zwei der Skinheads hielten ihn fest und richteten ihn wieder an der Hauswand auf. Peter rang noch immer nach Luft, er hatte das Gefühl zu ersticken. „Das war erst der Vorgeschmack, du winselndes Arschloch", lachte Johnny.

Als Johnny zu einem erneuten Faustschlag gegen ihn ausholte, stand plötzlich eine schwarze Gestalt wie aus dem Nichts hinter der Gruppe. Bevor sie weiter auf Peter einschlagen konnten, wurden zwei von ihnen am Arm gepackt, aus der Gruppe gerissen und mit einer übermenschlichen Kraft gegen die Hauswand des gegenüberliegenden Hauses geschleudert. Der Aufprall war so heftig, dass der lose Putz von der Hauswand fiel und beide bewusstlos liegenblieben. Johnny blickte geschockt in die Richtung, an dem vor wenigen Sekunden noch seine zwei Freunde und Mitstreiter standen. Im nächsten Moment wurden zwei weitere an den Schultern gepackt und wie durch Geisterhand durch die Luft gewirbelt. Einer schlug auf der Straße auf und schlitterte noch mindestens fünf Meter auf dem nassen Asphalt weiter die Straße hinunter, bis er gegen eine Laterne prallte. Ein knackendes Geräusch brechender Knochen war zu hören. Der Zweite hatte nicht so viel Glück, er landete an einer weiteren Straßenlaterne, die durch den Aufschlag vibrierte und blieb reglos liegen. Die nächsten beiden wurden am Genick gepackt, hochgehoben und mit unvorstellbarer Brutalität mit den Köpfen gegeneinander geschleudert. Peter hörte im Unterbewusstsein nur noch Knochen brechen. Ein fürchterliches Geräusch. Der Letzte der Gruppe bekam einen Faustschlag ins Gesicht und flog mit großer Wucht durch die verbarrikadierte Eingangstür des Hauses, an dem sie Peter festhielten. In weniger als zehn Sekunden waren alle sieben Bandenmitglieder außer Gefecht. Johnny ließ von Peter ab und sah mit wildem, panischem Blick nach links und rechts, um zu sehen, wer seine Männer einfach so ausgeschaltet hatte.

„Gunnar, Heinrich, Stefan, was ist los?", brüllte er panisch. Es konnte einfach nicht verstehen, warum seine Kumpane einfach so ausgeschaltet wurden und so schnell und vor allem von wem. Immerhin waren es große, kräftige und starke Typen, die schon so manchen Kampf mit ihm durchgestanden hatten. Er konnte aber niemanden sehen.

In diesem Moment sackte Peter in sich zusammen. Seine Beine waren einfach zu schwach, um ihn zu tragen. Er zitterte am ganzen Körper.

„Komm raus, du Schwein!", brüllte Johnny in wilder Panik. „Ich mach dich fertig, ich bring dich um!" In diesem Moment bemerkte er einen Luftzug und bekam wie aus dem Nichts einen solchen Schlag ins Gesicht, dass sein Kiefer brach. Das Messer in seiner Hand fiel zu Boden und er krümmte sich vor Schmerzen. Blut lief ihm aus dem Mund und einige Zähne folgten. An Brüllen war nicht zu denken, denn mit dem gebrochenen Kiefer konnte er nur krächzen. Plötzlich stand eine schwarze Gestalt vor ihm. Sie riss ihn mit einer Hand am Kragen seiner Lederjacke in die Höhe. Seine Beine berührten den Boden nicht mehr. Er wurde panisch und versuchte sich zu befreien, aber es war, als wäre er in einen Schraubstock eingespannt. Er sah seinen Angreifer mit weit aufgerissenen Augen an.

„Verschwinde von hier, so schnell du kannst, Johnny", zischte der Unbekannte. „Ich rate dir, diesen jungen Mann nicht wieder zu belästigen oder überhaupt in seine Nähe zu kommen. Ich habe heute einen guten Tag und du kommst vielleicht noch mit einem gebrochenen Kiefer davon, das nächste Mal sieht das vielleicht anders aus. Das gilt auch für deine Freunde hier – und keine Angst, die kommen wieder zu sich – die einen früher, die anderen später oder mancher vielleicht auch nicht. Aber du, mein Freund, solltest von hier verschwinden, solange ich dich noch lasse, und vielleicht einen Arzt aufsuchen, oder was denkst du?" Er ließ ihn los und Johnny fiel wie ein Sandsack auf die Straße zurück. In wilder Panik versuchte er aufzustehen. Er fuchtelte wild mit seinen Fäusten herum und versuchte die schwarze Gestalt zu treffen. Diese war jedoch zu schnell für ihn und wich den Schlägen geschickt aus. Dann packte sie ihn erneut am Kragen seiner Jacke. „Es ist besser, du verschwindest jetzt, bevor ich es mir wirklich anders überlege. Ich bin kein sehr geduldiger Mensch", zischte die Gestalt. Johnny überlegte kurz, nickte und die Gestalt ließ ihn wieder los. Als er wieder auf der Straße stand, rannte er los und verschwand so schnell er konnte in der Nacht. Seine Kumpane ließ er einfach liegen. So ein Feigling.

Peter lag zusammengekauert und blutend an die Hauswand gelehnt und wimmerte. Ihm taten sämtliche Knochen weh. Blut tropfte von seiner Stirn und lief aus seiner Nase, wo ihn der Kopf und die Faust von Johnny getroffen hatten. Es war ein Gefühl, als hätte ihn ein Zug überrollt. Die dunkle Gestalt blickte sich kurz um und ging dann auf Peter zu. Dieser kauerte wie ein Häufchen Elend am Boden. Vorsichtig blickte er nach oben und sah, sein Blick war verschwommen durch das ganze Blut, eine schwarze Gestalt auf sich zukommen. Instinktiv duckte er sich und nahm seine Hände vor sein Gesicht, um sich zu schützen. Es war ihm unmöglich den Fremden klar zu sehen, denn das Blut lief ihm in die Augen. Peter fing an zu zittern und gab alle Hoffnung auf, hier lebend aus dieser Situation herauszukommen.

Es ist seltsam, wenn man weiß, es gibt keinen Ausweg mehr und man weiß, dass es nun unweigerlich zu Ende geht, dann hat man keine Schmerzen mehr. Auch die Angst wird weniger. Man wartet nur noch darauf, dass es endlich geschieht.

Die schwarze Gestalt trat ins Licht der Straßenlaterne. „Keine Angst, Peter, es ist vorbei. Die werden dir nichts mehr tun", sagte die dunkle Gestalt mit freundlicher, sanfter Stimme. Er kannte diese Stimme.

„Duncan?", fragte er leise und sah vorsichtig nach oben.

„Ja, komm. Ich bringe dich in ein Krankenhaus", sagte er. Peter weigerte sich, aber Duncan bestand darauf, denn er hatte viel Blut verloren und seine Nase war gebrochen. Er versicherte Duncan, dass es ihm gut ging und morgen auch noch ein Tag wäre, um ins Krankenhaus zu gehen. Duncan überlegte kurz. Wohl war ihm dabei nicht. Die Verletzungen seines Freundes musste sich ein Arzt ansehen. Aber wenn er partout nicht wollte, dann würde er ihn erst einmal nach Hause bringen. Sollte sich sein Zustand verschlechtern, dann würde er ihn ins Krankenhaus bringen, ob er wollte oder nicht. Er nahm Peter am Arm und zog ihn auf die Beine und stützte ihn auf dem Weg zu seinem Auto. Es stand nicht weit am Ende der Straße an der Ecke. Es war verwunderlich, dass sein Retter nicht die geringste Erschöpfung zeigte wie auch schon an dem Abend, als er ihn nach Hause brachte. Auch auf dem Weg zum Auto ging sein Atem ruhig und gleichmäßig.

„Gott sei Dank, warst du da", sagte er. „Ich weiß nicht, wie es ohne dich ausgegangen wäre."

„Darüber solltest du dir nicht den Kopf zerbrechen", antwortete Duncan.

„Ich möchte dir danken. Du bist ein echter Freund. Ich stehe nun wieder in deiner Schuld", sagte Peter.

„Sind dafür nicht Freunde da?!", erwiderte Duncan. Sein schwarzer Retter wollte wirklich sein Freund sein? Er hatte noch nie richtige Freunde gehabt.

„Duncan, bist du eine Art Schutzengel der Menschen oder Wächter, oder was?"

„Glaub mir, ich bin das Gegenteil von einem Engel", erwiderte er bitter.

Als sie den Wagen erreichten, ging es Peter schlechter. Duncan wusste, sein Freund musste dringend ins Krankenhaus. Er öffnete die Hintertür des Wagens und legte ihn auf den Rücksitz. Dort verlor Peter das Bewusstsein. Er musste sofort etwas tun, um seinen Freund nicht zu verlieren.

Als Peter kurzzeitig wieder zu sich kam sah er, wie durch eine rote Nebelbank, wie sein Freund irgendeine rote warme Flüssigkeit auf seine Platzwunde am Kopf und auf seine Nase tropfte. Dann wurde es Nacht um ihn und der Schleier der Ohnmacht umhüllte ihn.

Duncan sprang in den Wagen und fuhr mit rasendem Tempo zu Peters Wohnung. Dort angekommen, nahm er ihm seine Schlüssel aus dessen Jackentasche, holte einen Verbandskasten aus dem Kofferraum und schloss die Haustür auf. Dann nahm er seinen bewusstlosen Freund auf die Schulter und brachte ihn in seine Wohnung. Dort legte er ihn auf sein Bett und nahm das Verbandszeug aus dem Kasten und versorgte seine Wunden. Peter bekam von all dem nur wenig mit. Seit Duncan ihn auf den Rücksitz gelegt hatte und losfuhr, war er mehr ohnmächtig als bei sich.

Kapitel 8

Als er wieder zu sich kam, war es bereits am Morgen. Sein brummender Schädel und seine Schmerzen am ganzen Körper brachten die Erinnerungen an den gestrigen Abend wieder zurück. Seine Erinnerung war nur schemenhaft. Er wusste, dass er überfallen und zusammengeschlagen worden war und dass Duncan ihn gerettet hatte. Wer ihn nach Hause gebracht und seine Wunden versorgt hatte, war ihm ein Rätsel. Es konnte nur Duncan gewesen sein.

Beim Versuch aufzustehen schmerzte sein ganzer Körper. Er schaffte es aber trotzdem aus dem Bett aufzustehen und sich in die Küche zu schleppen.

„Duncan!", rief er. „Bist du noch da?" Aber niemand antwortete. Wie lange er weggetreten war, wusste er nicht. Sein Blick fiel auf seine Mikrowelle. Es war bereits drei Uhr nachmittags. Oh Mann, war ich lange weg, dachte er. Als er sich einen Kaffee machen wollte, entdeckte er einen handgeschriebenen Zettel, der an der Kaffeemaschine klebte. Duncan würde ihn heute Abend gegen acht Uhr abholen und mit ihm ins „Bone Yard" gehen, wenn es ihm besser ginge und er Lust hätte. – Der ist witzig, dachte Peter. Ich kann mich kaum bewegen, alles tut mir weh und ich soll tanzen gehen. Der macht Witze ...

Während Peter seinen Kaffee trank, dachte er darüber nach, wie sein Freund ihn gestern gefunden hatte. Er war zur richtigen Zeit am richtigen Ort. Wie macht er das bloß immer, dachte er sich. Er ist doch eine Art Schutzengel und nicht, wie er behauptet, das Gegenteil. Was meint er überhaupt mit Gegenteil?

Er schleppte sich ins Bad und sah sein geschundenes Gesicht im Spiegel an. Diese Kerle hatten ihn ganz schön verdroschen. Seine Nase war anscheinend gebrochen und eine riesige Wunde hatte er auch am Kopf. Gegen besseres Wissen nahm er den Verband ab und sah sich die Wunden an. Zu seiner Verwunderung waren sie schon im Begriff zu heilen. Wie konnte das sein? Das war eine riesige Platzwunde gewesen, eigentlich hätte sie genäht werden müssen. Die Nase war gebrochen, die müsste gerichtet werden. Er wischte das verkrustete Blut auf seiner Stirn mit einem nassen Waschlappen weg und sah, dass es nur noch eine kleine Schramme war. Seine Nase fühlte sich auch nicht mehr so an, als wäre sie gebrochen. Sie war noch ein wenig geschwollen, aber ansonsten soweit in Ordnung. Wie konnte das sein? Er wusste noch, dass Duncan eine Flüssigkeit auf seine Wunden getropft hatte, aber konnte diese die Wunden so schnell heilen lassen? Es war alles sehr merkwürdig und mysteriös, aber in den letzten Tagen war einiges Merkwürdige passiert. Er schleppte sich zu seiner Couch, legte sich hin und schlief wieder ein. Als er wieder aufwachte, waren auch die Schmerzen vergangen und er hatte das Gefühl, sein Körper fühlte sich frisch und entspannt an. Sehr merkwürdig, das muss ja eine Art Wundermedizin gewesen sein, dachte er. Peter beschloss das Blut abzuwaschen und seine blutigen Sachen zu entsorgen. Reinigen konnte man die nicht mehr, denn sie waren blutverkrustet und zerrissen. Dann setzte er sich mit einem frischen Kaffee in seinen Sessel und starrte den Fernseher an. Er versuchte das alles zu verstehen.

Die Sonne war schon eine Weile untergegangen, und er saß immer noch vor dem ausgeschalteten Fernseher und starrte ihn an. Da klingelte es an der Tür und er schreckte hoch und ging an die Sprechanlage. Es war Duncan. Peter drückte den Türöffner und machte die Wohnungstür auf. Er erschrak, als Duncan schon vor der Tür stand. Wie konnte ein Mensch nur so schnell die Treppen hoch laufen?

„Das ging aber schnell", sagte er ein wenig verwirrt. „Bitte, komm rein. Ich bin noch nicht ganz fertig. Setz dich solange irgendwo hin." Duncan trat ein, setzte sich auf die Couch und erkundigte sich nach seinem Empfinden.

„Komischerweise gut, als hätte mich niemals jemand zusammengeschlagen", antwortete Peter. Er wollte wissen, wie das käme und was das für ein rotes Zeug war und wie es sein konnte, dass seine Wunden innerhalb von Stunden fast verheilt waren. Duncan meinte nur, dass es eine sehr, sehr alte Mixtur wäre und er diese von einem alten, weisen Mann vor Jahren bekommen hatte. Woraus dieser Trank bestand, konnte Duncan ihm nicht sagen – oder wollte es nicht. Er wusste nur, dass er sehr schnell helfe. Peter bohrte noch ein wenig nach, aber sein Freund meinte nur, es solle sich nicht den Kopf darüber zerbrechen. Die Hauptsache sei doch, dass er geholfen hätte.

„Wollen wir noch etwas unternehmen oder soll ich lieber gehen?", fragte er.

„Oh, äh, ja gerne", antwortete Peter und beschloss nicht weiter zu fragen. Er meinte aber, dass Duncan es ihm irgendwann einmal erzählen oder erklären müsste und verschwand in seinem Schlafzimmer.

Duncan schaute sich in der Wohnung um. Sie gefiel ihm. Einfach und zweckmäßig. Auf dem Tisch entdeckte er ein Bild eines jungen Mädchens, höchstens sechzehn. Sie hatte ein freundliches Lächeln, schwarze Haare und blaue Augen. Peter kam aus dem Schlafzimmer zurück und fragte ihn, ob er etwas trinken wolle. Er verneinte.

„Wer ist diese Mädchen?", fragte er stattdessen.

„Oh, das", antwortete er, „war meine große Liebe in der Schule."

„Was wurde aus ihr?", fragte Duncan.

„Sie wurde grausam ermordet", antwortete er traurig. „Das ist schon Jahre her."

Duncan drehte sich zu ihm herum und wollte wissen, ob er noch oft an sie dachte.

„Manchmal. Ich denke, was gewesen wäre, wenn wir an diesem Abend zusammen gewesen wären. Sie war sechzehn, so jung, so voller Lebensfreude – und mit einem Schlag war es vorbei", antwortete er bitter und traurig.

„Das tut mir leid", sagte Duncan.

Sie waren nur kurz zusammen gewesen, aber es waren die glücklichsten Momente in seinem Leben. Er stand auf und ging ans Fenster und starrte regungslos in die Dunkelheit der Nacht. Ungewollt bekam er feuchte Augen, als er an sie dachte. Duncan sah ihn mitleidsvoll an. Seit langer, langer Zeit fühlte er so etwas wie Mitleid mit jemandem.

„Es tut mir leid, ich hätte nicht fragen sollen", sagte er leise.

„Das macht nichts", erwiderte Peter „Es geht schon wieder." Er setzte sich wieder zu Duncan und öffnete eine Flasche Rotwein. Er fragte ihn, ob er nicht doch ein Glas haben wolle, aber Duncan lehnte ab. Peter wollte wissen, was letzten Abend passiert war und woher Duncan wusste, wo er in diesem Moment war und dass er in Gefahr war. Duncan sagte ihm, dass er sich keine Sorgen mehr über diese Typen machen solle. Das hätte sich erledigt. Peter atmete erleichtert auf.

„Woher wusstest du, dass ich in dieser Straße war und dass diese Typen mich umbringen wollten?", fragte er erneut.

„Sagen wir es mal so, ich wusste es einfach", erwiderte Duncan. Peter wusste mittlerweile, dass sein unheimlicher Freund ihm nicht darauf antworten würde, jetzt jedenfalls nicht. Soweit kannte er ihn schon und wusste, wann er nicht mehr zu fragen brauchte, da er keine Antwort erhalten würde.

„Weißt du, Peter, ich habe auch eine traurige Vergangenheit. Ich rede nie darüber, weil es wirklich traurig ist, und ich möchte dich damit auch nicht langweilen, denn eigentlich wollte ich was mit dir unternehmen, damit du auf andere Gedanken kommst. Aber wenn du willst und nicht sofort los willst, erzähle ich es dir", sagte er. Endlich erzählt er mal was von sich, dachte Peter. „Also gut", erwiderte Duncan.

Duncans Familie lebte in einem kleinen ländlichen Bauerndorf in der Nähe eines großen Waldes, umgeben von hohen Bergen, begann er zu erzählen.

„Die Leute in dem Dorf waren einfache Leute. Sie waren entweder Holzfäller, Handwerker oder Bauern. Es waren freundliche und hilfsbereite Leute, jeder kannte jeden. Die Dorfgemeinschaft war eigentlich eine große Familie.

Man half sich, wo man nur konnte und alle lebten von dem, was sie anbauten oder die Natur ihnen bot. Die Kinder spielten oft ausgelassen auf den Straßen ... na ja, es waren eher Sandwege und wenn es regnete, war es Matsch. Er erinnerte sich noch, wie es seiner Mutter missfiel, wenn er voller Schlamm und Dreck vom Spielen nach Hause zum Abendbrot kam. Oft gingen die Kinder mit den Älteren auch in den Wald und bauten sich kleine Hütten aus Ästen, Zweigen und Blätter."

Duncan schwieg einen Moment, dann fuhr er fort.

„Aber irgendwie lag etwas Bedrohliches und Unheimliches über dem Dorf und der Gegend, in der wir lebten. Das erfuhr ich aber erst, als ich älter wurde. Die Kinder wunderten sich nur, dass, sobald es dunkel wurde, ihre Eltern sie ins Haus holten und verschlossen und alle Türen und Fenster verriegelten. Es ging auch niemand mehr nach Sonnenuntergang nach draußen. Auch die erwachsenen nicht. So ging das Jahr ein und Jahr aus. Für die Kinder wurde dies zur Gewohnheit. Von den Eltern wurde uns auch immer gesagt: ‚Seit zu Hause, wenn es dunkel wird, sonst holen euch die schwarzen Männer.'

Als ich älter wurde, half ich meinem Vater, er war Holzfäller, bei seiner Arbeit. Zu dieser Zeit damals war es so, dass die Söhne meistens den Beruf des Vaters erlernen mussten, so auch ich. Es war kurz vor Weihnachten, der Schnee lag meterhoch auf den umliegenden Bergen und in dem Tal, in dem das Dorf sich befand. Es schneite ununterbrochen. Damals waren die Winter noch härter als heute, es gab immer zu Weihnachten Schnee. Mein Vater und ich mussten noch Feuerholz im Wald schlagen für den Kamin. Als wir unseren Wagen voller Holz hatten, machten wir uns auf den Heimweg. Es war sehr beschwerlich mit dem Wagen voller Holz, da er immer wieder im Schnee steckenblieb. Einmal fiel der Wagen auch um, und wir mussten das ganze Holz wieder einsammeln und im Wagen aufschichten. Es wurde dunkel und mein Vater trieb zur Eile an. Wir kamen aus dem Wald heraus und sahen mit Entsetzen, dass das ganze Dorf in Flammen stand. Soldaten in eiserner Rüstung auf Pferden ritten durch das Dorf und warfen brennende Fackeln auf die Dächer. Ein Haus nach dem anderen fiel den Flammen zum Opfer. Sie hatten die Häuser von außen verriegelt, sodass die eingeschlossenen Menschen nicht heraus konnten. Man hörte die Schreie der eingeschlossenen Menschen. Es roch nach Rauch und verbranntem Fleisch und wir hörten, wie sie am lebendigen Leib verbrannten."

Duncan machte eine Pause und holte tief Luft. Dann fuhr er fort.

„Mein Vater und ich ließen den Wagen mit Feuerholz am Rande des Waldes stehen und rannten zu unserem Haus. Damit die Soldaten uns nicht sahen, versteckten wir uns hinter ein paar dichten, hohen Büschen in der Nähe unseres Hauses. Die Soldaten schossen mit Bögen oder Armbrüsten brennende Pfeile auf alles, was sich bewegte. Unser Haus brannte schon lichterloh. Während mein Vater versuchte von hinten ins Haus zu kommen, um nach meiner Mutter und meiner jüngeren Schwester zu sehen, hörte ich ein leises Wimmern. Es kam von einem großen Busch neben unserem Haus. Ich ging darauf zu und sah, dass sich darin etwas oder jemand bewegte. Meine Schwester saß zitternd und weinend in dem Busch. Es war ein großer Busch und er war innen hohl wie eine kleine Höhle. Ich kroch in den Busch, um sie zu beruhigen. In diesem Moment brach unser Haus unter den Flammen zusammen und begrub meinen Vater unter sich. Seine Schreie hallten noch in meinen Ohren. Ich hielt meine weinende Schwester im Arm und schaffte es nicht sie zu beruhigen. So saßen wir beide in dem Busch, gut versteckt, und mussten ohnmächtig zusehen, wie das ganze Dort mit all seinen Bewohnern zu Asche verbrannte. Nachdem das ganze Dorf in Flammen stand, verzogen sich die Soldaten. Die Schreie der verbrennenden Menschen und Tiere waren entsetzlich."

Duncan machte erneut eine Pause und holte tief Luft. Dann starrte er regungslos auf den Fußboden. Nach einer Weile sagte er: „Zumindest dachte ich das damals. Später fand ich heraus, dass einige, vor allem die Kinder, entführt wurden und als Dienstboten für ihren Lehnsherrn arbeiten mussten. Oder sie wurden bestialisch getötet, nur so zum Spaß. Wie dem auch sei, meine Schwester und ich saßen die ganze Nacht in diesem Busch. Sie war völlig verstört und weinte ununterbrochen. Nach einer halben Ewigkeit schlief sie dann in meinen Armen ein. Erst als der Morgen anbrach, trauten wir uns aus dem Busch heraus und das gesamte Ausmaß der Zerstörung war zu sehen. Meine Schwester weinte und fragte nur immer wieder nach unserer Mutter und unserem Vater. Es fiel mir schwer ihr die Wahrheit zu sagen und sie zu beruhigen. Ich suchte hastig ein paar Habseligkeiten zusammen, die von dem Feuer verschont geblieben waren und wir verließen zusammen unser Dorf, unsere Heimat. Wir wussten zwar nicht wohin, aber wir wollten nur weg, weit weg." Duncan stand auf, ging an das Fenster und blickte regungslos in die Nacht hinaus.

„Mann!", sagte Peter sprachlos. „Was für eine Geschichte."

„Ja, aber sie ist leider wahr", erwiderte er bitter.

„Wie hast du das alles denn verarbeiten können, sodass du damit so einfach weiter leben kannst, Duncan, und was wurde aus deiner Schwester?", fragte Peter. Er holte erneut tief Luft.

„Es ist sehr lange her", antwortete er schließlich.

„Wie lange?", wollte Peter wissen.

„Sehr, sehr lange", entgegnete er emotionslos.

Peter wunderte sich, so etwas kann man nicht erlebt haben, ohne dass es irgendwelche Spuren hinterlässt. Er dachte dabei an sich selbst. Aber sein Freund hatte wohl weniger Probleme damit. Aber irgendwie war Duncans Geschichte – oder was auch immer – merkwürdig. Denn solche Dörfer gab es nicht mehr und Soldaten zu Pferde? Wann gab es das denn zuletzt? Er wollte ihn gerade fragen, ob er ihn mit der Geschichte nicht auf den Arm nehmen wolle oder aus welchem Buch er diese Geschichte hatte.

„Es ist schon spät. Wollen wir los?" unterbrach Duncan die Stille.

„Was? Äh, ja sofort, gleich, äh, ich ziehe schnell meine Schuhe an und dann können wir los", sagte Peter ein wenig verdattert. Duncan hatte ihn voll aus seinen Gedanken gerissen. Aber er wusste, das war seine Absicht, um die trübe Stimmung zu beenden oder zu verhindern, dass Peter anfing, Fragen zu stellen.

Während er seine Schuhe anzog, stand Duncan immer noch am Fenster und blickte hinaus. Er dachte darüber nach, was nach diesem Vorfall in seinem Dorf passierte: Die Soldaten des Lehnsherrn, wie sie sie in der folgenden Nacht auf einem Waldweg erwischten, sie zu seiner Burg brachten, ihn von seiner Schwester trennten und all die schrecklichen Dinge, die danach passierten. Vor allem, welche Grausamkeiten und Erniedrigungen der Lehnsherr für ihn vorbereitet hatte.

„Ich bin fertig, wir können los", rief Peter aus dem Flur.

Er war nicht emotionslos, wie Peter dachte, denn er wischte sich eine Träne von der Wange, dann drehte sich ruckartig vom Fenster weg und sie verließen die Wohnung.

Kapitel 9

Sie stiegen in den Jaguar und fuhren los. Duncan fuhr mit rasanter Geschwindigkeit durch die Stadt. Rote Ampeln oder Geschwindigkeitsbegrenzungen galten für ihn nicht. Die Erinnerungen an damals mussten ihn wohl sehr mitgenommen haben. Vielleicht versuchte er durch die Raserei sie wieder zu verdrängen. So war es auch kein Wunder, dass sie recht schnell am Club ankamen. Duncan parkte den Wagen und beide stiegen aus.

In der Bar herrschte reges Treiben. Die Leute trugen ihre übliche schwarze Lederkleidung. Die Musik war die wie beim letzten Mal sehr rhythmisch. Der Barkeeper begrüßte ihn und fragte Peter, was er trinken wolle.

„Heute nehme ich einen Rum, wenn Sie welchen haben", antwortete er.

„Klar haben wir den. Der geht aufs Haus", erwiderte der Barkeeper grinsend. Duncan nickte ihm nur zu und dieser nickte verstehend zurück.

Sie setzten sich an denselben Tisch wie beim letzten Besuch und das hübsche Mädchen in schwarzer Lederkorsage und kurzem Rock servierte wieder die Drinks. Peter bekam seinen Rum, den er dringend brauchte nach der Geschichte, die Duncan erzählt hatte, und sein Gegenüber sein übliches Getränk. Er trank den Rum in einem Zug und spürte das Brennen in seiner Kehle. Mann, war das ein gutes Zeug.

Der Barkeeper rief ihm zu: „Noch einen, mein Junge?". Er nickte.

Nach einer Weile setzt sich eine junge Frau an ihren Tisch. Es war das junge Mädchen, mit dem Peter das letzte Mal getanzt hatte. Sie grüßte ihn lächelnd, dabei leuchteten ihre Augen für einen kurzen Moment azurblau. Das Gleiche geschieht mit Duncan, dachte Peter, wenn er an seinem sogenannten Wein nippt. Was sind das für Leute oder sind es irgendwelche Freaks?

„Gefällt es dir hier, Peter", fragt sie ihn.

„Ja, es ist sehr nett hier", antwortete er. „Aber woher kennst du meinen Namen?"

„Duncan sagte es mir", entgegnete sie. Duncan sah sie nur stumm an.

„Und was hat er dir noch erzählt?", fragte Peter.

„Nicht viel, er ist da sehr verschlossen", antwortete sie.

„Was willst du, Nathalie?", fragte Duncan.

„Nichts, ich wollte nur deinen Freund begrüßen", erwiderte sie. „Ich finde ihn zum Anbeißen süß und er ist ein guter Tänzer."

„Ist das alles?", fragte er gelangweilt.

„Ich bin ja schon weg. Dann könnt ihr eure Männergespräche führen", sagte sie schnippisch, aber grinsend. „Aber vorher muss er mit mir tanzen.". Sie packte Peter am Arm. „Der Junge spielt in meiner Liga, nicht in deiner, Duncan." Damit stand sie auf und zog den verdutzten Peter mit einem liebevollen Blick auf die Tanzfläche.

Nach einer ganzen Weile kam er alleine wieder zurück. „Wer war das?", fragte er.

„Erzähle ich dir ein anderes Mal", antwortete Duncan und nippte dabei an seinem Drink. Er beschloss, nicht nach dem Grund zu fragen. – Ist doch auch egal, oder?

Nach einer kurzen Pause bekam er Lust weiter zu tanzen und fragte Duncan, ob er nicht doch tanzen wolle. Dieser sagte, wie auch das letzte Mal, nur ganz kurz, es wäre schon zu lange her, seit er das letzte Mal getanzt hätte und er mochte es damals schon nicht, aber Peter solle nur tanzen gehen. Peter stand auf und ging tanzen. Nach einer Weile kam er an den Tisch, um etwas zu trinken und schwärmte gerade zu, wie toll das Mädel von vorhin, Nathalie heiße sie wohl, tanzen könnte. Sie sei plötzlich wieder auf der Tanzfläche erschienen und hätte ihn gefragt, ob er nochmal mit ihr tanzen wolle.

Duncan grinste nur über seine Erzählung. „Nathalie mag dich eben", sagte er. „Es gibt nicht viele, die sie mag."

„Ach, du kennst ihren Namen also doch. Ich bin sicher, du weißt auch noch viel mehr über sie", antwortete Peter ein wenig sauer. „Aber, was meinte sie denn vorhin, ich spiele in ihrer Liga und nicht in deiner?", fragte er weiter.

„Das erzähle ich dir ein anderes Mal, versprochen – nicht heute", sagte Duncan bestimmt.

„Immer sagt du ein anderes Mal. Warum nicht jetzt, Duncan?", fragte er.

„Bitte lass mir ein wenig Zeit. Es wird nicht leicht sein für dich, alles zu verstehen, glaube mir", antwortete er. „Ich werde alle deine Fragen beantworten, versprochen, aber bitte lass mir noch ein wenig Zeit."

Sie verließen die Bar gegen vier Uhr morgens. Duncan fuhr ihn nach Hause. Die ganze Fahrt über redeten sie kein Wort. Peter dachte über den Abend nach, die Geschichte, die Duncan ihm erzählt hatte und an Nathalie, die hübsche Nathalie. Als sie bei ihm angekommen waren, fragte er, ob Duncan noch auf einen letzten Drink mit nach oben kommen wolle, aber er verneinte. Peter verabschiedete sich und bedankte sich für den Abend.

„Grüß Nathalie von mir, solltest du sie sehen", sagte er.

„Das werde ich bestimmt, und ich werde es ihr ausrichten. Gute Nacht, Peter", erwiderte Duncan und fuhr los. An diesen Abend ging er direkt ins Bett ohne sich vorher mit Rotwein zu betäuben.

In dieser Nacht träumte er von Reitern, die ein Dorf niederbrannten, er hörte die Schreie der Menschen. Es roch nach verbranntem Holz und Fleisch. Er sah Duncan, wie er versuchte, seine Schwester zu beschützen. Allerdings war in seinem Traum Nathalie die Schwester von Duncan. Er hatte seine Schwester noch nie gesehen oder kennengelernt, aber er sah eindeutig Nathalie in seinem Traum. Beide saßen in dem Busch, der plötzlich Feuer fing. Schreiend wachte er auf. „Nein, nein, nein!" Schweißgebadet richtete er sich auf und wusste im ersten Moment nicht, wo er sich befand – zu Hause und in seinem Bett – wo auch sonst.

Er stand auf, ging kurz ins Bad und ließ kaltes Wasser über sein Gesicht laufen. Dann ging er ins Wohnzimmer und setzte sich – noch verwirrt von dem Traum – auf seinen Sessel. Mann, so einen realistischen Albtraum hatte er ja noch nie. Es war so real, als wäre er dabei gewesen. Das brennende Holz war noch zu riechen. Er öffnete eine Flasche Rotwein und goss sich ein Glas ein. Er dachte sein Leben wäre grausam verlaufen, aber wenn er an Duncans dachte ... Er musste miterleben, wie fast seine gesamte Familie, Nachbarn und Freunde umgekommen sind.

Dann fiel ihm wieder Nathalie ein und er musste lächeln: die hübsche Nathalie. Sie sieht Duncan verdammt ähnlich. Ob sie seine Schwester ist, von der in seiner Geschichte die Rede war? Auch war sie seine Schwester in meinem Traum, dachte Peter. Aber wenn dem so wäre, müsste sie dann nicht viel älter sein? Immerhin ist das alles schon einige Jahre, wenn nicht gar Jahrzehnte, her. Schätzungsweise war sie so um die siebzehn oder achtzehn. Ich muss Duncan das nächste Mal fragen, nahm er sich vor. Nachdem das Glas leer war, ging er wieder ins Bett. Dieses Mal schlief er ohne Albträume durch bis zum nächsten Morgen.

Kapitel 10

In der folgenden Woche kamen diese Albträume jede Nacht wieder. Es war immer wieder der gleiche schreckliche Albtraum und jedes Mal wachte Peter schweißgebadet und schreiend auf. Um sich zu beruhigen, dachte er an Nathalie und bekam sofort eine Latte. Irgendwie waren seine Gedanken immer wieder bei ihr. Morgens beim Aufwachen, auf der Arbeit und abends, wenn er nach Hause kam. Peter hatte sich wohl verliebt.

Am Ende der Woche stand der Besuch bei seiner Mutter an. Sie hatte Geburtstag und in seiner Familie war es üblich, dass alle Verwandten sich bei ihr einfinden, um zu feiern. Seine Mutter war nach dem Tod ihres Mannes zu seinem älteren Bruder gezogen. Der Abstand war wohl nötig. Ihm graute es davor, denn seine Verwandtschaft war ihm zuwider. In seinen Augen waren sie alle spießig und überheblich. Er würde lieber mit Duncan ins „Bone Yard" gehen und dort mit Nathalie abtanzen, als mit seiner Verwandtschaft dazusitzen und sich zu unterhalten. Er mochte die, in seinen Augen, sinnlosen und langweiligen Unterhaltungen mit ihnen nicht, aber es war davon auszugehen, dass es sie geben würde. Es war aber nun mal der Geburtstag seiner Mutter und von daher war es Pflichtprogramm.

Freitagmorgen, bevor er zur Arbeit ging, packte er seinen Koffer für das „tolle" Wochenende und fuhr gegen sechs

Uhr abends los. Er fuhr einen kleinen roten Citroen C1, kein Vergleich zu Duncans Jaguar, aber in der Stadt brauchte er kein großes Auto und für die paar Fahrten, bei denen er ein Auto brauchte, war das okay. Er fuhr auf der Straße parallel zum Fluss in Richtung Autobahn. Die Fahrt würde ungefähr vier Stunden dauern, wenn es keinen Stau gäbe. Er erreichte die Autobahn und gab Gas. Der kleine Wagen beschleunigte langsam und Peter lehnte sich zurück und versuchte zu entspannen. Nach zwei Stunden knurrte sein Magen und er beschloss am nächsten Rastplatz anzuhalten, um sich was zu essen zu besorgen. Als der nächste Rastplatz in Sicht kam, fuhr er von der Autobahn ab. Zum Glück hatte der Rastplatz ein Schnell-Restaurant. Er parkte sein Auto und ging in das Restaurant, um sich ein belegtes Brötchen und einen Kaffee zu besorgen. Es dauerte eine Ewigkeit, bis er an der Reihe war. Er bestellte sich ein Sandwich und einen Kaffee zum Mitnehmen. Nachdem die Verkäuferin alles eingepackt hatte, nahm er die Tüte, ging zurück zu seinem Auto und begann zu essen. Danach ging die Fahrt weiter.

Als er am späten Abend bei seiner Mutter ankam, waren einige, aber noch nicht alle Verwandten angekommen. Diejenigen, die schon da waren, saßen gerade bei einem Wein oder Sekt oder Bier im Wohnzimmer. Die Reste des Abendessens standen noch auf dem Tisch. Bei seinem Eintreffen begrüßten sie ihn überschwänglich. Alles nur Show, dachte er grimmig. Seine Mutter forderte ihn auf Platz zu nehmen und etwas zu essen. Eigentlich wollte er nur seine Ruhe haben nach der langen Fahrt, aber es schien, seine Mutter hatte da andere Pläne. Seine Schwägerin goss ihm einen Wein an. Dann fing sie an zu plappern. Er hörte gar nicht zu, nickte nur ab und zu instinktiv.

Nach einer Weile stand er auf, nahm seine Jacke und ging durch den kleinen Wintergarten nach draußen auf die Veranda, um eine Zigarette zu rauchen. Seine Mutter folgte ihm.

„Wie geht es dir Peter?", fragte sie ihn.

„Soweit ganz gut, Mutter", antwortete er.

„Lebst du immer noch alleine? Hast du immer noch keine Freundin?", fragte sie weiter.

„Nein, Mutter und es ist auch gut so. Ich bin zufrieden mit meinem Leben", antwortete er genervt. Immer wenn er bei ihr war oder sie ihn anrief die gleichen Fragen.

„Mir wäre viel wohler, wenn ich wüsste, dass du endlich unter der Haube bist. Das wäre mein sehnlichster Wunsch, bevor ich von dieser Welt gehe. Dann wüsste ich, dass du versorgt bist", sagte sie.

„Mutter, nochmal, ich brauche niemanden. Ich war mein halbes Leben auf mich alleine gestellt und musste mich alleine durchkämpfen. Wie kommst du auf die Idee, das ich jemanden brauche, der sich um mich kümmert?", sagte er etwas zornig.

„Willst du damit sagen, ich hätte mich nicht um dich gekümmert?", rief sie verletzt.

„Nein, Mama. Ich meinte, nachdem du hierher gezogen bist", sagte er beschwichtigend. „Du hast dich immer um mich gekümmert und du hast mir sehr geholfen. Dafür bin ich dir immer dankbar und das weißt du."

„Ach, weißt du, Peter, es war nicht immer leicht. Du warst noch jung, als dein Vater starb, und musstest mit einem Schlag erwachsen werden. Du hast dich immer liebevoll um mich gekümmert. Dein Bruder war da ja schon ausgezogen. Du warst eben der Mann im Hause. Ich habe gearbeitet, damit du eine gute Schulausbildung bekamst. Glaub mir, es war nicht immer leicht für mich. Und dann der Tod deines Vaters, du hast dir solche Vorwürfe gemacht", sagte seine Mutter schluchzend. Er nahm sie liebevoll in den Arm.

„Mutter, du hast alles richtig gemacht. Ich liebe dich." Danach drückte er seine Mutter fest an sich und beide standen auf der dunklen Veranda und weinten. Er holte ein Taschentuch aus seiner Jackentasche und trocknete die Tränen seiner Mutter.

Nach einer Weile sagte sie: „Ich muss wieder rein. Die fragen sich sicherlich schon, wo ich stecke." Sie ging wieder zurück ins Haus und er sah ihr lange nach. Dann zündet er sich eine weitere Zigarette an und sog den Rauch tief ein.

Während er so dastand, seine Zigarette rauchte und seinen Gedanken nachhing, kam eine seiner Nichten zu ihm auf die Veranda. Sie war sechzehn Jahre alt, ein wenig dicklich, aber sonst ganz ansehnlich.

„Na, alles okay?", fragte sie.

„Ja, warum nicht?", fragte er zurück.

„Na ja, Omi kam ganz aufgewühlt zurück", sagte sie.

„Nichts, was relevant wäre, Vera", sagte er kurz.

„Ich finde es hier ziemlich langweilig. Mit den Alten da drinnen kann man ja nichts anfangen", sagte sie.

„Wir werden alle älter", antwortete er.

„Du bist heute nicht sonderlich drauf, wie?", fragte sie ihn keck.

„Nein, bin ich nicht. Die letzten Wochen waren sehr anstrengend." Er erzählte ihr kurz, was sich in den letzten Wochen ereignet hatte.

„Du bist zusammengeschlagen worden?!", rief sie entsetzt aus. „Wo hast du dich denn wieder rumgetrieben?

Hat dein seltsamer Freund was damit zu tun oder diese Tussi?"

„Ich war nur einkaufen und nein, er hat damit nichts zu tun und sie auch nicht. Frag einfach nicht weiter, ich möchte darüber nicht reden", sagte er.

„Aber du siehst ja gar nicht aus, als hätte man dich vermöbelt. Wenn das so war, dann hättest du doch noch Blessuren überall oder blaue Flecken", fragte sie neugierig. Seine Nichte konnte sehr beharrlich sein, wenn sie sich mal an einem Thema festgebissen hatte.

„Hör zu", sagte er. „Ich möchte nicht darüber sprechen, okay?! Was machst du eigentlich hier draußen?"

„Ich, ja äh, wollte mal von denen da drinnen weg und eine rauchen. Hast du eine für mich?", fragte sie. Peter gab ihr eine Zigarette. Gemeinsam standen sie da und rauchten. Nachdem sie mit ihrer Zigarette fertig war, meinte sie, ihr wäre langweilig und ob Peter nicht mit ihr in eine Disco käme. Er hatte eigentlich keine Lust, es war schon spät und er war müde.

„Vera, ich bin dazu vielleicht ein wenig zu alt. Außerdem bin ich müde. Ich bin vier Stunden Auto gefahren. Eigentlich will ich nur noch ins Bett", sagte er.

„Sei kein Weichei", sagte sie. „Du musst ja nicht tanzen, du kannst auch nur was trinken." Bevor sie noch weiter bohrte, sagte Peter zu. Sie grinste ihn an. „Na, also", sagte sie und ging zurück ins Haus.

Peter seufzte und steckte sich eine weitere Zigarette an. Als er fertig geraucht hatte, ging er zurück ins Haus und suchte seine Mutter. Sie war in der Küche und machte den Abwasch. Typisch, dachte er. Die hocken mit ihren fetten Ärschen im Wohnzimmer und lassen die alte Frau die Arbeit machen.

„Warte Mama, ich helfe dir", sagte er.

„Ach, lass doch Junge, ich kann das schon alleine", antwortete sie.

„Ich möchte es aber", entgegnete er. Als sie fertig waren, kam seine Nichte Vera in die Küche.

„Da bist du also", sagte sie. „Können wir los?"

„Ja, wir können", antwortete er.

„Wo wollt ihr beide denn noch hin um diese Zeit?", fragte seine Mutter.

„Ach Oma, wir wollen nur in die Disco in der Neustadt gehen. Und da du ja immer willst, dass ich nicht alleine gehe, habe ich Peter gefragt, ob er mitgeht.", sagte Vera.

„In die Disco? Um diese Zeit?", fragte seine Mutter entsetzt. „Es ist ja fast Mitternacht."

„Oma, gerade dann ist es am schönsten", entgegnete Vera.

„Na ja, wenigstens hast du Peter dabei, das beruhigt mich ein wenig. Aber kommt nicht zu spät wieder, verstanden?", sagte seine Mutter zu Peter.

„Ja, Mutter", sagte Peter.

Kurz darauf fuhren sie mit Peters Wagen los. Vera zeigte ihm den Weg. Unterwegs fragte sie ihn, was denn das für ein Mädel sei, das er da kennengelernt hat. Wie sie aussähe und ob sie nett sei und hübsch. Sie konnte wirklich sehr beharrlich sein.

„Sie ist sehr nett, hübsch und eine gute Tänzerin", sagte Peter.

„Wie lange kennst du sie schon?", fragte Vera wieder.

„Seit ungefähr zwei Wochen", antwortete Peter genervt.

Während der weiteren Fahrt stellte Vera immer weitere Fragen über Nathalie, Duncan und die Schlägerei. Peter war genervt und froh, als sie endlich an der Disco angekommen waren. Er suchte einen Parkplatz und beide stiegen aus.

Die Disco war mehr so eine Art Dorfdisco. Es standen lauter aufgetakelte Landeier davor. Mädels in übertriebenem Outfit und viel zu viel Schminke im Gesicht für seinen Geschmack. Die Typen waren nicht besser, richtig bullige Dorftypen, Landburschen eben. Oh mein Gott, dachte Peter. Worauf hatte er sich da eingelassen. Der Eintritt kostete fünfzehn Euro pro Person, aber dafür war ein Getränk frei. Na toll, dachte er und bezahlte für beide.

Drinnen wurde es nicht besser. Es war eher das Gefühl in einer Scheune als in einer Disco zu sein. Der Boden war mit Stroh bedeckt und anstelle von Stühlen oder Bänken zum Sitzen gab es Heuballen. Jetzt fehlen nur noch die Hühner, Schweine und Kühe.

Peter und Vera zwängten sich durch die Menge zur Bar. Sie bestellte sich einen Longdrink und er ein Bier. Er stellte sich mit dem Rücken zur Bar und beobachtete das muntere Treiben. Die Disco war kein Vergleich zu dem Club, in dem er mit Duncan war. Hier war die Musik viel zu laut und übersteuert. Es wurde hauptsächlich Techno gespielt. Für seine Ohren war das nur Krach und keine Musik.

Vera trank einen Schluck von ihrem Drink und sagte dann mit einem verheißungsvollen Blick: „Ich gehe mal ein wenig tanzen."

„Mach das", sagte Peter. „Mich findest du hier an der Bar." Damit verschwand sie in der Menge. Peter trank sein Bier aus und bestellte sich noch eins und sah sich nach einem einigermaßen ruhigen Platz zum Sitzen um. Gerade wurde ein Platz auf einer der Holzbänke in der einen Ecke frei. Peter zwängte sich durch die Menge und setzte sich. Von dort aus hatte man einen guten Überblick über die Menschenmasse.

Nach einer Weile sah er seine Nichte, sie sah sich suchend nach ihm um. Als sie ihn bemerkte, winkte sie und kam rüber zu ihm.

„Ich habe eben einen echt tollen Typ kennengelernt", fing sie an zu schnattern. „Er redet nicht viel, aber er ist echt super." Na toll, dachte Peter. Jetzt muss ich mir zu diesem schrecklichen Krach, was die hier Musik nennen, auch noch das Gerede meiner Nichte anhören.

„Na, dann erzähl mal", sagte er resignierend. Das ließ sich Vera nicht zweimal sagen. Allerdings musste sie brüllen, um die Musik zu übertönen. Der Typ hätte kurze blonde Haare, eine sportliche Figur und sähe einfach blendend aus. Eigentlich wäre er ihr ein wenig zu alt und sie würde ja nicht auf so Typen stehen, aber bei der tollen, muskulösen Figur und dem knackigen Hintern sieht auch eine Jeans gut aus, und wer denke da schon an das Alter und die Klamotten, schwärmte sie weiter. Peter war gelangweilt, wollte aber dennoch wissen, wo denn der Typ sei.

„Dort drüben an der Treppe", sagte sie und zeigte in die Richtung.

„Wo?", fragte Peter nochmal.

„Eben war er doch noch da", sagte sie verdutzt.

Ihm taten die Ohren weh von dem Krach und eine Pause wäre nun genau das Richtige – ganz speziell von dem Geschwafel seiner Nichte.

„Du, entschuldige mich mal einen Moment, ich gehe mal kurz raus eine Zigarette rauchen", sagte er und ging nach draußen.

Während er rauchte, schlenderte er über den Parkplatz. Was versuchte er dort zu finden, dachte er sich. Erwartete er wirklich, dass der Typ, den seine Nichte so toll fand, Duncan war? Duncan war Hunderte von Kilometern entfernt. Aber warum sollte er hier sein? Ach was soll's, dachte sich Peter, solche Typen gibt es überall. Vielleicht nur ein Zufall.

Nachdem seine Zigarette zu Ende war, ging er zurück in die Disco. Seine Nichte war wieder am Tanzen und Flirten. Oh je, das würde eine anstrengende Heimfahrt werden.

Um fünf Uhr morgens verließen sie die Disco und fuhren nach Hause. Seine Nichte quasselte wie erwartet ununterbrochen. Es fiel ihm schwer zuzuhören. Seine Gedanken waren bei der Feier morgen in Mutters Lieblingsrestaurant. Mal sehen, wie sie werden würde. Dann noch eine Übernachtung und dann ging es wieder nach Hause zurück.

Bei seiner Mutter angekommen, ging seine Nichte in ihr Zimmer und Peter ins Gästezimmer. Dort hatte seine Mutter ihm das Bett gerichtet und er fiel hinein und sofort in einen traumlosen Schlaf.

Am nächsten Morgen wachte er spät auf. Es war beinahe elf Uhr. Nach dem Aufstehen war sein erster Weg in die Küche. Der Kaffee, um wach zu werden, war in greifbarer Nähe. Seine Mutter stand in der Küche.

„Guten Morgen, Mama", sagte er.

„Guten Morgen, Peter", antwortete sie. „Möchtest du einen Kaffee haben und soll ich dir Frühstück machen? Die anderen schlafen noch oder sind zum Shopping in die Stadt gefahren. Sie sind alle gestern Abend recht spät ins Bett gegangen. Ich dachte, die werden nie müde", sagte sie.

„Ja bitte. Kaffee mit viel Milch genügt aber", entgegnete Peter. Sie machte ihm einen Kaffee mit viel Milch. Dann fragte sie ihn nach dem gestrigen Abend. Er erzählte von der Disco, die mehr eine Scheune war als eine Disco, von der Dorfjugend und von Vera. Seine Mutter meinte nur, dass hier auf dem Dorf alles ein wenig anders sei als in der Stadt. Vera sei ein rebellisches, junges Ding und ihr Vater hatte so einige Probleme mit ihr. Aber es schiene wohl die Pubertät zu sein.

„Ja", sagte Peter grinsend. „Das wird es wohl sein." Er nahm sich noch einen Kaffee und ging nach oben, um zu duschen.

Als er später nach unten kam, waren die Verwandten schon im Wohnzimmer versammelt und zeigten den anderen, die länger geschlafen hatten, was sie eingekauft hatten. Dazu tranken sie ihren Kaffee oder Tee und quasselten über belanglose Dinge.

Die Küche und der dortige frische Kaffee waren seine erste Anlaufstelle. Es widerstrebte ihm, sich zu ihnen zu setzen, denn ihr Geschwätz war für ihn unerträglich. Vera kam zu ihm in die Küche und nahm sich auch einen Kaffee.

„Na, gut geschlafen?", fragte sie.

„Ja, warum nicht", antwortete er. „So schlimm war es nun gestern auch nicht. Da habe ich schon Schlimmeres erlebt."

„Kann ich mir vorstellen", sagte sie. „Freust du dich schon auf die Feier heute Abend? Ich würde ja viel lieber in die Disse gehen, aber heute Abend ist ja Pflichtprogramm", sagte sie sarkastisch.

„Um ehrlich zu sein, nein. Ich finde solche Verwandtschaftstreffen eher nervig", sagte Peter.

Wenn Vera einmal im Redefluss war, war sie kaum zu stoppen. Sie quasselte ununterbrochen, über den gestrigen Abend, das Tanzen, die Typen und einen Typen ganz speziell, der ja so plötzlich verschwand und so weiter. Peter konnte nur manchmal einen Einwand geben. Mann, holt die zwischendurch auch einmal Luft, fragte er sich.

Es war ein sonniger, aber kalter Tag und die Verwandten saßen meistens draußen im Wintergarten vor der Veranda. Peter hatte eigentlich keine Lust sich dazu zu gesellen, aber seine Mutter drängte ihn dazu. Sein Bruder fragte ihn, was er so mache, seine Schwägerin wollte wissen, mit welchem Mädchen er ausgehe, seine Tante erzählte von ihren Krankheiten. Der übliche Wahnsinn eben.

Gegen Abend gingen alle in ihre Zimmer, um sich für die Feier umzuziehen. Peters Mutter räumte auf.

„Mama, lass doch alles stehen", sagte er.

„Weißt du, wenn ich es nicht wegräume, dann macht das deine Schwägerin irgendwann mal", erwiderte sie.

„Die ist eh so ein faules Stück. Spielt groß die Madame hier im Ort. Lass mich dir helfen", sagte Peter und nahm ihr das Geschirr aus der Hand. Gemeinsam räumten sie alles weg und gingen dann auch, um sich ebenfalls für die Feier fertig zu machen.

Kurz vor acht Uhr trafen sich alle wieder und es wurde besprochen, wer mit dem Auto fährt und wer wen mitzunehmen hat. Peter wollte mit seinem Wagen fahren, denn dann konnte er gehen, wann er wollte. Vera schloss sich ihm an. Er teilte seinen Verwandten und seinem Bruder unmissverständlich mit, dass er seine Mutter mitnehmen werde. Sein ältester Bruder wollte erst noch darüber diskutieren, aber er bestand darauf.

„Ich fahre mit Peter und Schluss", sagte seine Mutter bestimmt.

„Ja, Omi, du fährst mit uns", freute sich Vera. Somit war die Sache entschieden und sie fuhren zum Restaurant.

Nach dem Essen ging Peter hinaus, um eine Zigarette zu rauchen, endlich mal alleine. Das dauernde Geplapper nervte ihn. Morgen nach dem Frühstück ging es endlich wieder nach Hause, welch eine Freude. Auch wenn er seine Mutter gern hatte, so nervte sie doch nach einiger Zeit. Seine Nichte kam zu ihm und bat ihm um eine Zigarette.

„Wie wäre es mal mit kaufen?", fragte er sie grinsend.

„Wenn mein Vater wüsste, dass ich rauche, würde ich was zu hören bekommen", sagte sie.

„Ich denke, er weiß es bereits", entgegnete Peter. Sie zuckte mit den Achseln und meinte nur, dass es ihr eigentlich egal wäre.

Nach einer Weile fragte sie: „Wollen wir noch mal in die Disse fahren?"

„Vera, wir können doch nicht einfach so verschwinden. Es ist Mutters Geburtstag", sagte Peter.

„Na und, sie hat nächstes Jahr auch wieder und die nerven da drin doch nur", entgegnete sie.

„Ich weiß, mir macht das auch keinen Spaß, ich wäre auch lieber zu Hause", erwiderte Peter. „Aber es ist, wie es ist – Pflichtprogramm – und von daher sollten wir nicht in die Disco fahren."

„Spielverderber, du wirst langsam alt", sagte sie. Und dann ging der Redeschwall erst richtig los. Wenn sie ihn demnächst einmal besuchen würde, müsste er unbedingt mit ihr in den Club gehen. Ihr wäre es auch egal, wenn dort nur Rentner rumhängen würden oder ob die Musik scheiße wäre.

„Das werden wir sehen, wenn du mich mal besuchst", erwiderte er.
„Mach ich bestimmt", sagte sie. „Ich wollte schon immer mal deine Junggesellenwohnung sehen."
Sie gingen wieder zurück in das Restaurant. Nach einer Weile wurde seine Mutter müde und wollte nach Hause und teilte dies den anderen mit. Peter bot sich an, sie nach Hause zu fahren und sie nahm dankend an. Vera wollte sie begleiten, da es ihr hier zu langweilig wäre. Als sie zu Hause angekommen waren, ging seine Mutter direkt in ihr Zimmer. Sie sagte, sie sei total erschöpft. Wenn die beiden noch was trinken wollten, wären noch Wein und andere Getränke im Kühlschrank. Peter, der den ganzen Abend nichts getrunken hatte, ging in die Küche und holte den Wein aus dem Kühlschrank. Dann setzte er sich ins Wohnzimmer, wo Vera schon auf ihn wartete.
„Trinkst du ein Glas mit?", fragte er sie.
„Ja, warum nicht", antwortete sie.
Er holte zwei Gläser aus dem Schrank und schenkte ein. Und wieder stürzte das Labergewitter über ihn herein. Seine Nichte meinte, dass er es ja eigentlich gut hätte. Weit weg von hier, eine eigene Wohnung, machen können, was und wann man es will. Für sie wäre das der Himmel auf Erden.
„Und du meinst, das wäre schön?", fragte er. „Weißt du, alleine zu sein ist manchmal wirklich schön, aber es gibt auch Zeiten, wo das recht deprimierend ist. Gerade in der Vor- und Nachweihnachtszeit oder an Weihnachten selbst. Du hast deine Familie, auch wenn sie manchmal nerven, aber du hast sie. Ich sitze Weihnachten alleine zu Hause und gebe mir die Kante."

„Aber du könntest doch zu Weihnachten hier sein", sagte sie.

„Könnte ich, klar, die Frage ist aber: ‚Will ich das?' Du hast doch gesehen, was heute hier abging. Das wird an Weihnachten nicht anders sein. Da fühle ich mich besser alleine zu Hause und sturzbesoffen, als hier mit den Verwandten abzuhängen", entgegnete er.

„Stimmt, da hast du recht", sagte sie. „Es ist nur schade, dass du so alleine bist."

„Glaub mir, mir geht es gut", erwiderte er.

Sie saßen noch eine Weile schweigend da und tranken ihren Wein. Dann fragte seine Nichte, ob sie nicht doch noch in die Disco fahren wollen. Er hatte wirkliche keine Lust und es war schon beinahe zwölf Uhr. Außerdem musste er morgen wieder nach Hause fahren und wollte früh los. Sie begann wieder auf ihn einzureden und um des lieben Friedens willen stimmte er resigniert dann doch zu.

In der Disco herrschte noch reges Treiben. Klar, es war Samstag und die Dorfjugend, die heute nicht besser aussah als gestern, war unterwegs. Wie Hähne, die um die Hennen balzen, einer bunter als der andere. Er zwängte sich mit Vera an die Bar. Sie bestellte sich ihren Lieblingslongdrink und Peter bestellte sich ein Bier wie am Abend zuvor. Seine Nichte verschwand mit ihrem Drink auf der Tanzfläche. Na toll, dachte er. Erst nörgelt sie, bist du sie hierher fährst und dann stand er nur dumm rum. Den Leuten beim Tanzen zuzusehen war die einzige Möglichkeit, obwohl es ihm total unverständlich war, wie die bei dem Krach tanzen konnten. Er trank sein Bier aus und bestellte sich gleich noch ein neues. Plötzlich entdeckte er eine schwarze Gestalt im Schatten einer der Treppen.

Seine Nichte stand auch dort und unterhielt sich. Peter nahm sein Bier und versuchte sich durch die Menschenmenge in Richtung Treppe zu zwängen. Auf halben Weg kam sie ihm entgegen.

„Er ist wieder da!", rief sie überschwänglich.

„Wer?", fragte er.

„Na der seltsame Typ von gestern. Gott, ist der heiß", schwärmte sie. „Komm doch mit, ich stelle dich vor. Den Typ musst du kennenlernen."

Als sie die Treppe erreichten, war der Typ verschwunden. Hatten sie es sich nur eingebildet? Nein, das konnte nicht sein, denn Vera hatte ja mit ihm kurz zuvor gesprochen.

„Komisch", sagte sie. „Du hast ihn doch auch gesehen, oder?"

„Ja, habe ich", antwortete Peter. Sie schauten sich um, aber der Typ war nirgends zu entdecken.

„Na, was soll's", sagte Peter. „Wenn er was von dir will, dann siehst du ihn wieder, wenn nicht, dann nicht."

„Na ja, es sind ja noch andere tolle Typen hier", entgegnete sie. „Ich hab also noch die Auswahl."

Als sie die Disco verließen – und Peter war heilfroh darüber –, brach der Morgen bereits an. Sie stiegen in Peters Wagen und fuhren nach Hause. Dieses Mal blieb ihm der Redeschwall erspart. Dort angekommen, ging Peter direkt ins Bett und schlief sofort ein.

In dieser Nacht kamen die Albträume wieder. Er träume wieder von Reitern auf Pferden, brennenden Häusern, schreienden Menschen, sah Duncan und seine Schwester in dem Busch kauern, wie sie flohen und von den Reitern eingefangen wurden, eine düstere Burg. Die Soldaten trennten sie, seine Schwester weinte und schrie.

Er kämpfte und schlug wild um sich und versuchte sich vergeblich zu befreien. Plötzlich kam eine Fratze mit riesigen Fangzähnen auf ihn zu ...
Peter schreckte schreiend und schweißgebadet aus dem Traum hoch. Es war so real, als wäre er Duncan, als würde er alles fühlen, was Duncan gefühlt hatte. Das war immer so, wenn er diese Träume hatte: unheimlich!
Es dauerte einen Moment sich zu orientieren, dann wurde ihm bewusst, dass er im Gästezimmer seiner Mutter im Bett lag und nicht in einem düsteren Burgverlies. Oh Mann, dachte er, das war ja schlimmer als beim ersten Mal.

Um zehn Uhr kam er herunter, um zu frühstücken, seine Verwandten saßen schon am Tisch im Wohnzimmer. Allem Anschein nach hatten sie ihr Frühstück schon beendet. Seine Mutter war wie üblich in der Küche. Er ging zu ihr.
„Guten Morgen, Mama", sagte er.
„Guten Morgen, Peter", sagte sie. „Du siehst ja schlimm aus. Was ist denn los?"
„Nichts, Mama", entgegnete er. „Ich hatte nur einen schlechten Traum."
„Komm, Junge, ich mach dir erst mal einen Kaffee", sagte sie.
Nachdem er seinen Kaffee getrunken hatte, ging es ihm ein wenig besser. Aber der Albtraum ging ihm nicht aus dem Kopf. Er musste ständig darüber nachdenken. Nach einem weiteren Kaffee ging er hinaus auf die Veranda, setzte sich auf einen der Liegestühle und rauchte.
Vera riss ihn aus seinen Gedanken. Sie wollte wissen, wann er sich auf den Weg machen würde.

„Demnächst", antwortete er. Er hoffte, sie würde ihn nicht wieder mit irgendwelchen Dingen zutexten. Es wäre super, wenn er sie mit zu ihrer Freundin Franziska nehmen würde, meinte sie. Sie wohne nur einen Ort weiter. Da die Tankstelle eh auf dem Weg lag, willigte er ein.

Peter trank noch einen Kaffee, redete noch kurz mit seiner Mutter und packte dann seine Sachen zusammen. Seine Nichte wartete schon an der Tür. Er verabschiedete sich noch von seinen Verwandten und fuhr dann mit ihr los.

Vera lud er bei ihrer Freundin ab und zum Glück redete sie dieses Mal nicht permanent. Sie sagte nur, sie wolle heute oder morgen Abend noch mal in die Disco gehen, vielleicht wäre ihr Traumprinz wieder da.

Kapitel 11

Die Fahrt verlief ruhig und gegen Nachmittag war er zu Hause. Unterwegs ging ihm aber der Traum von letzter Nacht nicht aus dem Kopf. Es war zu real gewesen. Warum kam dieser Albtraum ausgerechnet letzte Nacht wieder?

Als er zu Hause ankam, war es bereits dunkel geworden. Nachdem das Auto geparkt war, nahm er seine Sachen aus dem Kofferraum und ging nach Hause. Er öffnete die Fenster, um frische Luft hereinzulassen und ging ins Schlafzimmer, um seinen Koffer auszupacken. Danach machte er es sich vor seinem Fernseher bequem. Leider liefen dort mal wieder nur irgendwelche langweiligen Filme und unnötige Werbung. Er lehnte sich in seinem Sessel zurück und dachte über das Wochenende und die anstehende Woche nach.

Das Klingeln an der Tür riss ihn aus seinen Gedanken. Wer kam denn jetzt noch um diese Zeit? Er stand auf und ging an die Sprechanlage. Niemand antwortete. Komisch. Es klingelte wieder. Peter öffnete die Wohnungstür: Die blonde, junge Frau – Nathalie – aus dem „Bone Yard" stand vor der Tür. Sie trug eine enge schwarze Jeans und eine enge schwarze Bluse, die ihr blasses Gesicht noch blasser erscheinen ließ. Peter war total perplex.

„Nathalie, was machst du denn hier?", fragte er erstaunt.

„Dich besuchen. Ich war zwar gestern auch schon mal hier, aber du warst nicht da. Und da ich Licht in deiner Wohnung sah, bin ich vorbeigekommen", antwortete sie.

„Äh, ja, nett von dir, äh, komm doch rein", sagte Peter etwas verdattert. „Entschuldige, aber ich hätte nicht gedacht, dich vor meiner Tür anzutreffen. Möchtest du was trinken?"

„Nein danke", antwortete sie.

„Was willst du denn hier?", fragte er.

„Sagte ich doch bereits – dich besuchen und ein wenig mit dir plaudern. Außerdem möchte ich dich näher kennenlernen", erwiderte sie.

Worüber wollte sie mit ihm plaudern, denn sie kannten sich ja kaum. Und woher wusste sie überhaupt, wo er wohnte? Hatte Duncan ihr seine Adresse verraten?

„Nein, das hat er nicht, daher war es ja so schwierig für mich, dich zu finden", antwortete sie. „Er macht um dich ein großes Geheimnis. Aber ich habe deine Adresse dennoch herausgefunden. Wie ich das geschafft habe, bleibt aber mein Geheimnis."

Peter verstand kein Wort. Was wollte sie hier und warum machte Duncan so ein Geheimnis um ihre Freundschaft. Na ja, eigentlich war Duncan selbst ein Geheimnis. Nathalie fragte, ob sie sich setzen dürfe. Unsicher bot er ihr die Couch an.

„Nathalie, nicht dass mir dein Besuch unangenehm ist, aber was willst du hier wirklich?", fragte er. „Wir kennen uns praktisch gar nicht. Ich wüsste auch nicht, worüber wir reden sollten."

Sie wählte das Thema „Duncan". Ihm war nicht klar, warum sie mit ihm über ihn reden wollte. War sie seine Freundin oder Frau?

„Nein, sei nicht albern", sagte sie grinsend. „Duncan hatte noch nie eine Frau oder eine Freundin."
Dann lüftete sie das Geheimnis – sie war seine Schwester! ...
Er setzte sich in seinen Fernsehsessel.
„Du bist seine Schwester?", fragte er erstaunt. Sicherlich hatte er sich das schon irgendwie zusammengereimt, denn sie sahen sich doch zu ähnlich, war sich aber nicht sicher.
„Hat er dir das nicht erzählt?", fragte sie.
„Nein, er erzählt nie viel. Er hat mir zwar anderes wirres Zeug erzählt, worauf ich mir keinen Reim machen kann. Es hörte sich eher wie eine Geschichte aus einem Geschichtsbuch an: Dass euer Dorf niedergebrannt wurde und dass er mit dir flüchten musste, nachdem eure Eltern, na ja ... verbrannt sind", antwortete er. „Aber die Geschichte ist irgendwie seltsam und kann doch einfach nicht wahr sein, oder?"
Sie versicherte ihm, dass die Geschichte keine Geschichte war, sondern die Wahrheit. Und wenn ihr Bruder sie ihm erzählt hatte, war er die große Ausnahme, denn sonst spricht er nicht darüber.
„Mag ja sein, dass diese Geschichte wahr ist, aber seltsam ist sie trotzdem. Welches Dorf wird denn von Reitern oder Soldaten mit brennenden Fackeln niedergebrannt in der heutigen Zeit?", sagte Peter.
Nathalie sah ihn erstaunt an und meinte nur verwundert, ob Duncan ihm nicht gesagt hätte, dass dieser Vorfall mehr als sechshundert Jahre her war?
„Über sechshundert Jahre?", fragte er verdutzt. „Du scherzt doch, oder?"

„Nein!", sagte Nathalie bestimmt. „Das ist über sechshundert Jahre her. Mir scheint, er hat dir nicht alles erzählt."
Das war doch Blödsinn, sechshundert Jahre, solange lebt doch keiner. Dann wären ja die beiden über sechs Jahrhunderte alt.
„Das ist korrekt", sagte sie trocken.
Peter wollte das nicht glauben, kein Mensch lebt über sechshundert Jahre. Wenn dem so wäre, dann wäre Duncan um die sechshundertzwanzig und Nathalie um die sechshundertachtzehn Jahre alt. Wie konnte das sein? Was waren die beiden? Ein medizinisches Experiment oder irgendwelche X-Men?
„Du nimmst mich doch auf den Arm, Nathalie. Komm, sag mir die Wahrheit", sagte er ungläubig.
Nathalie lehnte sich zurück und schaute Peter schweigend und ernst an. Sie fragte ihn, ob er jemals mit ihrem Bruder am Tag unterwegs war, oder ob er ihn schon einmal etwas essen gesehen hätte? Peter verneinte dies, aber was hatte das schon zu bedeuten.
„Er arbeitet wohl tagsüber und hat nur abends Zeit zum Ausgehen, so wie ich. Wenn ich arbeiten gehe und keinen Urlaub habe, kann ich auch erst gegen Abend, nach der Arbeit, ausgehen – wenn ich das denn will. Was ist daran so besonders? Was redest du für einen Unsinn?"
Er stand auf und sagte entnervt: „Nathalie, was willst du eigentlich? Was soll das Ganze? Willst du mich hier verarschen? Ich finde dich sehr sympathisch und ich mag dich sehr, aber wenn du mich hier nur verarschen willst, dann möchte ich dich bitten, wieder zu gehen."
Nathalie schaute Peter lange regungslos an. Sie wollte ihn nicht verarschen oder für dumm verkaufen. Ihre Intuition war es, ihm klar zu machen, mit wem er es hier zu

tun hatte oder mit was. Auch könnte es gefährlich für ihn oder Duncan werden, wenn sie Freunde blieben.

„Warum? Warum soll Duncan wegen mir Probleme bekommen?", fragte er entsetzt.

„Okay, lassen wir das Gerede um den heißen Brei, Peter", sagte sie kurz. „Setz dich bitte hin, denn die Geschichte, die ich dir gleich erzähle, ist nicht leicht zu verstehen."

Peter war total durcheinander und auch ein wenig genervt. Was wollte diese Frau oder vielmehr Mädchen, das er kaum kannte, hier? Was wollte sie ihm erzählen? Probleme, was für Probleme? Und Duncan? Was ist mit Duncan? Was soll dieses Gerede über Tag und Nacht? Peter wusste nicht, was sie damit meinte, setzte sich in seinen Fernsehsessel und starrte sie an. Was für eine weitere verrückte Geschichte würde jetzt kommen, dachte er.

Sie sah Peter an: „Ich kann mir vorstellen, dass du dich, na ja, verarscht vorkommst, Peter. Ich würde so was Verrücktes vielleicht auch nicht glauben. Aber lass' mich meine Geschichte erzählen. Und wenn du dann immer noch der Meinung bist, sie ist zu verrückt, um wahr zu sein, dann werde ich gehen und dich in Ruhe lassen. Einverstanden?"

„Einverstanden", entgegnete Peter. Er stand auf und schenkte sich ein Glas Wein ein. Nachdem er sich wieder gesetzt hatte, begann Nathalie zu erzählen.

„Es ist richtig, dass unser Dorf niedergebrannt wurde. Es ist auch richtig, das wir flüchten mussten", begann sie zu erzählen. „Der Grund für dieses Massaker war, dass ihr Dorf bei dem Lehnsherrn, sozusagen, in Ungnade gefallen war. Das Dorf und dessen Bewohner mussten jährlich einen Großteil ihrer Ernte an deren Lehnsherrn abgeben, sodass ihnen nur das Nötigste blieb. Das war reine

Schikane, aber das wussten sie damals noch nicht. In diesem einen Jahr, es war ein langer trockener Sommer, fiel die Ernte aber spärlich aus und das Dorf hatte selbst nicht genug, um zu überleben. Der Dorfrat beschloss daher, nur einen Bruchteil der kargen Ernte an den Lehnsherrn zu liefern. Leider durchschaute er dies. Als Strafe sollte das Dorf und alle seine Bewohner dem Erdboden gleich gemacht werden. Die Bewohner des Dorfes sollten versklavt oder getötet werden. Eher Letzteres, wie sich dann herausstellte."

„Aber das macht doch keinen Sinn, so bekam er doch im nächsten Jahr gar nichts", sagte Peter.

„Peter", seufzte sie, „das waren andere Zeiten. Da konntest du mit Logik nicht kommen. Damals war es so: Entweder befolgst du die Anweisungen des Lehnsherrn oder du wurdest bestraft. Der Lehnsherr war kein netter Mensch, eher ein sadistischer Tyrann. Das Volk, über das er herrschte, gehörte ihm mit Leib und Seele, und was er mit ihnen machte, war ganz allein seine Entscheidung. Es gab ja noch andere Dörfer wie unseres in der Gegend, er hatte also noch genug Auswahl. Duncan ging an jenem Tag mit unserem Vater in den Wald, um Feuerholz zu besorgen. Als die Dunkelheit hereinbrach, kamen sie. Zwanzig, dreißig Soldaten zu Pferde fielen über unser Dorf her. Unsere Mutter war gerade dabei, das Abendessen vorzubereiten." Sie hielt einen Moment inne, um ihre Tränen zu unterdrücken. Dann fuhr sie fort:

„Ich kam aus dem Stall und sah sie kommen. Ich wollte meine Mutter noch warnen, aber da hatten sie unser Haus schon erreicht und verbarrikadierten die Fenster und die Tür. Ich versteckte mich im Busch neben dem Haus. Das hatte ich schon öfter gemacht, wenn ich mit Duncan Versteck gespielt hatte, als wir noch Kinder waren oder wenn ich noch nicht ins Bett wollte. Von da aus konnte ich beobachten, wie die Soldaten die anderen Leute in ihre Häuser trieben. Ein Haus nach dem anderen verbarrikadierten sie wie unseres und dann setzten sie es in Brand. Wer versuchte zu fliehen oder aus dem brennenden Haus herauszukommen, wurde getötet. Ich konnte die Schreie der Frauen, Männer und Kinder hören und hoffte nur, dass sie mich nicht entdecken würden. Dann kamen sie zu unserem Haus zurück. Sie zündeten es mit ihren Fackeln an ohne zu zögern. Im Nu stand das strohbedeckte Dach in Flammen. Ich hörte meine Mutter schreien. Sie versuchte aus dem Haus zu kommen und schlug wie wild gegen die Tür."

Sie machte eine Pause, Tränen liefen ihr übers Gesicht. Peter stand auf, holte ein Taschentuch und gab es ihr.

„Dann kamen mein Vater und Duncan zurück", fuhr sie nach einer Weile fort. „Duncan rief nach mir. Unser Vater versuchte ins Haus zu gelangen, um seine Frau zu retten. Er hatte keine Chance, das ganze Haus stand mittlerweile in Flammen und die Schreie waren verstummt. Duncan fand mich im Busch neben dem Haus und kroch zu mir. Er hatte Tränen in den Augen und nahm mich in den Arm und versuchte mich zu beruhigen. Die Hitze war unerträglich, alle Häuser standen in Flammen."

„Oh, Nathalie, das ist ja schrecklich", sagte Peter voller Mitleid.

„Dann brach das Haus über unserem Vater zusammen und er verbrannte", sagte sie. „Nachdem die Soldaten ihre ‚Arbeit' erledigt hatten, verschwanden sie wieder. Sie hatten uns beide in dem Busch zum Glück nicht entdeckt. Wir warteten noch eine Weile und krochen erst heraus, als es dämmerte. Einige Häuser im Dorf brannten noch, andere waren nur noch verkohlte Trümmer und

Asche. Duncan versuchte noch ein paar Habseligkeiten zusammen zu suchen, die vom Feuer verschont geblieben waren und dann machten wir uns auf den Weg. Wir wussten nicht wohin, aber wir wussten, dass wir hier weg mussten, falls die Soldaten zurückkommen."

Sie machte wieder eine kurze Pause. Peter gab ihr ein weiteres Taschentuch, um ihre Tränen zu trocknen.

„Wir liefen den ganzen Tag. Wenn ich nicht mehr laufen konnte, trug Duncan mich. Als es dunkel wurde, hatten wir unser Dorf weit hinter uns gelassen und erreichten einen Berghang mit dichtem Wald. Der Wald war ideal für ein Nachtlager und ein gutes Versteck. Plötzlich tauchte ein Trupp Soldaten auf und entdeckte uns. Wir versuchten zu entkommen, aber wir hatten keine Chance und wurden erst wie Vieh gejagt und dann eingefangen."

Kapitel 12

In diesem Moment klingelte es an der Tür. Peter hörte es erst gar nicht, da diese Geschichte so unglaublich war, dass er wie in Trance zuhörte. Es war exakt die Geschichte, die er in seinen Albträumen immer und immer wieder erlebte.

Als er das Klingeln bemerkte, stand er langsam auf und öffnete die Tür.

Duncan stand vor der Tür. Heute war er etwas legerer gekleidet: Jeans, weißes Hemd und seinen üblichen Ledermantel. Peter bat ihn erstaunt, aber auch erfreut herein. Als er Nathalie sah, starrte er sie verwirrt an, soweit man das in seinem ausdruckslosen Gesicht deuten konnte.

„Ich schätze, ihr kennt euch bereits", sagte Peter.

„Was macht sie hier?", fragte Duncan kalt.

Er erzählte ihm, dass sie plötzlich vor seiner Tür stand und mit ihm reden wollte. Nur die Geschichte, die sie ihm erzählte, konnte er nicht so recht glauben.

Nathalie sah Duncan mit Tränen in den Augen an.

„Duncan, ich musste einfach kommen und mit Peter reden", sagte sie schluchzend.

„Wozu?", fragte Duncan enttäuscht.

Alles war so wie es sein sollte, warum wollte sie das zerstören? Sie wolle seine Freundschaft nicht zerstören, aber es wäre wohl nicht richtig. Er war ihr Bruder und sie gönnte ihm diese Freundschaft mehr als jeder andere und sie war glücklich, wenn er es war. Weinend lief sie auf ihn zu und umarmte ihn. Sie wusste nur zu genau, dass eine solche Freundschaft in ihren Kreisen nicht gerne gesehen wurde, gar verboten war. Duncan versicherte ihr, dass er es nicht zulassen würde, dass Peter oder ihr irgendwas passieren würde.

„Was soll mir denn passieren? Wovon redet ihr da eigentlich dauernd?", fragt Peter erstaunt. Er hatte sich diese phantastische und unglaubliche Geschichte der beiden angehört – eine Geschichte, die er in seinen Träumen immer und immer wieder erlebte.

Durch diese Geschichte erfuhr er, dass beide über sechshundert Jahre alt und irgendwelche X-Men oder Freaks waren. Eine Erklärung für das Ganze wäre jetzt wohl endlich angebracht.

Duncan sah Nathalie an und wollte wissen, was sie ihm schon erzählt hatte. Sie sagte ihm, dass sie gerade an der Stelle war, als sie in dem Wald Schutz suchten und gefangen genommen wurden.

Duncan sah Peter an. „Bist du wirklich sicher, dass du es wissen willst, egal wie verrückt es sich anhört?"

„Duncan, wir sind doch Freunde, oder? Sicherlich, die Geschichte ist verrückt, aber, ja, ich will sie hören", sagte Peter.

„Na gut", antwortete Duncan. „Nathalie, dann erzähle bitte weiter."

Duncan setzte sich zu Nathalie und nahm seine Schwester liebevoll in den Arm. Was für eine Geschwisterliebe, und das seit angeblich über sechshundert Jahren, dachte Peter.

Nachdem Peter sich auch hingesetzt hatte, setzte Nathalie ihre Geschichte fort. Sie erzählte von der Flucht vor den Soldaten, die sie mit ihren Pferden verfolgten. Wie sie mit Netzen eingefangen wurden, wie Duncan versuchte sich zu befreien, um ihr zu Hilfe zu eilen. Aber ihr Bruder hatte gegen sie keine Chance, die Reiter waren in der Überzahl. Sie überwältigten und fesselten ihn. Danach taten sie das Gleiche mit ihr. Die Soldaten machten noch Witze über sie und lachten. Danach wurde sie wie ein Sack Mehl auf die Packpferde geworfen und der Trupp setzte seinen Weg fort. Nach Stunden erreichte der Trupp die Burg, in der der Lehnsherr herrschte. Dort angekommen, wurden Duncan und Nathalie in ein Verlies geworfen. Sie schrie, weinte und wehrte sich heftig, als sie von ihrem Bruder getrennt wurde, aber es half ihr nichts.

Dann erzählte sie weiter: „Nach einer Ewigkeit wurde die Tür zu meinem Verlies geöffnet. Ein großer, stattlicher Mann trat ein. Er war schön, älter und hatte bereits graue Haare. Ich wollte an ihm vorbei aus dem Verlies fliehen, aber er war schneller. Er packte mich mit fester Hand und warf mich zurück in die Ecke. ‚Pass auf, Mädchen', sagte er ruhig. ‚Ich kann es für dich angenehm machen oder unangenehm. Es liegt ganz bei dir.' Lassen Sie mich zu meinem Bruder", forderte ich. ‚Alles zu seiner Zeit. Du bleibst erst mal hier. Für dich habe ich noch eine Aufgabe, aber die wirst du später erfüllen. Wenn du ruhig bleibst, dann ist alles in Ordnung. Wenn nicht, schicke ich meine Wachen zu dir, damit sie sich deiner annahmen. Mit euch beiden, vor allem mit deinem Bruder, werde ich noch meinen Spaß haben', grinste er und ließ mich im Verlies alleine. Die schwere Eichentür wurde von außen verriegelt und die Schritte des Mannes verklangen.

Am Horizont ging die Sonne auf und der nächste Tag begann. Duncan saß in seinem Verlies fest und ich in meinem. Er machte sich große Sorgen, was mit mir geschehen war. Den Versuch, die Tür des Verlieses aufzubrechen, musste er aufgeben, sie war zu massiv. Mühsam zog sich der Tag hin. Es herrschte Totenstille. Nicht einmal die Wachen waren zu hören.

Als die Sonne unterging, wurde die Tür von meinem Verlies geöffnet und eine Dienerin kam herein und brachte mir etwas zu essen und Wasser. Ich weigerte mich und wollte erst wissen, was mit meinem Bruder passiert sei. Die Zofe sagte nur, ich würde meinen Bruder bald wiedersehen, aber nur, wenn ich mich füge.

Zur gleichen Zeit wurde Duncans Verlies geöffnet und der große, stattliche, grauhaarige Mann – dieses Mal in eiserner Uniform – trat ein. Er musterte Duncan lange und schweigend, seine Augen leuchteten azurblau. Duncan war nach seinem misslungenen Ausbruchversuch von den Wachen mit Ketten an die Wand gefesselt worden. Die Soldaten hatten ihn auch brutal zusammengeschlagen, als er sich dagegen wehrte. Ein eiserner Ring hing um seinen Hals, der es ihm fast unmöglich machte, den Kopf zu bewegen. Der Mann sagte ihm, dass sie Soldaten bräuchten, junge, stattliche Männer für den Kampf. Duncan wollte diesen Leuten nicht dienen, er hasste sie und lehnte es ab. Er fragte nach mir und was sie mit mir gemacht hätten. Der Mann in der Rüstung lachte nur und sagte ihm, dass sie nichts gemacht hätten – noch nicht. Aber wenn er sie in einem Stück und unversehrt wiedersehen wollte, dann solle er einwilligen. Ich war sein Ein-und-Alles und er wollte auf keinen Fall, dass mir etwas passiert. Somit stimmte er widerwillig zu, sich zu fügen. Der Mann in der Rüstung grinste nur und öffnete den eisernen Ring um Duncans Hals und löste seine Ketten. Er sagte in gespielter Freundlichkeit: ‚Komm mit, mein Sohn.' "

Nathalie machte eine Pause.

„Was weiter geschah, muss dir Duncan erzählen, denn das weiß ich nicht. Darüber hat er nie gesprochen. Ich weiß nur, dass es schrecklich gewesen sein muss", sagte sie und sah Duncan an.

„Entschuldigt, aber ich brauche jetzt noch was zu trinken", sagte Peter. Er stand auf und holte sich ein Weinglas, danach öffnete er eine neue Flasche Rotwein. Beide lehnten dankend ab, als er sie fragte, ob sie nicht auch etwas wollten.

Peter setzt sich wieder zu den beiden. Dann schaute er Duncan an und fragte ihn: „Wie geht die Geschichte weiter? Von Nathalie kenne ich einen Teil und von dir auch, aber wie geht sie weiter?"

„Darüber spricht er nicht, ich habe ihn auch schon mindestens hundert Mal gefragt", sagte Nathalie.

Sie hatte recht, er sprach nicht gerne darüber, es war widerlich und grausam, was der Lehnsherr mit ihm anstellte. Aber auf der anderen Seite wollte er Peter als Freund behalten. Er vertraute ihm. Von daher würde es heute das erste Mal sein, dass er über die Geschehnisse reden würde. Dieses Mal legte Nathalie ihren Arm um ihren Bruder und drückte ihn.

Duncan fuhr mit seiner Geschichte fort, wo die seiner Schwester endete.

„Nachdem ich aus dem Verlies freikam, führte mich der Uniformierte in einen Raum. In der Mitte stand eine Art Holztisch mit Schlingen an allen vier Ecken, fast wie eine Streckbank. An jeder Schlinge hingen kleine metallische Röhrchen. Diese endeten in einer Art silberner Töpfe. Der Mann stieß mich in Richtung des Tisches und meinte nur, er müsse mir erst einmal eine Lektion im Benehmen erteilen. Immerhin hätte er bei seiner Gefangennahme einige seiner Männer verletzt und Widerstand duldete er nicht. Er packte mich mit nur einer Hand, riss mir die Kleider vom Leib und schleuderte mich auf den Tisch. Dann schnallte er mein Arme und Beine in den Schlingen fest. Ein Entkommen war somit nicht mehr möglich. Die Schlingen hielten mich am Tisch fest. Der Mann grinste nur und entblößte dabei seine scharfen, langen Fangzähne. Er stach mir die Metallröhrchen, an deren Enden so etwas wie Nadeln oder Spitzen waren, in die Arm- und Beinvenen. Sofort füllten sie sich mit Blut. Dies lief langsam in die silbernen Töpfe. Je mehr ich mich wehrte, desto mehr Blut floss. Nach einer Weile entfernte der Mann die Röhrchen, machte aber keine Anstalten, die Blutungen zu stoppen oder mich gar loszubinden. Der Mann meinte nur, das höre von alleine auf. Durch den enormen Blutverlust fühlte ich mich schwach. Ohne sich weiter um mich zu kümmern, nahm der Mann einen der Töpfe und trank ihn gierig aus und dann noch einen. Die restlichen zwei Töpfe nahm er mit und verschwand. So ging das über Tage. Wenn ich nur den leisesten Versuch unternahm, mich zu wehren, wurde ich von dem Mann mit der Peitsche geschlagen, misshandelt und jedes Mal brutal vergewaltigt. Währenddessen brüllte der Mann, was für einen geilen Arsch ich hätte und dass ich es genießen würde von einem so starken Kerl wie ihm gefickt und zugeritten zu werden. Am dritten oder vierten Tag meinte der Mann, dessen Name Nicolas war, dass ich nun bereit wäre. Ich war mittlerweile so schwach, dass ich kaum noch bei Bewusstsein war. Ohne zu zögern riss der Mann mir den Hals mit seinen scharfen Fangzähnen auf und trank mein restliches Blut. Ich versuchte zu schreien, aber es kam nur ein gurgelndes Geräusch aus meiner Kehle. Der letzte Gedanke, der mir durch den Kopf ging, war:

Nathalie, verzeih mir, dass ich dich nicht beschützen konnte. Ich dachte nur an Nathalie und was mit ihr geschehen würde, wenn ich sterbe", sagte Duncan leise. Nathalie drückte ihn noch fester an sich. „Kurz bevor er mich fast leergesaugt hatte, biss er sich selbst in den Arm und zwang mich, sein Blut zu trinken. Ich war viel zu schwach, um mich dagegen zu wehren. Somit machte er mich, so verrückt wie es sich auch anhörte, zu einem Untoten, einem Vampir."

Nathalie hatte Tränen in den Augen. Sie wusste nicht, dass dieser Nicolas das mit ihrem Bruder getan hatte.

„Ja, er hatte schon immer einen Hang zum Sadismus und Quälen", sagte Duncan bitter. „Vielleicht verstehst du jetzt, warum ich ihn hasse."

Duncan machte eine kurze Pause und Peter saß still und wie angewurzelt in seinem Sessel vom Zuhören. Dann fuhr Duncan fort.

„Nicolas ließ mich danach einfach liegen und verschwand lachend. Ich wusste nicht, wie lange ich dort lag, aber irgendetwas ging in meinem geschundenen Körper vor. Leise Geräusche waren auf einmal viel lauter und klarer. Das leise Gespräch der Wachen vor meiner Tür war für mich klar zu verstehen. Auch konnte ich auf einmal in der Dunkelheit des Raumes sehr gut sehen. Mich von meinen Fesseln zu befreien, war auf einmal ein Kinderspiel. Ich konnte mir nicht erklären, was mit mir passierte. Bei meiner Verwunderung über meine neuen Fähigkeiten merkte ich aber, dass mit mir irgendetwas nicht stimmte. Ich hatte auf einmal ein unmenschliches Verlangen nach Blut, Menschenblut. Dieses Verlangen wurde von Mal zu Mal stärker und ich konnte an nichts anderes mehr denken als meinen unbändigen Blutdurst zu stillen.

Es machte mir Angst, aber das Gefühl und das Verlangen waren übermächtig."

Duncan holte tief Luft und sah seine Schwester traurig an. Nun kommt der schreckliche Teil der Geschichte, dachte er und erzählte weiter.

Nicolas lies mich drei Tage und Nächte nackt in meiner Zelle und genoss es. In dieser Zeit rannte ich wie ein wildes, tollwütiges Tier in meiner Zelle herum. Ich hatte unbändigen Hunger, unerträglichen Hunger auf Blut. In der dritten Nacht öffnete jemand meine Zelle und legte einen reglosen, in Laken eingewickelten Körper auf den Boden. Ohne ein Wort zu sagen, drehte sich die Gestalt um und verließ das Verlies. Ein lieblicher Geruch von Menschenblut stieg in meine Nase. Der Körper interessierte mich nicht. Meine animalischen Instinkte rochen nur das Blut und ich hörte das Herz schlagen. Es war wie ein Trommelwirbel. Plötzlich übernahmen meine animalischen Instinkte und ich stürzte mich wie von Sinnen auf den reglosen Körper. Ich war rasend vor Hunger und merkte wie mein Mund wässrig wurde und sich Reißzähne aus meinem Kiefer schoben. Ich riss das Laken beiseite und stürzte mich darauf und biss zu. Es war ein wunderbares Gefühl. Das warme Blut war wie ein Rausch. Nachdem ich den Körper fast leergetrunken hatte und meine Gier nach Blut gestillt war, übernahm wieder mein Verstand. Der leblose Körper in dem Laken war Nathalie! meine Schwester. Sie starb nur deshalb nicht, weil Nicolas plötzlich die Tür aufriss und mir ihren Körper entriss. Dann machte er mit ihr das Gleiche wie mit mir, er ließ sie von seinem Blut trinken. Es war auch Nicolas, der Nathalie zu mir ins Verlies brachte. Im Nachhinein erfuhr ich, dass er sich wie ein kleines Kind gefreut hat und es genoss. Nicolas schloss sogar Wetten mit den Wachen ab, ob ich meine Schwester umbringen würde oder ob er es noch rechtzeitig schaffte sie mir zu entreißen ..."

Duncan sah Peter schweigend an. Seine Schwester drückte ihn wieder an sich. So saßen die drei für eine Weile schweigend da. Peter konnte das alles nicht glauben. Er war sprachlos, verstört und perplex zugleich. Die Geschichte war unglaublich.

„Du willst mir also wirklich erzählen, du wurdest von einem Vampir gebissen und bist nun selbst eins und deine Schwester auch?", fragte er.

Nathalie nickte.

„Das gibt es doch gar nicht, Vampire sind ein Mythos, ein Märchen. Damit erschreckt man kleine Kinder", fuhr er ein wenig hysterisch fort. „Leute, ihr spinnt!"

Nathalie sah Peter stumm an und blickte dann zu Duncan.

„Er glaubt es einfach nicht", sagte sie.

„Was erwartest du, Nathalie?", fragte Peter verzweifelt. „So was wie Vampire gibt es nicht, kann es nicht geben, das sind Ammenmärchen."

Duncan ließ seine Schwester los und lehnte sich nach vorne zu Peter und sagte ruhig: „Peter, wir sagen die Wahrheit."

Peter wusste nicht, was er sagen sollte. Es gab keine Vampire, die beiden versuchten ihn zu verarschen. Das sagte ihm sein Verstand. Aber auf der anderen Seite machte dann das eine oder andere wieder Sinn. Er traf Duncan nur abends, er sah ihn nie etwas essen oder trinken. Okay, dieses Zeug, was aussieht wie Rotwein. Die Bande, die ihn vermöbelt hatte, hatte Duncan innerhalb von Sekunden erledigt. – Nein, nein, das konnte nicht sein. Er der Freund eines Vampirs, das ist doch lächerlich! So was gibt es nur im Kino! Er stand auf und lief nervös durch das Wohnzimmer.

„Ich kann es nicht glauben, ich kann es einfach nicht glauben", sagte er immer wieder.

Sein Verstand weigerte sich einfach es zu glauben. Wann würde er aus diesem Traum aufwachen? Duncan und Nathalie sahen sich an. Sie zuckten mit den Schultern. Während Peter von einer Seite des Zimmers zur anderen lief, spürte er auf einmal einen leichten Lufthauch, und Duncan stand vor ihm und hielt ihn fest. Peter erschrak.

„Wie? Was? Wie hast du das gemacht?", fragte er verdutzt. Er spürte einen weiteren Lufthauch und drehte sich um, da stand Nathalie vor ihm und gab ihm einen Kuss.

„Leute, lasst das. Ich will nur aufwachen", sagte Peter verzweifelt.

Ein weiterer Lufthauch und sie saßen beide wieder auf der Couch.

„Glaubst du uns jetzt, Peter? Wir können uns sehr schnell bewegen, so schnell, dass das menschliche Auge es nicht wahrnimmt", sagte Duncan.

Er konnte nicht und hielt sich verzweifelt die Hände an den Kopf. Nathalie stand auf.

„Peter, schau mich bitte an", sagte sie.

Als er sie anschaute, veränderten sich ihre dunklen Augen schlagartig und sie leuchteten in Azurblau und Fangzähne schoben sich aus ihrem Gaumen. Peter erschrak. Er sah zu Duncan und musste feststellen, dass auch seine Augen azurblau leuchteten.

„Glaubst du uns nun, dass wir dich nicht belügen oder sogar, wie du es sagtest, verarschen wollen?", fragte sie ihn.

„Das ist ein Trick!" Er fiel auf seine Knie und wollte nur noch aus diesem Albtraum aufwachen. Das alles war nicht real. Nathalie war blitzartig bei ihm und zog ihn mit einem Ruck wieder auf die Beine. Als er sie wieder ansah, waren ihre Augen wieder braun und die Fangzähne waren verschwunden. Auch Duncan sah wieder so aus wie immer.

„Peter, glaube mir, wir können uns wirklich schneller bewegen, als es das menschliche Auge wahrnehmen kann. Daher hast du eben nur einen Luftzug gespürt", sagte Nathalie. „Wir sind auch stärker und unsere Wunden heilen schneller. Allerdings dürfen wir nicht auffallen, denn das wäre unser Ende – daher auch im Normalfall keine Fangzähne oder azurblauen Augen.".

Peter musste sich setzen. Das war alles zu unwirklich. Vielleicht träumte er das alles nur. Er nahm einen tiefen Schluck aus seiner Rotweinflasche.

Dann sagte er: „Nehmen wir mal an, ich glaube euch und das alles hier ist kein Traum. Wie ist es dann mit Kreuzen, Weihwasser, Spiegeln und all dem Zeug wie in den Filmen?"

Duncan meinte nur, all dies sei ein Mythos. Ein Vampir kann nur durch Sonnenlicht oder durch Abschlagen des Kopfes getötet werden.

„Was ist mit Blut?", fragte Peter. „Ihr trinkt doch Blut, oder?"

„Ja, das tun wir. Es ist leider, na ja, notwendig, aber wir beißen keine Menschen, nicht mehr – zumindest die meisten von uns. Unser Clan ist Betreiber einiger Blutbanken hier in der Gegend", sagte Duncan.

„Wie meinst du das, nicht alle von euch?", fragte Peter. „Soll das heißen, dass es einige doch tun?"

„Nun ja, leider. Obwohl es verboten ist. Aber manche können es einfach nicht lassen", sagte Nathalie. „Duncan ist so eine Art Aufpasser in unserem Clan. Er passt auf, das unsere Regeln und Gesetze eingehalten werden."

„Ein Aufpasser?", fragte Peter.

„Das ist so eine Art Polizei", sagte Duncan. „Deshalb war ich auch auf dem Weihnachtsmarkt und an der Brücke, an der du mich wieder getroffen hast. Ich habe ein paar der Unseren beobachtet."

„Leute, ich kann es immer noch nicht glauben", sagte Peter verwirrt.

Er öffnete eine weitere Flasche Rotwein und sah die beiden kopfschüttelnd an. Er sagte sich immer wieder, das ist ein Traum, das ist ein Traum und wenn ich aufwache, liege ich in meinem Bett und es ist Morgen. Es war kein Traum, die beiden waren real und saßen in seinem Wohnzimmer. Zwei Vampire saßen wirklich in seinem Wohnzimmer – welch ein Wahnsinn.

„Peter, beruhige dich doch. Es ist nun einmal so, wie es ist. Ob dein Verstand es nun glaubt oder wahrhaben will oder nicht", sagte Nathalie.

Duncan versicherte ihm, dass sie ihm nichts tun würden, denn sie mochten ihn. Wenn sie ihm was tun hätten wollen, hätten sie es schon getan. Auch hätte Duncan ihn sehr wahrscheinlich leer gesaugt, nachdem die Typen in der dunklen Gasse mit ihm fertig waren.

„Peter, bitte vertrau uns", sagte Nathalie liebevoll.

Peter war viel zu verwirrt, um zu antworten oder überhaupt etwas zu verstehen. Duncan stand auf.

„Ich denke, wir gehen besser, Nathalie. Peter muss das alles erst einmal verarbeiten und vielleicht auch versuchen zu verstehen."

„Und wenn er das nicht tut?", fragte Nathalie skeptisch.

„Dann sollten wir ihn nicht mehr länger belästigen und ihn zukünftig in Ruhe lassen", antwortete Duncan.

Nathalie stand ebenfalls auf und beide wollten gerade die Wohnung verlassen, als Peter ihnen aus dem Wohnzimmer nachrief und sie zum Bleiben aufforderte. Beide gingen wieder zurück ins Wohnzimmer. Sie fragten ihn, ob er sich denn sicher sei.

„Ja, ich bin mir sicher", antwortete Peter bestimmt. „Auch wenn ich euch die Geschichte abnehmen sollte, müsst ihr doch zugeben, das es verrückt klingt, oder?"

„Ja Peter, wenn ich oder wir an deiner Stelle wären, würden wir es auch nicht glauben", erwiderte Duncan.

„Es wäre doch verrückt, wenn ich mir vorstelle, ich habe hier zwei Vampire, die eigentlich nicht existieren, sitzen und höre mir ihre Lebensgeschichte an. Das ist unglaublich. Wie ein verrücktes Abenteuer." Er holte tief Luft, goss sich ein Glas Rotwein ein und trank es in einem Zug aus. Dann dachte er kurz nach und meinte dann, er wäre wohl alt genug für solch ein Abenteuer.

Duncan und Nathalie setzten sich wieder auf die Couch. Peter hatte mittlerweile von dem ganzen Rotwein schon einen leichten Schwips. Das sah man ganz deutlich an seinen roten Wangen.

„Ihr seit sicher, dass ihr nichts trinken wollt?", fragte Peter. Beide lehnten dankend ab. „Ich könnte mir kurz die Pulsadern aufschneiden", sagte Peter ein wenig unsicher.

„Lass das Peter", sagte Nathalie erbost. „Das ist nicht witzig.".

„Entschuldigung, aber ich bin ein wenig verwirrt und überfordert mit dem Ganzen", sagte Peter beschämt. „Es tut mir leid, ich wollte euch nicht verletzen."

Peter goss sich ein weiteres Glas ein, stand schweigend und schwankend auf, ging ans Fenster und starrte in die Nacht. Sein Gehirn versuchte das Gehörte immer noch zu verarbeiten und eine rationale Erklärung zu finden. Dann wollte er wissen, ob das „Bone Yard" eine Art Vampirclub sei.

„Nicht ausschließlich, aber die meisten dort sind Vampire", sagte Duncan. „Manchmal verirren sich ein paar Nachtschwärmer dorthin."

„Und was passiert dann? Werden die ausgesaugt?", fragte Peter.

„Peter, Nathalie hat es dir bereits gesagt, wir beißen keine Menschen, um ihr Blut zu trinken. Früher war das so, aber heute nicht mehr. Wir versuchen unerkannt zu leben, das ist die einzige Chance für uns zu überleben", sagte Duncan. „Du hast auch nicht gemerkt, dass du in einer Bar bist, in der Vampire verkehren. Für dich war es eine Art Leder- oder Fetischclub."

„Stimmt, da hast du recht", sagte Peter.

„Du hasst Nicolas, dienst ihm aber trotzdem?", fragte Peter plötzlich.

„Ja, das tue ich", sagte Duncan bitter und seine Augen fingen wieder an zu leuchten, dieses Mal aber, weil er wütend wurde. „Aber ich diene ihm trotzdem, ich habe keine Wahl. Und das schon über sechshundert Jahre." Duncan holte tief Luft, dann beruhigte er sich wieder und seine Augen wurden wieder normal.

„Es gibt immer eine Wahl", sagte Peter.

„Nein, Peter, in diesem Fall nicht", erwiderte Duncan kalt.

Peter nahm sich noch ein Glas Wein. Aber er wurde auch nicht ruhiger dadurch. Was für eine Geschichte. Die beiden hatten wohl schon einiges in den letzten Jahrhunderten erlebt. Pest, Revolutionen, zwei Weltkriege ...

„Ich denke, ich nehme jetzt doch ein Glas Rotwein", unterbrach Nathalie seine Gedanken. „Was ist mit dir, Duncan?" Duncan nickte.

„Wie?", fragte Peter. „Ich dachte, ihr trinkt nur Blut."

„Das ist richtig, aber wir trinken auch hin und wieder andere Dinge", sagte Nathalie. „Nicht, dass wir das bräuchten oder müssten, aber ab und zu tun wir es des Genusses wegen." Peter stand verdutzt auf und holte noch zwei Gläser.

Duncan und Nathalie nahmen jeder ein Glas.

„Auf die Freundschaft?", fragte Duncan zögerlich und sah in die Runde. Peter dachte kurz nach: Freundschaft mit einem Vampir oder mit zwei? Warum eigentlich nicht. Wer kann das schon von sich behaupten.

„Auf UNSERE Freundschaft. So seltsam sie auch sein mag", sagte Peter.

„Auf unsere Freundschaft", sagten Duncan und Nathalie.

Eine Frage hatte er allerdings noch. Nach dem Vorfall in der dunklen Straße hatte er immer wieder Albträume und wollte wissen, woher diese kamen.

„Du warst ziemlich schwer am Kopf verletzt, Peter", sagte Duncan.

„Duncan, was hast du getan?", rief Nathalie entsetzt. Er hatte ihn doch nicht etwas gebissen? – Das hatte er natürlich nicht getan, sondern ihm lediglich ein wenig Blut von sich auf die Wunden getropft, damit sie heilen. Dies war nun auch die Erklärung dafür, dass von den Wunden am nächsten Morgen kaum noch etwas zu sehen war.

„Oh, Duncan, du weißt, dass du so etwas nicht machen darfst", sagte Nathalie.

„Es war der einzige Weg, die Blutung zu stoppen, und Peter wollte nicht in ein Krankenhaus", versuchte Duncan sich zu rechtfertigen.

Nathalie dreht sich zu Peter und erklärte ihm, dass Vampirblut eine heilende Wirkung auf Menschen oder andere Lebewesen habe. Dabei werden allerdings Erinnerungen, und als unangenehmer Nebeneffekt Gedanken und Erlebnisse übertragen. Das ist wohl an diesem Abend geschehen.

„Soll das heißen, ich habe mein Leben lang jetzt diese Albträume?", fragte Peter entsetzt.

„Nein, die verschwinden nach ein paar Wochen", sagte Nathalie.

„Oh, Leute", sagte Peter. „Ich kann das alles noch nicht fassen. Ich habe Vampire, die es eigentlich gar nicht gibt, als Freunde. Wenn ich ausgehe, gehe ich in einen Vampir-Club. Das ist irgendwie verrückt, oder?"

Nathalie und Duncan sahen Peter verständnisvoll an. Nach einer Weile sagte Duncan: „Es ist spät geworden, solltest du nicht langsam ins Bett gehen und wenigstens ein paar Stunde schlafen? Du musst bald zur Arbeit, oder?"

Um nichts in der Welt konnte er jetzt schlafen gehen. Es war viel zu aufgewühlt und durcheinander. Die beiden verstanden es recht gut, denn ihnen würde es an Peters Stelle nicht viel anders gehen. So etwas erlebt und hört man nicht alle Tage.

„Wir werden dich aber trotzdem verlassen müssen, Peter.", sagte Duncan. „Es wird bald hell und wir haben noch ein Stück Heimweg vor uns. Wie du weißt, vertragen sich Vampire und Sonnenlicht nicht besonders."

„Es ist schon Morgen?", fragte Peter erstaunt. Er schaute auf seine Uhr, es war schon fünf Uhr.

„Wenn es dir recht ist kommen wir morgen wieder?", fragte Duncan unsicher. Natürlich war es ihm recht, hundertprozentig. Duncan stand auf.

„Wenn es dir recht ist, werden wir gegen acht Uhr bei dir sein. Dann können wir weiter reden oder was zusammen unternehmen."

„Was ist mit deinem Job? Und was ist mit den Problemen, die du bekommen kannst oder schon hast?", fragte Peter.

„Mach dir da mal keine Gedanken", sagte Duncan.

„Aber Duncan, du weißt doch ...", fing Nathalie an.

„Lass es gut sein für heute Nathalie, bitte", schnitt Duncan ihr das Wort ab.

Peter brachte die beiden zur Tür. Nathalie drückte ihm zum Abschied noch einen Kuss auf die Wange.

„Du bist süß und ich denke, ich habe mich in dich verliebt", sagte sie zum Abschied. Duncan sah seine Schwester an und musste auch lächeln.

„Ich sagte dir doch, sie mag dich, Peter.", sagte er grinsend.

Kapitel 13

Nachdem Nathalie und Duncan gegangen waren, räumte Peter die Gläser weg und ging duschen. Ins Bett zu gehen machte keinen Sinn, denn es war bald Zeit, sich auf den Weg zur Arbeit zu machen. – Was für ein seltsamer Abend und was für eine verrückte Geschichte! Das würde ihm sicherlich kein Mensch glauben. Aber warum bekommt Duncan durch unsere Freundschaft Probleme, fragte er sich immer noch. Das hatten die beiden ihm nicht erzählt. Aber vielleicht war es auch gut so, dachte er. Vielleicht wollte er es auch gar nicht wissen.

Er stellte die Dusche ab, machte sich einen Kaffee, rauchte seine Zigarette und machte sich dann auf den Weg zur Arbeit. Dort konnte er sich nicht richtig konzentrieren. Ständig schwirrte ihm die Geschichte von Nathalie und Duncan im Kopf herum.

Am nächsten Wochenende war Heiligabend, und seine Kollegen erzählten pausenlos, was sie kochen werden, was für Geschenke sie gekauft hatten und so weiter. Dann fragten sie ihn, was er am Heiligabend machen würde, ob er schon Geschenke gekauft hätte. Er meinte nur, für ihn wäre Weihnachten vor seinem Fernseher zu sitzen und sich ins Koma zu saufen. Seine Kollegen waren geschockt und meinten, so etwas mache man nicht. Es wäre schließlich das Fest der Liebe und der Familie. Peter meinte nur, sie sollten ihn in Ruhe lassen.

Nach der Mittagspause beschloss er, heute einmal früher nach Hause zu gehen. Gegen zwei Uhr machte er sich auf den Heimweg und er war froh darüber, denn das dauernde Gerede über Weihnachten nervte ihn an.

Zu Hause angekommen machte er sich erst einmal einen Kaffee, packte seinen Laptop aus und zog sich etwas Bequemes an. Es waren noch einige Sachen zu erledigen, aber das konnte er von zu Hause aus machen. Einige E-Mails mussten noch geschrieben und beantwortet werden, und es waren noch einige Zeilen zu programmieren. Gegen fünf Uhr wurde es dunkel. Er schaltete seinen Laptop aus und machte sich etwas zu essen. Dann setzte er sich mit einem Glas Rotwein in seinen Sessel und schaute fern.

Nathalie und Duncan hielten Wort und waren um acht Uhr bei ihm. Nach einer herzlichen Begrüßung bat er sie herein.

„Wollen wir heute Abend mal wieder in den Club gehen?", fragte Nathalie. „Ich hätte große Lust zu tanzen."

„Peter, was meinst du?", fragte Duncan.

„Warum nicht?", antwortete Peter. „Ich würde gerne einmal wieder mit Nathalie tanzen. Sie ist eine super Tänzerin."

„Du Schmeichler", lachte sie.

„Na gut, dann gehen wir", sagte Duncan.

Peter sprang schnell ins Schlafzimmer, um sich umzuziehen.

Als sie den Club erreichten und ausstiegen, hakte sich Nathalie bei Peter ein. Peter schaute sie erstaunt an. Duncan, der hinter ihnen lief, grinste nur.

„Was ist los, Peter?", fragte sie grinsend. „So führt man eine Lady zum Tanzen."

Duncan nickte dem Türsteher zu und er ließ sie ein. Der Barkeeper Alexander – auch Besitzer des Clubs, wie

Peter mittlerweile wusste – grüßte sie freundlich und fragte, was sie trinken wollten. Bei Nathalie und Duncan war es eh klar.

„Ich denke, ich nehme heute mal ein Bier", sagte Peter.

„Kommt sofort", sagte er. „Duncan, Nathalie, das übliche?" Beide nickten.

Peter beobachtete die beiden, wie ihre Augen leuchteten, als sie ihren Drink nahmen. Er war fasziniert.

Nathalie nahm ihn am Arm und sagte: „Komm, mein Prinz, jetzt gehen wir tanzen." Duncan blieb allein am Tresen zurück.

Alexander war froh über Duncans Anwesenheit, denn er hatte das Gefühl, dass sie heute noch unangemeldeten Besuch zu erwarten hatten. In der Stadt fand nämlich ein Biker-Treffen statt. Da der Club in gewissen Kreisen bekannt war, war damit zu rechnen, dass einige noch vorbeikamen.

„Du meinst, die machen Ärger?", fragte Duncan.

„Möglich ist das. Die sind doch schon betrunken, wenn die hier reinkommen, und wenn die unsere Mädels so leicht bekleidet und sexy sehen, dann werden sie zudringlich. Ich möchte nur verhindern, dass es dann eskaliert", entgegnete Alexander.

„Hast du unseren Jungs und Mädels Bescheid gegeben?", fragte Duncan.

„Ja, habe ich. Es sind auch nicht unsere Leute, über die ich mir Gedanken mache", sagte Alexander.

„Okay, ich habe verstanden", sagte Duncan kurz.

Er fragte Alexander, ob er irgendwelche Nachrichten von „ihrem gemeinsamen Herrn Nicolas" hätte. Alexander verneinte.

Nicolas hatte sein neues Domizil in Amerika aufgeschlagen, genauer gesagt in Las Vegas. Denn auch er war froh, wenn er ihn nicht sah, äußerte sich aber besorgt wegen der Freundschaft der beiden zu einem Menschen.
„Mach dir da mal keine Gedanken", entgegnete Duncan.
„Nathalie ist wohl in Peter verknallt, oder?", fragte Alexander mit einem Grinsen.
„Das kann schon sein, aber frag sie doch selbst", grinste Duncan zurück.
Nathalie und Peter ließen keinen Tanz aus. Im Gegensatz zu ihm kam sie überhaupt nicht aus der Puste, egal wie wild der Tanz war. Dann wurde ein Blues gespielt und sie schlang ihre Arme um seinen Hals und drückte ihn an sich. Peter war etwas überrascht tat aber dann das Gleiche. Eng umschlungen tanzten sie, als gäbe es nur sie beide auf der Tanzfläche. Duncan beobachtete es und grinste nur. Nach einer Weile kamen beide von der Tanzfläche zurück.
„Noch ein Bier?", fragte Alexander.
„Ja, bitte", antwortete Peter. „Ich bin völlig fertig."
Sie suchten sich einen freien Tisch und Nathalie kuschelte sich an Peter. Er fühlte sich so gut wie schon lange nicht mehr. Das erste Mal seit langem war er irgendwie glücklich, legte seinen Arm um Nathalie und schaute Duncan an. Dieser grinste nur.
„Was ist los?", fragte Peter.
„Junge, ich glaube, du bist verliebt", sagte Duncan.
„Unsinn", grinste Peter. „Na ja, vielleicht bin ich es doch."
Alexander brachte noch eine Runde an ihren Tisch und sagte lächelnd: „Auf euch! Die Runde geht aufs Haus."

Eine Weile später kamen vier fette Biker-Typen in Lederkleidung lautstark die Treppe herunter gepoltert. Keiner der anwesenden Gäste nahm Notiz von ihnen. Sie schienen schon angetrunken zu sein, denn sie schwankten zum Tresen und bestellten sich jeder einen Whiskey und ein Bier. Duncans Miene wurde mit einem Schlag ernst. Er entschuldigte sich kurz und ging zu den Typen an die Bar.

„Was ist los mit Duncan?", frage Peter.

„Alexander hat ihn wohl gebeten, auf unsere Freunde da drüben aufzupassen. Solche Typen wie die machen meistens Ärger und belästigen die Mädels hier. Manchmal fangen sie auch einen Streit an", sagte Nathalie. „Und damit unsere Vampirfreunde nicht zu heftig reagieren oder sie gar umbringen, passt Duncan darauf auf, dass auch nichts passiert."

Die Biker-Typen tranken ihren Whiskey und ihr Bier und bestellten gleich noch eine Runde. Dabei grölten sie und sahen sie die Mädels und Frauen gierig an und machten die eine oder andere „schlüpfrige" Bemerkung. Duncan ging zu ihnen und sagte:

„Ihr vier werdet doch hier keinen Ärger machen oder?"

„Hey, Junge", lallte der eine. „Wir wollen nur was trinken, okay?!"

„Na, dann ist es ja gut, wir wollen nämlich hier keinen Ärger", entgegnete Duncan kalt und lehnte sich zurück.

„Was wollte der Knilch denn?", fragte der eine Biker-Typ den anderen.

„Ach, nix wollte der. Der wollte sich nur wichtigmachen", sagte der andere.

„Hey Milchbubi", brüllte ein anderer der Typen. „Lass meinen Kumpel in Ruhe, klar! Sonst setzt es was."

Duncan stand da, sah ihn nur stumm an und verschränkte seine Arme vor der Brust. Alexander wollte nach oben zu dem Türsteher, um ihn vorzuwarnen, falls es hier gleich Ärger geben würde.

Einer der Biker-Typen brüllte: „Hey Chef, noch eine Runde für mich und meine Freunde!"

„Kein Problem, ich bin gleich zurück", erwiderte Alexander. Er ging nach oben und instruierte Gregory. Der rollte nur genervt mit den Augen und meinte nur: „Nicht schon wieder."

Als Alexander zurückkam, bereitete er die bestellte Runde für die Typen zu und brachte sie ihnen.

„Sag mal, Chef, was sind denn das für heiße Bräute da drüben? Die müssen wohl mal wieder flach gelegt werden", lallte einer der schleimigen Typen.

„Das wäre so richtig was für mich für die langen Winterabende", lallte ein anderer.

„Lasst lieber die Finger von denen, die stehen nicht auf Typen wie euch", sagte Alexander.

„Willst du damit sagen, ich bin Abschaum?! Willst du Tresenpenner wirklich damit sagen, ich bin nur Dreck?", brüllte der Typ, nahm sein Glas und wollte es Alexander ins Gesicht schütten. Doch noch bevor er nur ausholen konnte, stand Duncan schlagartig neben ihm und hielt seinen Arm fest.

Peter war wieder einmal erstaunt, welche Reaktionsfähigkeit Duncan hatte. Der Typ war überrascht, mit welcher Kraft Duncan seinen Arm auf den Tresen drückte, und sah ihn verdutzt, aber wutentbrannt an.

„Du schon wieder. Lass mich los, du Wichser! Der Tresentyp hier hat mich beleidigt und mich als letzten Dreck bezeichnet", brüllte er.

„Soviel ich weiß, hast du dich selbst so bezeichnet", erwiderte Duncan ruhig.

„Wirst du jetzt auch noch drollig? Und lass meinen Arm los, sonst schlage ich dir so eine in deine dumme Milchbubi-Fresse, dass du nicht mehr weißt, wo oben und unten ist!", pöbelte der Typ weiter.

Mittlerweile hatten auch einige der anderen Gäste den Tumult an der Bar mitbekommen. Kleine Gruppen sammelten sich mit gewisser Distanz um den Tresen herum und beobachteten das Geschehen. Drei Jungs am Tisch neben der Bar waren bereit, über diese Typen herzufallen. Aber ein kurzer, scharfer Blick von Duncan genügte und sie zogen sich zurück.

„Wie wäre es, wenn ihr vier nach Hause gehen würdet", sagte Duncan immer noch ruhig. „Ich denke, ihr habt alle genug für heute getrunken"

Nun drehten sich auch die anderen Biker-Typen herum und sahen Duncan kampflustig an.

„Weißt du was, Milchgesicht", sagte einer der Typen. „Ich sage hier, was wir machen werden und sonst niemand. Wir nehmen uns jetzt ein paar von den halbnackten, lesbischen Schlampen da drüben und werden die mal richtig durchknallen. Sollte jemand von euch uns daran hindern wollen, dann wird er uns kennenlernen."

Duncan zeigte sich ungerührt. „Ich sage es euch nur noch einmal", sagte er ruhig. „Ihr trinkt jetzt aus und dann geht ihr, und zwar ohne einen Mucks zu machen. Ansonsten werde ich euch nach draußen befördern und zwar schneller, als ihr denkt." Duncan ließ den Arm des einen Typen los und trat einen Schritt zurück. Die Typen lachten nur laut und witzelten, wie eine halbe Portion wie er es wohl anstellen wolle.

Peter beobachtete das Ganze mit gemischten Gefühlen. Er wusste zwar, wozu Duncan fähig war. Das hatte er ja selbst erlebt, als er von diesen Skinhead-Typen vermöbelt wurde. Aber diese vier Typen waren groß und stämmig und jeder Einzelne wog mindestens das Doppelte oder Dreifache von Duncan.

Nathalie drückte Peter an sich. „Ich habe dir doch gesagt, diese Typen machen nur Ärger", sagte sie. „Aber keine Angst, Duncan wird schon mit denen fertig."

„Meinst du?", fragte er skeptisch. „Das sind doch richtige Schränke."

„Glaub mir", erwiderte Nathalie.

Plötzlich schlug einer der Biker-Typen sein Bierglas auf den Tresen und wollte mit dem zersplitterten Rest Duncan die Kehle aufschlitzen. „Ich mach dich fertig, du Pisser!", brüllte er.

Duncan wich dem Stoß geschickt aus und packte den Typen mit einer Hand an der Kehle und hob ihn hoch. Ein Raunen ging durch die umherstehende Menge. Der Typ sah Duncan einen kurzen Moment verwirrt an, als er merkte, dass er den Boden unter den Füßen verloren hatte und in der Luft hing. Duncan sah ihn ruhig an und grinste. Seine Kumpels waren ebenfalls verwirrt, wie so ein „Milchbubi" ihren Freund mit einer Hand in der Luft hielt. Danach schleuderte er den Typen mit einer unglaublichen Leichtigkeit quer durch den Raum, sodass er an der Treppe auf der anderen Seite landete und liegen blieb. Einige Gäste mussten einen Sprung zur Seite machen, um nicht von dem Typen umgeworfen zu werden. Drei muskelgestählte männliche Vampire machten nochmals Anstalten, sich auf ihn zu stürzen, aber ein kurzes „Nein!" von Duncan ließ sie erneut zurückweichen.

Die anderen drei Biker-Typen waren für einen Moment verwirrt. Dann standen sie von ihren Barhockern auf. Der eine holte ein Klappmesser aus seinem Stiefel und ein anderer einen Schlagring aus seiner Jackentasche, dann stürzten sich auf Duncan. Den ersten erledigte Duncan mit einem heftigen Schlag mit seinem Handballen ins Gesicht. Der Typ fiel mit gebrochener Nase wie ein nasser Sack nach hinten um und rutschte auf dem Boden bis zu seinem Kumpel an der Treppe. Dort blieb er mit blutverschmiertem Gesicht liegen. Der dritte Typ holte zu einem Schlag mit dem Schlagring aus, der Duncan sicherlich den Kiefer gebrochen hätte. Duncan aber wich dem Schlag mit unglaublicher Geschwindigkeit aus. Mit einem gezielten Schlag ins Genick sackte der Typ zu Boden. Drei hin, einer im Sinn, dachte Duncan.

Der vierte Typ – wohl der Anführer der Truppe – sah Duncan verwirrt an und überlegte, ob er lieber fliehen sollte, aber Duncan schnappte ihn mit einer Hand am Hals und drückte ihn an die Wand. Er sah Duncan mit weit geöffneten, panischen Augen an.

„Ich empfehle euch ein letztes Mal zu gehen, wenn euch euer Leben lieb ist. Anderenfalls zeige ich euch den Weg. Eure Rechnung wurde bereits bezahlt", zischte Duncan ihn an.

„Wer bist du?", stotterte der Typ entsetzt.

Duncan starrte den Typen mit seinen azurblauen Augen an und erwiderte: „Ich bin dein schlimmster Albtraum!"

Der Typ überlegte kurz, um seine Chancen abzuwägen. Als er seine Freunde dort liegen sah, kam er zu dem Schluss, dass er sich nicht mit dem komischen blauäugigen Freak anlegen wollte. „Ist ja gut, wir gehen, keine Panik, wir gehen ja schon", stotterte er weiter.

Duncan ließ ihn los. Er sammelte seine Kumpane ein und die vier verließen schwer lädiert den Club.

Duncan stand noch einen Moment da und schaute den Vieren nach und drehte sich dann zu Alexander um. Alexander nickte ihm kurz zu und rief dann den anderen Gästen zu: „Also Leute, die Show ist vorbei."

Die Musik fing wieder an zu spielen und die Leute beruhigten sich langsam. Einige bestellten noch ein paar Drinks und andere fingen schon wieder an zu tanzen.

Duncan kehrte zu seiner Schwester und zu Peter an den Tisch zurück. Er zeigte auch keinerlei Anzeichen von Erschöpfung oder ähnliches.

„Wahnsinn", sagte Peter. „Du bist ja eine richtige Kampfmaschine, wenn ich das mal so sagen darf."

„Dazu wurde ich ausgebildet, Peter", sagte Duncan ruhig.

„Aber warum hast du die anderen davon abgehalten, dir zu helfen?", fragte Peter.

„Weißt du, erstens war das nicht nötig, mit solchen Typen komme ich alleine klar, und zweitens hätten die vielleicht genau das getan, was Vampire tun und Alexander wünscht das nicht – nicht in seiner Bar."

„Aber dann hätte er doch was machen können?", fragte Peter.

„Peter, das ist meine Aufgabe."

Es war tatsächlich Duncans Aufgabe aufzupassen, dass seine vampirischen Freunde nicht irgendetwas Dummes machen, wenn Menschen involviert waren. Was diese zu Hause trieben, war ihm egal und ging ihn auch nichts an, aber in der Öffentlichkeit hatten sie sich zu benehmen. Das war eines der Gesetze, an das sie sich alle zu halten hatten.

„Aber diese Biker-Typen haben gesehen, wozu du fähig bist und was du bist", sagte Peter.

„Wer wird ein paar betrunkenen Rockern schon glauben?", erwiderte Duncan. „Du hast es auch erst nicht geglaubt, oder? Ich erinnere dich nur an gestern Abend.

Nur, wenn ich nicht eingegriffen hätte, dann hätten unsere drei übereifrigen Freunde da drüben sich mit ihnen beschäftigt, dann hätte man vielleicht nach ihnen gesucht und Fragen gestellt, denn überlebt hätten die es nicht."

Er war sich sicher, dass sie nichts erzählen würden, es wäre doch auch viel zu peinlich. Vier starke und von sich selbst überzeugte Typen werden von einem einzigen verprügelt.

Peter dachte kurz darüber nach und fand, Duncan hatte recht. Er konnte es beim ersten Mal ja auch nicht glauben, als er die Geschichte der beiden gehört hatte.

Alexander kam zu ihnen an den Tisch und brachte Duncan etwas zu trinken und bedankte sich bei ihm.

Blut, dachte sich Peter.

„Keine Ursache, Alex", erwiderte Duncan und trank einen Schluck.

„Alex, kannst du mir auch noch was bringen?", fragte Nathalie.

„Sicher, junges Fräulein", sagte er grinsend. „Und was ist mit dir, Peter? Noch ein Bier oder einen Whiskey?"

„Nach all der Aufregung denke ich, nehme ich einen Whiskey, einen doppelten bitte", sagte Peter.

„Kommt sofort", sagte Alexander lächelnd und ging zurück an die Bar.

Duncan sah Peter an. Man konnte ihm ansehen, dass es ihm leid tat, dass Peter das miterleben musste. So was passierte hier sonst nicht oder nur sehr selten. Peter meinte nur, er müsse sich nicht entschuldigen, denn diese Typen hätten es ja darauf angelegt. Er hätte sicherlich nicht anders gehandelt, wenn er den Mut und die Kraft gehabt hätte.

Der restliche Abend verlief ruhig. Nathalie und Peter tanzten noch ein paar Mal, Alexander setzte sich hin und wieder zu ihnen, um ein wenig zu erzählen. Peter mochte ihn. Er war groß gewachsen, größer als Duncan, mindestens einen Meter neunzig bis zwei Meter, kräftige Statur und hatte ein rundes, freundliches Gesicht und braune Haare. Peter wollte ihn fragen, wie alt er eigentlich sei und welche seine Geschichte war, ließ es aber dann bleiben. Vielleicht würde er es irgendwann von sich aus erzählen.

Gegen vier Uhr verließen sie den Club. Alexander wünschte ihnen eine gute Nacht und Peter rief er nach, er wäre hier jederzeit herzlich willkommen.

Nathalie und Peter kuschelten auf der Rückbank miteinander und Duncan setzte sich ans Steuer. Dieses Mal fuhr er langsamer, die beiden Turteltäubchen sollten noch ein wenig Zeit zum Turteln bekommen. Er blickte in den Rückspiegel und sah, wie sich beide still anschauten und dann küssten. Duncan musste lächeln.

Als sie zu Hause bei Peter ankamen, sprang Nathalie aus dem Wagen und lief ihm zur Haustür nach. Dann umarmte und küsste sie ihn. Dabei leuchteten ihre Augen azurblau. Peter wusste gar nicht, wie ihm geschah, aber er erwiderte den Kuss.

Duncan öffnete das Fenster des Jaguars und rief: „Nathalie, wir müssen los."

Sie ließ Peter nur widerwillig los. „Wir sehen uns bald wieder, versprochen", sagte sie, dann stieg sie wieder in den Wagen und beide fuhren los.

Peter schloss die Haustüre auf und ging nach oben.

Kapitel 14

„Du musst vorsichtig sein, Nathalie", sagte Duncan. „Halte dich etwas zurück, du weißt, was passieren kann."
Sie wusste sehr genau, was passieren konnte, aber sie liebte ihn nun mal. Ihr Bruder wusste das und strich ihr mit der Hand liebevoll über die Wange. Peter war ein Mensch und er wollte verhindern, dass sie nicht versehentlich zubiss.
„Ich werde aufpassen, Duncan. Ich verspreche es dir", sagte Nathalie.
Er hoffte nur, dass sie ihr Versprechen würde halten können. Wenn Vampire so richtig im Liebesrausch waren, könnte es passieren, dass sie schon mal zubeißen. Unter Vampiren war das nicht gefährlich, aber zwischen einem Vampir und einem Menschen konnte das mitunter tödlich enden – für den Menschen.
Duncan hatte dies schon oft bei Nicolas erlebt und musste dann die „Überreste", wie Nicolas es bezeichnete, beseitigen. Nicolas, der ihn zum Vampir gemacht und die Regeln und Gesetze aufgestellt hatte, hatte von Zeit zu Zeit das Bedürfnis nach frischem Menschenblut. Dazu ließ er sich Huren oder Stricher von der Straße kommen – Abschaum in Nicolas Augen, die eh keiner vermisste. Duncan hatte dann die Aufgabe, diese Frauen, manchmal auch Männer, zu besorgen, meist drei oder vier und sie zu Nicolas in dessen Villa zu bringen. Es war im zuwider, denn die Menschen taten ihm leid. Er wagte es aber nicht, sich dagegen aufzulehnen, da Nicolas womöglich dann

ihn an deren Stelle nehmen würde. Nachdem er sie bei Nicolas in dessen Privaträumen abgeliefert und ihnen etwas zu trinken angeboten hatte, musste er vor der Tür Wache stehen. Nicolas wollte unter keinen Umständen gestört werden.

Das Schlimmste für Duncan war, dass sich Nicolas dabei Zeit ließ. Er tötete sie nicht sofort und saugte sie aus – er spielte mit ihnen fast die ganze Nacht. Ihr Flehen, Winseln und ihre Schreie drangen unentwegt durch die Tür. In solchen Situationen verfluchte er seine übermenschlichen Sinne. Je lauter sie schrien, umso wilder wurde Nicolas. Er war eben ein wildes, sadistisches Tier. Wenn alles vorüber war, öffnete er lachend und blutverschmiert die Tür und wies Duncan an, die Überreste zu beseitigen. „Schaff das Zeug weg", waren immer seine Worte.

Er brachte die Leichen dann im Kofferraum seines Jaguars in das städtische Krematorium, zu dem er einen Schlüssel besaß, und verbrannte sie. Er hätte die Asche auch einfach wegschütten können, aber er wollte, dass wenigstens ihr Tod ein wenig Würde bekam und verstreute die Asche im nahe gelegenen Fluss. Danach saß er meistens noch bis zum Morgengrauen am Fluss und sah der Strömung zu. Gedanken über sein Leben zogen an ihm vorbei und ob er auch einmal so enden würde – als Asche im Wind ...

Sie erreichten Nicolas herrschaftliche Villa – ihr Zuhause seit Jahrzehnten –, als es am Horizont schon hell wurde und beeilten sich, nach drinnen zu kommen. Die Villa war ein riesiger, fast palastartiger gotischer Bau, umgeben von Säulen und mit Ornamenten an den Fenstern und Außenmauern. Ein parkähnlicher Garten mit vielen

Bäumen, Büschen und Sträuchern rahmte den Bau ein. In der Mitte war ein großer Springbrunnen mit Figuren, aus denen Wasser lief. Die Fenster hatten Stahlrollläden, die automatisch herunterfuhren, wenn die Sonne aufging. Somit konnten keine Sonnenstrahlen nach innen gelangen. Die Villa hatte einen riesigen Eingangsbereich, so groß wie eine Bahnhofshalle, mit Marmorboden, einer riesigen Marmortreppe, die mit rotem Teppichboden belegt war und in die oberen Stockwerke führte. In der Mitte der Halle hing ein prächtiger, riesiger dreißigarmiger Kronleuchter aus Gold und mit schweren Kristallen behängt. Die Villa verfügte über etwa hundert Zimmer für die permanenten Bewohner und eventuelle Gäste in den beiden oberen Etagen und einen prunkvollen großen Saal für Feiern oder Events, eine Bibliothek mit Tausenden von alten Büchern – nicht, dass hier jemand lesen würde – und weitere Räume für Bedienstete, Büros und Besprechungsräume im Erdgeschoss. Im ganzen Haus hingen alte Ölgemälde mit Goldrahmen an den Wänden sowie Wand- und Deckenleuchter aus edlem Kristall. Draußen neben der mit dunklen Granitsteinen eingefassten Auffahrt war außer dem großen Garten ein riesiger Teich, fast schon ein See mit Enten und Fischen. In der Mitte war eine Insel mit einem Pavillon, der über eine Holzbrücke vom Ufer her erreichbar war.

Als sie in die Eingangshalle eintraten, kam ihnen Alexander aus seinem Büro entgegen. „Na, gerade noch geschafft?", fragte er grinsend.

„Ja, gerade noch", sagte Nathalie.

„Duncan, bevor du dich zurückziehst, kann ich dich kurz sprechen?", fragte Alexander.

„Sicher", erwiderte Duncan.

„Ich gehe schlafen, ich bin müde", sagte Nathalie und ging die riesige Marmortreppe nach oben in ihr Zimmer. „Macht nicht mehr so lange, ihr beide", rief sie ihnen noch zu.

Alexander bat Duncan in sein Büro im Erdgeschoss. Offiziell war der untere Bereich der Villa eine Kanzlei und eine Verwaltung mehrerer Blutbanken, der obere Bereich eine Art Sanatorium für Menschen mit Sonnenallergie, sogenannte Mondscheinmenschen .
Alexander bat Duncan nochmals mit Nachdruck, vorsichtig zu sein. Wenn Nicolas herausfand, dass Duncan eine Freundschaft mit einem Menschen pflegte und Nathalie auch noch eine Liebschaft mit diesem Menschen anfing, fände er das bestimmt nicht lustig. Seine Schwester wäre nicht das Problem, das würde ihn nicht stören, denn er hatte ja auch seine Eskapaden mit seinen Huren und Strichern. Er würde davon ausgehen, dass Peter diese Liaison eh nicht überlebte.

„Du weißt von den Huren?", fragte Duncan erstaunt.

„Sicher. Das wissen viele. Allerdings nicht offiziell. Auch würde keiner was darüber sagen", meinte Alexander. „Er hat sich noch nie an seine selbst aufgestellten Regeln und Gesetze gehalten und sich immer heimlich mit Huren und Strichern vergnügt."

Früher hatte Alexander sie ihm besorgt, bis zu dem Tag, an dem er sich weigerte. Es war einfach zu viel für ihn gewesen. Nicolas wurde wütend und hatte ihn beinahe umgebracht. Es war der Tag, an dem Duncan und seine Schwester in Nicolas Leben getreten waren. Eigentlich hatte er sie töten wollen, aber er ließ es dann doch sein, denn er brauchte wohl etwas zum Abreagieren.

„Und das waren wir", sagte Duncan bitter.

„Es tut mir leid, dass du dem sadistischen Mistkerl ausgeliefert warst", sagte Alexander bedauernd.

„Es ist lange her, Alex, – vergessen und vergeben", sagte Duncan.

„Duncan, du bist wie ein Bruder für mich, ich möchte nicht, dass Nicolas euch etwas antut, wenn er das herausfindet", sagte Alexander und sah Duncan dabei in die Augen.

„Alex, er wird es nicht herausfinden. Ich verspreche dir, vorsichtig zu sein", entgegnete Duncan.

„Ich werde dir nicht helfen können, falls er das tut, das weißt du", sagte Alexander traurig.

„Ich weiß", sagte Duncan verständnisvoll.

Eine Weile sprach keiner der beiden ein Wort. Eine seltsame Stille lag in der Luft. Dann stand Alexander auf und meinte, er hätte noch einen guten Tropfen im Kühlschrank und ob Duncan einen Schluck wolle. Er willigte ein und Alexander goss beiden ein Glas ein.

„Duncan, bevor ich es vergesse. Was macht Peter Weihnachten?", fragte Alexander.

„Das Übliche, vor dem Fernseher sitzen und sich besaufen", sagte Duncan seufzend.

„Wollt ihr nicht in den Club kommen? Ich plane eine Weihnachtsparty. Wird aber eher so wie eine Begräbnisfeier ausfallen", sagte Alexander grinsend.

„Ich werde ihn fragen, ich denke, das wird ihm gefallen.", erwiderte Duncan und stand auf. „Es war wirklich ein edler Tropfen, ich hoffe, er ist von niemandem, den ich kannte", sagte Duncan und beide grinsten.

„Nein, ich denke nicht", sagte Alexander lachend. „Eines hätte ich fast vergessen, wir haben unsere alte, verfallene Burg die nächsten drei Tage für einen mittelalterlichen Markt vermietet. Ich brauche dich dort ab morgen Abend bis zum Ende. Ich weiß, du würdest lieber mit Peter etwas unternehmen, aber du bist einer unserer Besten, um nicht zu sagen, der Beste. Daher habe ich dich ausgewählt."

„Ich werde da sein", sagte Duncan.

Er verließ das Büro und ging in sein Quartier. Als er an Nathalies Zimmer vorbeikam, schaute er kurz hinein, um nach seiner Schwester zu sehen.

Kapitel 15

Am nächsten Abend, als Peter gerade aus dem Bad kam, klingelte Nathalie an der Tür. Sie sah wie immer wieder verführerisch aus. Sie begrüßte ihn überschwänglich und küsste ihn. Dann merkte sie, dass er lediglich ein Handtuch trug, das während der stürmischen Begrüßung herunterfiel.

„Oh, entschuldige", sagte sie lachend. „Stell dich nicht so mädchenhaft an. Du hast nichts, was ich nicht schon gesehen hätte. Ich hab einen großen Bruder, schon vergessen?"

Peter wurde rot und grinste verlegen. „Wo hast du Duncan gelassen?", fragte er.

„Der hat die nächsten drei Nächte Dienst auf unserer Burg. Dort ist ein mittelalterlicher Markt. Alexander bat ihn darum", erwiderte sie.

„Ihr habt eine Burg?", fragte Peter.

„Nein, nicht wir, sondern Nicolas. Es war früher – Jahrhunderte ist es schon her – sein Wohnsitz. Jetzt ist es eigentlich mehr eine Ruine und sie wird ab und zu für mittelalterliche Feste oder Märkte vermietet", erwiderte sie. „Wir müssen also in der nächsten Zeit alleine etwas unternehmen."

„Ist es die Burg aus eurer Erzählung von neulich?", fragte Peter.

„Ja Peter, das ist sie", antwortete Nathalie leise.

Peter wollte nicht weiter fragen, um nicht alte Wunden wieder aufzureißen. „Woran hattest du gedacht, was wir unternehmen sollen?", fragte er. „Sag nicht, Weihnachtsmarkt oder so etwas, das geht gar nicht."

„Sei nicht albern, so etwas brauche ich nicht", entgegnete sie. Die letzten Jahrhunderte hatte sie so viele Weihnachtsmärkte gesehen und brauchte es wirklich nicht mehr. Aber eine normale Kneipe oder Disco wäre eine Alternative.

„Ich würde gerne mal in eine normale Kneipe oder eine Disco gehen. Das habe ich seit einer Ewigkeit nicht mehr gemacht."

Peter überlegte: „Hier um die Ecke ist eine nette kleine Kneipe. Da kann man gemütlich sitzen und sich unterhalten."

„Klingt gut", sagte sie. „Okay, dann ziehe ich mir schnell was an und dann können wir los.", sagte Peter.

Bevor er in seinem Schlafzimmer verschwinden konnte, zwickte ihm noch grinsend in den nackten Hintern.

Als sie die kleine Kneipe erreichten, waren nur einige Leute dort. Sie nahmen an einem der Tische Platz.

„Was möchtest du trinken?", fragte er sie.

„Was trinkst du?", erwiderte sie.

„Ich denke, ich nehme einen Rotwein, so wie immer", sagte er.

„Dann nehme ich das auch", sagte sie.

Der Kellner kam und nahm ihre Bestellung auf. Sie saßen da, sahen sich verliebt an und redeten. Beide waren sehr interessiert an dem Leben des anderen und fielen sich dabei gegenseitig ins Wort.

Gegen Mitternacht verließen sie die Kneipe und gingen in die Richtung von Peters Wohnung. Auf dem Weg dorthin kamen ihnen zwei slawische Typen entgegen. Als sie auf gleicher Höhe mit Nathalie und Peter waren, pfiff der eine, als er Nathalie sah. Dann sagte er zu seinem Kumpel: „Hey, was ist das denn für eine heiße Braut?"

Peter drehte sich um. „Was hast du zu meiner Freundin gesagt?", fragte er.

„Ich habe gesagt, was das für eine heiße Schnalle ist. Die geht im Bett bestimmt ab wie eine Rakete. Kannst sie mir ja mal bei Gelegenheit ausleihen", erwiderte der Typ höhnisch.

Nathalie zog an Peters Arm, um weiter zu gehen, aber er machte keine Anstalten – im Gegenteil.

„Pass auf, was du da sagst", sagte Peter zornig und packte den Typen am Kragen. „Meine Freundin fasst du nicht an.", zischte er.

„Peter, lass es gut sein. Komm, wir gehen", sagte Nathalie.

Der andere Typ ging auf Nathalie zu und sagte: „Hey, hübsches Kind, wer sagt, dass du schon gehen darfst."

„Lass sie in Ruhe!", brüllte Peter ihn an.

Der Typ, den Peter am Kragen hatte, sagte: „Du hast hier gar nichts zu sagen. Wir werden jetzt deine Freundin mitnehmen und ein wenig Spaß haben."

Der Typ riss sich aus Peters Griff los und der andere packte Nathalie am Arm und wollte sie mit sich ziehen. Im gleichen Moment drehte sie sich zu ihm herum und gab ihm einen Kinnhaken, sodass er umfiel wie ein nasser Sack.

Nachdem der Typ zu Boden gegangen war, wandte sie sich dem anderen zu. „Nun zu dir, mein Lieber", sagte sie. „Niemand bedroht meinen Freund."

Der Typ wollte wegrennen, aber Nathalie war schneller. Sie packte ihn am Kragen und hob ihn, so wie Duncan im Club den Rocker, mit einer Hand hoch. Der machte sich beinahe in die Hose vor Angst und winselte. Nathalies beruhigte sich wieder und ließ den winselnden Typen los.

„Nun haut aber ab, sonst überlege ich es mir noch anders.", sagte sie.

Die Typ ging zu seinem Freund, half ihm auf, und beide trollten sich, so schnell sie konnten.

Sie sah ihnen lachend nach. Peter war immer wieder erstaunt und sprachlos, welche Kraft Vampire entwickeln konnten.

Nathalie drehte sich zu ihm um, hakte sich wieder bei ihm unter, als wäre nichts gewesen und sagte lächelnd: „Das nächste Mal bist du dran, mich zu beschützen."

Er sah sie etwas beschämt an.

„Nun guck nicht so. Es ist doch alles okay, oder?", fragte sie.

„Oh, Nathalie, das war jetzt schon das dritte Mal, dass mir jemand aus einer misslichen Lage geholfen hat, in die ich mich selbst gebracht habe. Ganz zu schweigen, dass es ein Mädel war", sagte er. „Ich danke dir."

Sie sah ihn an und lächelte: „Hey, wir leben im Zeitalter der Emanzipation. Warum sollen wir Mädels nicht mal unsere Jungs beschützen?!"

„Ich liebe dich, Nathalie", sage Peter leise zu ihr.

„Ich liebe dich auch, Peter", erwiderte sie und drückte seinen Arm noch fester.

In dieser Nacht schliefen sie zum ersten Mal miteinander. Es war wilder, hemmungsloser Sex. Nathalie passte aber auf, dass sie nicht zubiss, so schwer es ihr auch fiel. Peters Halsschlagader sah verführerisch aus. Sie pulsierte und pochte. Ihr Mund wurde wässrig und ihre Fangzähne schossen aus ihrem Kiefer. Es war schwer, sich zurückhalten und nicht zuzubeißen.

Als sie danach nebeneinander im Bett lagen, wurde ihr bewusst, wie es hätte ausgehen können.

Peter schlief tief und fest. Sie setzte sich neben ihn auf im Bett und sah ihn lange und schweigend an. Dann streichelte sie mit ihrer Hand über seinen nackten Körper, deckte ihn zu und gab ihm zum Abschied einen Kuss, dann ging sie.

Als sie die Villa betrat, wartete Alexander schon auf sie. „Du hast es getan, nicht wahr?", fragte er.

„Was habe ich getan?", fragte sie zurück.

„Du weißt genau, was ich meine", erwiderte er.

Sie sah ihn an. „Wenn du meinst, dass ich mit Peter gevögelt habe, ja, aber ich habe ihn dabei nicht umgebracht", sagte sie. Er ermahnte sie nochmals zur Vorsicht, da so eine Begegnung tödlich enden konnte.

In diesem Moment kam Duncan in die Eingangshalle. Er war gerade von dem Burgfest zurückgekehrt und hatte noch seine Uniform an. „Was ist denn los?", fragte er.

„Peter.", sagte Alexander.

„Wieso, was ist passiert?", fragte Duncan verwundert.

Alexander erzählte es ihm. Obwohl er Peter schätzte, war er trotz allem ein Mensch.

„Nath, wie konntest du nur", sagte ihr Bruder vorwurfsvoll.

„Leute, ich bin alt genug und ich weiß, was ist tue", rief sie trotzig.

„Anscheinend weißt du das nicht", sagte Alexander.

„Ich liebe ihn und er liebt mich, und wenn ihr beide was dagegen habt, dann ist das euer Problem. Und hört auf, mir hier Vorträge zu halten. Ihr seid ja nur eifersüchtig", sagte sie wütend, rannte die Treppe nach oben und warf ihre Zimmertür zu.

Alexander bat Duncan, mit seiner Schwester zu reden. Er hatte ja gar nichts gegen diese Liebschaft, wusste aber auch, dass Nathalie sich manchmal nicht kontrollieren konnte. Duncan versprach, mit ihr zu reden und ging zu seiner Schwester nach oben. Sein Klopfen wurde mit einem rüden „Hau ab!" beantwortet. Er ging trotzdem hinein. Sie saß auf ihrem Bett und sah ihn trotzig an.

„Nathalie, du weißt, dass er recht hat, oder?", fragte er.

„Ja, ich weiß. Aber ich liebe ihn und ich habe aufgepasst. Ich hatte zwar das Verlangen ihn zu beißen, aber ich hatte es unter Kontrolle", sagte sie.

„Aber was passiert, wenn du es einmal nicht mehr unter Kontrolle hast?", fragte Duncan.

„Das wird nicht passieren, glaub mir Duncan, niemals.", antwortete sie.

Er vertraute ihr, wusste aber, dass Alexander nicht so ein großes Vertrauen in seine Schwester hatte. Sie musste ihm versprechen vorsichtig zu sein. Dann fragte er sie nach den beiden Männern, die sie verprügelt hatte.

„Woher weißt du das?", fragte sie erschrocken.

„Alexander hat es mir eben unten erzählt. Er muss dich irgendwie beobachtet haben oder beobachten lassen. Sei auch hier bitte vorsichtig. Haben die was gemerkt?", fragte Duncan.

„Oh, dieser Typ geht mir auf die Nerven. Aber, okay, ich werde in Zukunft aufpassen. Und nein, ich denke, die haben nichts gemerkt. Und wenn schon, das glaubt denen keiner", sagte sie genervt.

„Lass es gut sein, Nath, ich bin müde", sagte Duncan. Der Abend war sehr anstrengend gewesen und er hatte noch zwei vor sich. Seine Schwester versicherte ihm, dass er sich keine Sorgen machen müsste. Um ihn zu beruhigen, schlug sie vor, am nächsten Abend auf den Markt auf der Burg zu kommen und Peter mitzubringen. So könne er sie im Auge behalten. Duncan drückte seine Schwester an sich. Dann stand er auf und ging schweigend in sein Zimmer.

Kapitel 16

Als Peter erwachte, fühlte mit seiner Hand nach Nathalie. Doch ihre Seite des Bettes war leer. Ach ja, dachte er, es ist Morgen. Vampire und Sonnenlicht, das wäre fatal. Während er aufstand, sich duschte und seine Kaffee trank, dachte er an die letzte Nacht. Sie hatten sich die Seele aus dem Leib gevögelt. Er fühlte sich so lebendig, so richtig gut, so verliebt, wie schon lange nicht mehr.

Die Sonne ging unter und Duncan bereitete sich vor, um auf die Burg zu fahren, als Alexander in sein Zimmer trat. Er hatte die Nachricht erhalten, dass Nicolas zu Weihnachten aus Amerika zurückkommt. Duncan und seine Soldaten sollten ihn vom Flughafen abholen und in die Villa zum Bankett bringen.

„Zu Heiligabend?", fragte Duncan erstaunt. „Das sieht ihm doch gar nicht ähnlich."

„Ich weiß", sagte Alexander. „Er hasst christliche Feste, aber dennoch ist es so. Vielleicht war ihm das Weihnachtsgetue von den Amis drüben zuwider. Wir sollten nach dem Burgfest alles für seine Rückkehr vorbereiten. Ich habe bereits dem Personal entsprechende Anweisungen gegeben und allen anderen hier im Haus auch. Du sagst bitte den Soldaten Bescheid, dass sie sich bereit zu halten haben. Sie sollen sich am Heiligen Abend nach Sonnenuntergang hier einfinden. Nicolas plant einen großen Empfang und die gesamte High Society der Vampirwelt ist eingeladen. Auch bringt er einige Gäste aus Übersee mit."

„Ach übrigens, Nathalie kommt später zum Fest auf die Burg", sagte Duncan.

„Dann sag ihr bitte, solange Nicolas hier ist, soll sie die Finger von Peter lassen", erwiderte Alexander.

„Du weißt wie sie ist, sie ...", wollte Duncan antworten.

„Duncan, das war keine Bitte, das war ein Befehl", sagte Alexander bestimmt und verließ das Zimmer. Duncan holte tief Luft, nahm seinen Ledermantel und machte sich auf den Weg.

Die Sonne war bereits untergegangen, als es an Peters Tür läutete. Nathalie, dachte er freudig und öffnete die Tür. Er begrüßte sie mit einem innigen Kuss und sagte ihr, wie toll er sich fühle, seit er sie kennengelernt habe. Sie lächelte nur.

„Peter, ich hätte große Lust auf den mittelalterlichen Markt auf unserer Burg zu gehen. Duncan wird auch da sein", sagte sie.

„Ja, warum nicht, wenn du es möchtest. So kann ich Duncan mal wiedersehen", sagte er.

Er nahm seine Jacke und beide verließen die Wohnung. Da die Burg weit außerhalb der Stadt lag und es zu weit war zu laufen und keine öffentlichen Verkehrsmittel dorthin fuhren, nahmen sie Peters Wagen. Er parkte den Wagen unterhalb der Burg und beide stiegen zur Burg hinauf und machten sich auf die Suche nach Duncan.

Die Burg war schon recht verfallen. Sie hatte wohl einmal vier Türme besessen, aber bis auf einen kleinen waren sie schon eingestürzt. Die sie umgebenden Mauern hatten große Löcher und von den Zinnen war kaum noch etwas vorhanden. Auch Spuren von einem Feuer waren zu erkennen. Im ehemaligen Burghof herrschte reges Treiben. Gaukler und Feuerspucker zeigten ihre Darbietungen. Die Besucher drängten sich an den hölzernen mittelalterlichen Ständen und Zelten vorbei. Vor den Grillständen bildeten sich lange Schlangen.

Sie fanden Duncan auf einem der eingestürzten Türme der Burg. Eigentlich war es mehr eine Ansammlung von Steinbrocken als ein Turm. Der Trümmerhaufen ragte fast acht Meter in die Höhe. Duncan stand dort oben wie ein mittelalterlicher Ritter in seiner schwarzen Uniform und beobachtete den Burghof. Der Wind spielte mit seinem langen Ledermantel, aber er selbst stand reglos da. Peter fiel auf, dass noch mehrere Männer in der gleichen Lederkleidung, wie Duncan sie trug, auf dem Burghof und auf den Mauern standen. Er fragte Nathalie danach. Sie sagte ihm, dass sie zu dem sogenannten Wachdienst gehörten und ihr Bruder deren Chef war.

„Wirklich? Das wusste ich gar nicht", sagte Peter erstaunt.

„Na ja, er macht da auch kein Aufheben daraus. Es war Nicolas Idee gewesen. So kann er Duncan wenigstens ‚bestrafen', wenn ihm etwas nicht passt oder wenn seine Leute sich nicht so verhalten, wie Nicolas es wünscht."

„Du meinst quälen", sagte Peter.

„Ja, das trifft es etwas genauer. Dieses sadistische Schwein", antwortete Nathalie sichtlich angewidert.

Bei solchen Festen mit so vielen Leuten war es üblich, mehrere Soldaten zum Aufpassen da zu haben. Peter wollte von Nathalie wissen, ob denn überhaupt Vampire anwesend seien. Sie zeigte auf zwei Mädels in mittelalterlicher Bauernkleidung und dann auf vier junge Männer am Burgtor. Die sahen wie Ritter oder Edelmänner aus.

Der Besitzer des Standes mit den Holzschnitzereien war ebenfalls ein Vampir. Es waren also einige anwesend. Peter hatte dies gar nicht bemerkt, sie sahen einfach normal aus. Sie erklärte ihm, dass Vampire die Anwesenheit anderer spüren würden. Menschen könnten dies natürlich nicht.

Als sie den Fuß der Turmruine erreichten, winkte Duncan ihnen zu und setzte zum Sprung an. Peter hielt die Luft an. Aber im Nu stand er neben ihnen und grinste. Ein Mensch hätte sich sämtliche Knochen gebrochen, aber Duncan stand völlig unversehrt neben ihnen.

„Hallo, ihr beiden", begrüßte er sie freudig.

„Du hast mich erschreckt", sagte Peter gespielt böse.

„Erschreckt?", fragte Duncan verwundert. „Womit? Ach du meinst den kleinen Sprung eben." Duncan grinste immer noch.

Peter machte sich Sorgen, falls ihn nun jemand bei dem Sprung gesehen hatte. Aber Duncan beruhigte ihn und zeigte auf die Kletterseile. Jeder musste denken, er hätte sich an den Seilen heruntergelassen.

„Hast du denn einen Moment Zeit für uns?", fragte Nathalie.

„Ja, kein Problem. Ich habe Stefan da drüben schon Bescheid gegeben", sagte Duncan und zeigte auf einen etwa zwei Meter großen, kräftigen jungen Mann. Stefan war ein Hüne, groß, bullig, fast wie ein Wikinger. Stefan winkte ihnen kurz zu zum Zeichen, dass er für Duncan übernehmen werde. Nathalie hakte sich bei den beiden unter und dann schlenderten sie gemeinsam über den Markt. Einige Leute grüßten Nathalie und Duncan oder unterhielten sich kurz mit ihnen.

Nach einer Stunde sagte Duncan, dass er zurück zum Dienst müsse, aber sie könnten ja noch bleiben. Er bat seine Schwester, nachher auf ihn zu warten, denn er musste ihr noch sagen, dass Nicolas am Ende der Woche aus Amerika kam. Sie sah ihn entsetzt an und Peter wusste nur zu genau, wer Nicolas war. Ihm schwante nichts Gutes. Duncan verließ die beiden und ging auf seinen Posten zurück. Nathalie und Peter schlenderten noch ein wenig über den Markt. Danach fuhren sie zurück zu Peters Wohnung. Auf der Fahrt zurück war sie sehr still. Er wollte sie auch nicht mit Fragen nerven und zog es vor, ebenfalls zu schweigen.

Als sie die Wohnung betraten, sah sie ihn an und hatte Tränen in den Augen. Sie teilte Peter mit, dass Nicolas aus Amerika zurückkommen würde und sie sich daher eine Weile nicht sehen konnten. Nicolas tolerierte keine Liebesbeziehung mit einem Menschen.

Peter traf diese Aussage wie ein Schlag ins Gesicht und er wollte wissen, was dies nun bedeuten würde.

„Es bedeutet, ich werde dich eine Zeit lang nicht besuchen können, so schwer mir das fällt", sagte sie traurig. „Aber wenn er heraus bekommt, dass wir beide zusammen sind, wird er sich etwas Schreckliches einfallen lassen, um es zu beenden."

Peter wusste bereits, wie sadistisch Nicolas veranlagt war und mochte sich nicht ausmalen, was Nicolas mit ihnen tun würde, sollte er es heraus bekommen. Er nahm sie in den Arm und hielt sie fest. Sie weinte und sagte ihm, dass sie ihn liebte.

„Ich dich auch, Nathalie, und wenn wir uns auch eine Zeit lang nicht sehen, wird das nichts daran ändern", sagte er sanft. „Ich habe mein halbes Leben auf so jemanden wie dich gewartet, Nathalie. Was sind dann ein paar Tage oder Wochen?!" Er setzte sie auf die Couch und ging in die Küche, um ein Taschentuch zu holen.

Als er wieder ins Wohnzimmer gehen wollte, stand sie vor ihm, stieß ihn in sein Schlafzimmer, riss ihm die Kleider vom Leib und küsste ihn leidenschaftlich.

Als der Morgen anbrach, kehrte sie in die Villa zurück. Die automatischen Rollläden schlossen sich bereits, um das Sonnenlicht abzuhalten. Im Haus herrschte noch reges Treiben. Dienstboten rannten hin und her, um das Haus für die Ankunft von Nicolas und den Empfang vorzubereiten. Einige Bewohnerinnern und Bewohner in edlen Kleidern und Anzügen waren gerade im Begriff, sich für die Nacht zurückzuziehen und schlenderten die Treppe nach oben. Andere standen noch lachend und erzählend auf der Empore, um einen letzten Schluck zu nehmen, bevor sie sich zurückzogen.

Duncan war schon vor einer Weile angekommen und saß in der Eingangshalle und wartete auf sie. „Na endlich, da bist du ja", sagte er ein wenig vorwurfsvoll.

Sie warf ihm einen bösen Blick zu. „Du bist nicht mein Aufpasser. Du bist deren Aufpasser", keifte sie wütend und zeigte auf die Empore. „Ich bin alt genug und kann selbst entscheiden, was ich tue. Das habe ich dir schon tausend Mal gesagt."

„Nath, ich weiß, du bist sauer, aber ...", sagte er.

„Ja, bin ich und ich weiß, was du mir jetzt für einen Vortrag halten willst, von wegen Peter nicht sehen zu können und das ganze Blabla", schnitt sie ihm das Wort ab. „Glaubst du, ich weiß das nicht?"

„Nath, bitte, ich bin dein Bruder, nicht dein Feind. Ich meine es nur gut mit dir", sagte er beschwichtigend.

Sie sah ihn trotzig an. Dann füllten sich ihre Augen mit Tränen und sie rannte auf ihn zu und umarmte ihn. So standen die beiden eine Weile da, bis sie sich wieder beruhigt hatte.

„Es ist so ungerecht", sagte sie bitter.
„Ich weiß", erwiderte Duncan. „Aber er bleibt ja nicht für ewig. Er bleibt nie lange hier, das weißt du doch. Was sind denn ein, zwei Wochen."
„Zu viel", sagte sie schluchzend.
Duncan rief einen Dienstboten herbei und bat ihn, für seine Schwester etwas zu trinken zu besorgen. Der Dienstbote eilte davon und als er zurückkam, hatte er einen großen Kelch auf einem Tablett dabei. Nathalie und Duncan setzten sich an einen der Tische in der Eingangshalle unterhalb der großen Treppe. Sie trank den Kelch mit einem Zug leer, danach fühlte sie sich ein wenig besser. So saßen sie noch eine Weile da, bis Duncan sagte, es wäre Zeit sich zurückzuziehen. Seine Schwester sah ihn traurig an. Duncan brachte sie nach oben in ihr Zimmer. Als sie sich hinlegte, bat sie ihn noch solange zu bleiben, bis sie eingeschlafen sei. Sie wollte jetzt nicht allein sein. Er nahm ihre Hand und hielt sie fest, bis sie schlief. Dann küsste er sie auf die Stirn und verließ leise ihr Zimmer.

Kapitel 17

Heilig Abend. In der Villa wurden die letzen Vorbereitungen für die Ankunft von Nicolas getroffen. Die Zimmer waren gerichtet, der Ballsaal geschmückt und alle Böden gewienert. Alexander ging durch die einzelnen Räume, um die Arbeiten zu überprüfen und letzte Anweisungen zu geben. Als er in die Eingangshalle kam, traf er Duncan und fragte ihn, ob er alles arrangiert hätte.

„Ja, Alex – und meine Leute auch", antwortete Duncan.

„Wie geht es deiner Schwester?", wollte Alexander wissen.

„Nicht so gut, sie ist in ihrem Zimmer und ist in den letzten Tagen nicht herausgekommen", antwortete Duncan betrübt.

„Heute Abend sollte sie bei dem Empfang dabei sein. Du weißt, Nicolas erwartet, dass alle Bewohner dieses Hauses zu dem Fest anwesend sind", sagte Alexander.

„Ich werde mit ihr reden und ihr klar machen, dass sie zu erscheinen hat", sagte Duncan bestimmt.

Alexander legte ihm seinen Arm auf die Schulter. Er war auch nicht erfreut darüber, den ‚Herrn und Meister' wiederzusehen. Was die nächsten Tage oder gar Wochen bringen würden, wusste niemand. Aber jedem war klar, dass sie Nicolas auf keinen Fall in irgendeiner Art provozieren durften. Duncan graute davor, denn bestimmt musste er seinem Herrn wieder irgendwelche Spielgefährtinnen besorgen, an denen er sich austoben konnte. Alexander war sich bewusst darüber, wie sein Freund sich fühlte. Duncan wollte nach seiner Schwester sehen und machte sich auf den Weg zu ihr.

Vor ihrem Zimmer lag ein langes nachtblaues Abendkleid. Es sah so aus, als hätte sie es einem Dienstboten nachgeworfen, als er es ihr bringen wollte. Er klopfte an die verschlossene Tür.

„Geh weg", brüllte sie.

„Nath, ich bin's. Lass mich bitte rein, ich muss mit dir reden", sagte Duncan.

„Ich will aber nicht reden, lasst mich einfach alle in Ruhe.", keifte sie zurück.

Duncan griff nach dem Türknauf und drehte ihn mit Gewalt herum. Die Verriegelung sprang auf und er trat ein. Er konnte gerade noch einem Schuh ausweichen, den sie nach ihm warf. Mit einem Sprung war er bei ihr und hielt sie fest. Sie wehrte sich heftig, hatte aber keine Chance gegen ihren Bruder.

„Nath, beruhige dich, bitte", sagte er sanft.

Nach einer Weile beruhigte sie sich und sah ihren Bruder zornig und mit Tränen in den Augen an.

„Dein Erscheinen heute Abend ist gewünscht", sagte Duncan ruhig.

„Ich komme nicht, die können mich alle mal", sagte sie stur.

„Nathalie, willst du Nicolas verärgern? Du weißt, wozu er fähig ist, wenn er seinen Willen nicht bekommt. Willst du es wirklich darauf anlegen?", erwiderte Duncan.

Sie sah ihn weiterhin trotzig an. Wenn ihr Bruder meinte vor Nicolas zu kuschen – bitte, sie würde dies nicht tun. Er stand auf und holte das Abendkleid, das noch immer vor der Tür lag, und legte es auf einen Stuhl. Sie keifte wütend hinter ihm her, er könne sich das Kleid in den Arsch schieben. Ihm gefiel das alles auch nicht. Allein der schreckliche Gedanke, seinem Herrn diese Konkubinen zu besorgen, nach denen es ihn garantiert wieder gelüstete. Aber er würde tun, was von ihm verlangt wurde, welche Wahl hatte er denn?

Sie sah ihn traurig an. Sie wusste, wie er sich fühlte, wenn er für Nicolas auf die „Jagd" gehen musste. Und auch wie Nicolas ihn misshandelte, wenn er – nach Nicolas Geschmack – nicht die richtigen brachte. Er sah sie traurig an und holte tief Luft. „Okay, Duncan. Ich werde heute Abend unten sein", sagte sie einlenkend. „Ich tue es dir zuliebe, nicht wegen ihm."

Duncan lächelte sie an und dankte ihr dafür. Er verließ seine Schwester und begab sich zu seinen Leuten, um die Details für den Abend zu besprechen. Nicolas Privatjet würde um neun Uhr auf dem kleinen Privatflugplatz im Osten der Stadt landen, die Abfahrt war für acht Uhr dreißig geplant. Ankunft in der Villa gegen zehn Uhr. Der Empfang sollte um elf Uhr beginnen und bis zum Morgen gehen. Wenn alles glatt lief, wird Nicolas dann in seinen Gemächern verschwinden.

Peter erwachte an diesem Morgen recht spät. Es war Heilig Abend, und er hatte endlich Urlaub. Im Morgenmantel machte er sich einen Kaffee und rauchte eine Zigarette. Seine Gedanken waren bei Nathalie. In den letzten Tagen hatte sie sich nicht bei ihm gemeldet und er vermisste sie. Auch wenn es ihm nicht gefiel, Weihnachten ohne sie zu sein – denn es wäre das erste schöne Weihnachtsfest seit Jahren gewesen –, aber es war besser so, als sie in Gefahr zu bringen. Er hatte noch einen großen Vorrat an Rotwein, der Abend war also gerettet.

Sein Telefon klingelte. Er stand auf und nahm den Hörer ab. Es war seine Mutter, die sich nach seinem Wohlbefinden erkundigte und ihm erzählte, was sie heute machen würde und wer zu Besuch kommt und so weiter. Peter hörte einfach zu und sagte nur ab und zu mal „Ja" oder „Nein". Als das Gespräch beendet war, setzte er sich wieder in seinen Sessel und zappte durch die Fernsehprogramme. Gegen Nachmittag tauschte er den Kaffee gegen Rotwein und prostete dem Fernseher zu: „Merry Christmas".

Um acht Uhr wurden die Limousinen für die Abholung von Nicolas vor der Villa bereitgestellt. Der Bentley, den Nicolas besteigen würde, zwei Mercedes-S-Klasse-Wagen für die Soldaten und der Jaguar für Nicolas' Gäste. Duncan hatte die Aufgabe, Nicolas' Wagen zu fahren. Er hatte ein flaues Gefühl in seiner Magengegend. Was würden die nächsten Tage wohl bringen, dachte er. Seinen Kameraden ging es auch nicht besser, das zeigten ihre Blicke. Sie waren alle Profis, aber in ihren Augen konnte man die Furcht sehen. Furcht vor dieser Bestie. Einer seiner Leute bestieg den Jaguar, die anderen die S-Klasse und Duncan nahm am Steuer des Bentley Platz. Nathalie stand an ihrem Fenster und sah ihnen nach. Was werden die nächsten Tage und Wochen bringen, dachte sie ebenfalls voller Sorge.

Am Flughafen angekommen, hielt die Kolonne am Tor des Security Points. Duncan stieg aus und ging zu dem Sicherheitsbeamten, der in seinem Pförtnerhäuschen saß. Sie waren zwar angemeldet, aber die Sicherheitskontrollen mussten sie trotzdem passieren. Der Beamte, ein junger, schmächtiger Mann in blauer Uniform, sah ihn verdutzt an. Vielleicht war er etwas verwirrt durch Duncans lederne Uniform und den schwarzen Ledermantel. Schweigend übergab er dem Beamten die Dokumente, der sie prüfte und sie dann passieren ließ. Er öffnete die Schranke und die Kolonne setzte sich in Bewegung. Nicolas' Maschine war noch nicht gelandet. Sie parkten die Wagen an dem dafür vorgesehenen Platz neben der noch leeren Parkposition des Flugzeugs. Duncan stieg aus, lehnte sich mit dem Rücken an den Wagen und blickte grimmig in die Richtung, aus der die Maschine kommen würde.

Die Zeit verging, ohne dass ein Flugzeug landete. Duncan sah auf seine Uhr. Die Maschine müsste eigentlich jede Minute ankommen. Dann sah er am Horizont Landelichter. Das würde sie wohl sein. Die weiße Falcon 7X landete, rollte dann mit dröhnenden Triebwerken auf ihre Parkposition und die Piloten schalteten die Triebwerke ab. Dann wurde die Tür geöffnet und Nicolas stieg die Treppe hinunter, gefolgt von zwei Männern in schwarzen Anzügen und zwei Damen mittleren Alters in farbenfrohen, aber edlen Abendkleidern. Er gab Anweisung, dass die Herren in dem vorderen Wagen und die Damen mit ihm fahren sollten. Duncan öffnete die Hintertür des Bentleys, damit sie einsteigen konnten. Ohne irgendjemanden eines Blickes zu würdigen, stiegen Nicolas und die beiden Damen ein. Die Soldaten nahmen das Gepäck entgegen und packten es in die Kofferräume der Autos. Als alles verstaut war, fuhren sie zurück zur Villa, wo sie schon erwartet wurden.

Während der Fahrt scherzte Nicolas mit den Damen. Diese kicherten und lachten überschwänglich über seine schlüpfrigen und versauten Witze. Duncan fand, dass er dieselben abgedroschenen Witze erzählte, die er schon in den letzten hundert Jahren erzählte. Die eine äußerte noch, welch gutaussehendes Personal Nicolas hätte und ob man so hübsches Dienstpersonal mal mieten könne für Empfänge oder Orgien. Er lachte und meinte nur, die Männer seien kein Dienstpersonal, diese Männer gehörten zu seiner Privatarmee. Die beiden Damen schienen beeindruckt zu sein, denn sie hielten für eine kurze Weile staunend ihren Mund. Dann ging das Gekicher und Gelache weiter, bis sie die Villa erreichten. Die Wagen parkten in der Auffahrt vor dem Eingang. Nicolas und seine Begleitung stiegen aus und gingen hinein. Duncan und seine Leute entluden das Gepäck und brachten es in die Eingangshalle. Dort wurden die Koffer vom Dienstpersonal übernommen, um es auf die vorgesehenen Zimmer zu bringen.

Alexander erwartete Nicolas und seine Begleitung schon am Fuße der Marmortreppe. Er begrüßte seinen Herrn, indem er vor ihm niederkniete. Dann bat er ihn und seine Begleitung ihm zu folgen, um ihnen ihre Zimmer zu zeigen. Nach der langen Reise würden sie sich sicherlich noch ein wenig frisch machen wollen. Dienstboten nahmen eilig das Gepäck und trugen es hinterher. Als sie in den oberen Etagen verschwunden waren, holte Duncan tief Luft. Dann sagte er zu seinen Männern: „It's showtime." Sie nickten schweigend, aber verständnisvoll.

Eine Limousine nach der anderen fuhr mit den geladenen Gästen vor. Damen in langen Designer-Abendkleidern und Herren in edlen Anzügen entstiegen den Wagen. Alexander begrüßte jeden Einzelnen persönlich und wies ihnen ihre Plätze zu. Der Ballsaal war hell erleuchtet. Überall blitzten die gewienerten Kristalle der Kronleuchter. Die geladenen Gäste und die Damen und Herren des Hauses nahmen an ihren Tischen Platz, tranken und plauderten. Diener liefen hin und her, um die Wünsche der Gäste zu erfüllen. Duncan stand hinter Nicolas' Tafel am Kopfende, wo dieser sitzen würde, und erwartete sein Eintreffen. Nathalie saß mit ein paar jüngeren Männern und einigen Frauen an einem Tisch und hörte ihren Erzählungen sichtlich gelangweilt zu. Die Soldaten bezogen ihre Posten links und rechts des Eingangs und an den jeweiligen Seiten des Ballsaales. Nicolas' Befehl war, dass seine „Armee" anwesend war, um den Gästen Sicherheit zu vermitteln und um aufzupassen, dass niemand über die Stränge schlug.

Dann betrat Nicolas mit den beiden Damen aus dem Flugzeug im Arm den Saal. Er wurde mit tosendem Applaus empfangen. Es wurde salutiert und zugeprostet. Nicolas schritt durch den Saal wie ein Kaiser zu seinem Tisch, ohne die Anwesenden auch nur eines Blickes zu würdigen. Für ihn waren sie nur Schmarotzer und niederes Gesindel. Nachdem er und seine Begleiterinnen Platz genommen hatten, wurde ihm von einem Diener ein goldener Kelch und den Damen Kristallschalen mit Blut serviert. Nicolas trank seinen Kelch mit einem Zug aus und befahl laut, einen neuen zu bringen. Der Diener beeilte sich dem Wunsch nachzukommen. Als der zweite Kelch serviert war, stand Nicolas auf, um eine Rede zu halten. Das übliche Gerede über das ewige Leben, den gehobenen Status der hier anwesenden Vampire und so weiter. Nach seiner fast einstündigen Rede und dem darauf folgenden, nicht enden wollenden Applaus wurde das „Essen" serviert, das in einer Art Blutorgie endete. Blut wurde in Kelchen, Gläsern, Karaffen oder Krügen von den Bediensteten herbeigeschafft. Als alle gesättigt waren, fing die Kapelle an zu spielen und es wurde getanzt, in der Bibliothek geraucht, oder die Leute unterhielten sich im Foyer.

Duncan beobachte seinen Herrn, der sich allem Anschein nach langweilte trotz der beiden attraktiven Damen an seiner Seite. Nacheinander wurden beide Damen von einigen noblen Herren zum Tanz aufgefordert und verließen die Tafel. Duncan war mit Nicolas allein.

„Alles Schmarotzer, niederes Gesindel, schau sie dir nur an, wie sie sich auf meine Kosten amüsieren", sagte er angewidert und herablassend. Duncan wusste, dass Nicolas von ihm keine Antwort erwartete, daher schwieg er. Es folgten noch weitere Abfälligkeiten, wenn seine beiden Tischnachbarinnen nicht an ihrem Platz waren.

Eine der Damen schien sich wohl sehr für einen der Wachmänner, einen jungen Soldaten namens Zoran, zu interessieren, denn sie flirtete des Öfteren mit ihm und er flirtete wohl auch zurück. Duncan wusste, dass Nicolas ausrasten würde, wenn er das sah. Kein Mitglied seiner Armee hatte mit den Gästen zu reden und schon gar nicht zu flirten. So ein Verhalten war in den Augen seines Herrn unentschuldbar und würde massiv bestraft werden.

„Mylord, würden Sie mich kurz entschuldigen? Ich muss mit dem jungen Soldaten dort drüben reden. Es ist sein erster Empfang", sagte Duncan.

„Ja, geh", sagte Nicolas und machte eine abweisende Handbewegung.

Er ging zu Zoran und sagte ihm, er solle vorsichtig sein. Wenn Nicolas mitbekäme, dass er mit einer der Damen, und erst recht mit einer von Nicolas Tischdamen, flirtet werde das unangenehme Folgen haben.

„Sie ist aber so attraktiv. Eine richtig heiße Braut. Und außerdem hat sie angefangen, mir eindeutige Angebote zu machen", sagte Zoran mit einem unsicheren Grinsen.

„Was du nach deinem Dienst machst, ist mir – und ich denke auch Nicolas – egal, aber solange du hier im Dienst bist, hast du dich an meine und vor allem an seine Befehle zu halten", sagte Duncan scharf.

Zoran blickte zu Boden, als Duncan ihn maßregelte. Der Junge spielte mit seinem Leben. Jeder wusste, wozu Nicolas imstande war, wenn er wütend wurde. Zoran sah zu Boden und nickte verlegen.

Duncan ging zurück an seinen Platz hinter Nicolas' Tafel. Nicolas wollte wissen, was er denn mit seinem dämlichen Lakaien zu besprechen hatte. Duncan überlegte, was er ihm sagen sollte. „Ich musste ihn an seine Aufgaben und Pflichten erinnern. Es ist, wie gesagt, der erste Empfang, an dem er teilnimmt", erwiderte er.

„Wenn du meinst, du musstest ihm sagen, dass ich es nicht gerne sehe, wie dieser Mistkerl mit einer meiner Tischdamen flirtet, dann hattest du recht", sagte Nicolas und schaute Duncan mit seinen rot glühenden Augen direkt an. Ihm lief ein Schauer über den Rücken. Nicolas wusste es bereits.

„Dich habe ich mir gefügig gemacht und glaube mir, ich hatte Spaß dabei zu sehen, wie du mich anflehtest aufzuhören und wie du gewinselt hast. Wenn du es nicht schaffst, ihn gefügig zu machen, dann werde ich mich selbst darum kümmern – wenn du verstehst, was ich meine. Und wenn ich mich um ihn gekümmert habe, bist du an der Reihe. Es ist deine Verantwortung, es sind deine Männer", sagte Nicolas böse lächelnd.

Duncan schwieg, er erinnerte sich nur zu gut daran, was Nicolas mit ihm gemacht hatte. Er sah nach seiner Schwester. Sie saß noch immer mit den jungen Männern zusammen und hörte ihnen zu. Dann sah er nach Zoran. Dieser stand wie eine Statue an der Tür und bewegte sich nicht. Duncan war erleichtert … leider wusste er nicht, wie falsch er mit seiner Annahme lag.

Eine der Tischdamen, Cynthia war ihr Name, stand auf, um sich ein wenig zu erfrischen. Duncan beobachtete sie misstrauisch. Sie schob sich an den Tanzenden vorbei zur Eingangstür, wo Zoran stand. Im Vorbeigehen griff sie ihm zwischen die Beine. Der junge Soldat war so erschrocken, dass ihm die Luft wegblieb. Dann warf sie sich an seinen Hals und küsste ihn. Zoran sah ängstlich zu Duncan hinüber. Duncan gab zwei seiner Männer ein Zeichen, dass sie ihn aus dem Saal bringen sollten.

„Nimm den Befehl zurück. Ich werde mich nun persönlich darum kümmern müssen. Du bist anscheinend nicht fähig dazu", fauchte Nicolas mit einem abwertenden Blick und stand auf.

„Mylord, bitte, lassen Sie mich das regeln, ich bitte Sie", bat Duncan.

„Hör auf zu winseln. Du willst mir den einzigen Spaß nehmen, den ich heute Abend haben werde", sagte Nicolas. „Dein Winseln beeindruckt mich überhaupt nicht. Mein Urteil über das Schicksal dieses Mistkerls ist gefällt."

Nicolas stürmte quer durch den Saal auf Zoran und Cynthia zu. Sie versuchte ihn gerade aus dem Saal zu ziehen, als Nicolas mit einem teuflischen Lächeln vor ihnen stand. „Gnädige Frau, würden Sie uns kurz entschuldigen?", fragte er höflich.

„Oh ja, äh, Lord Nicolas", sagte sie etwas beschämt.

Zoran sah Nicolas ängstlich an. Er packte den Soldaten am Hals und zerrte ihn hinaus in die Eingangshalle. Zoran versuchte sich zu wehren, aber es war zwecklos. Von dort zerrte er ihn die Treppe in das Untergeschoss hinunter. Zoran versuchte erneut vergeblich, sich aus Nicolas' Griff zu befreien, aber er hatte keine Chance. Nicolas öffnete die Tür zu einem Verlies, in dem nur eine hölzerne Streckbank stand. Dann warf er Zoran darauf und schnallte ihn fest. „Du wirst nie wieder meine Anordnungen, Befehle oder Gesetze missachten", keifte Nicolas wütend.

Duncan verließ seinen Posten und ging ebenfalls in die Eingangshalle. Nathalie sah ihm besorgt nach. Hoffentlich hält sich er zurück, dachte sie. Duncan konnte die beiden nicht finden. Einer der Diener nickte in Richtung Treppe ins Untergeschoss. Ihm schwante nichts Gutes, als er die Treppe ins Untergeschoss hinunter stieg.

Auf halbem Weg kam ihm Nicolas entgegen und brüllte: „Was willst du hier! Der Kerl ist nicht mehr dein Problem."

Duncan sah ihn erschrocken an. Nicolas ging an ihm vorbei zurück in die Eingangshalle. Duncan wollte gerade zurück in den Ballsaal gehen, als Nicolas sich herumdrehte. Seine Augen leuchteten feuerrot und er entblößte seine Fangzähne. „Du hast deinen Posten verlassen!", brüllte er Duncan an. Bevor Duncan etwas erwidern konnte, holte Nicolas zu einem Schlag aus, der ihn direkt ins Gesicht traf. Duncan flog quer durch die Eingangshalle und schlug mit dem Rücken gegen die Wand. Der Aufschlag war so heftig, dass die Wandlampe von der Wand fiel und Duncan benommen liegenblieb. Nicolas grinste nur hämisch, dann drehte er sich um und ging lachend zurück in den Saal. „Meine Freunde! Tanzt, trinkt!", rief er und schlug die Tür des Ballsaales zu.

Alexander und Nathalie kamen heraus und eilten zu Duncan.

„Was ist passiert?", fragte Alexander.

„Ich wollte nach Nicolas und Zoran sehen", antwortete Duncan. „Er hat ihn aus dem Saal gezerrt und nach unten in die Folterkammer gebracht, weil er seine Anordnungen nicht befolgt hat."

„Aber ihn trifft keine Schuld, ich habe es gesehen. Diese Cynthia ist schuld. Dieses Miststück", zischte Nathalie.

„Gerade du, Duncan, solltest wissen, wie er ist. Misch dich nicht ein", sagte Alexander. Er winkte einen Diener herbei und bat ihn einen Becher Blut zu besorgen. Der Diener eilte davon und kam kurze Zeit später mit einem Becher zurück.

Nachdem Duncan den Becher geleert hatte, gingen sie zurück in den Ballsaal. Duncan begab sich wieder auf seinen Posten.

„Wage es nie wieder, dich in meine Angelegenheiten einzumischen oder dich meinen Befehlen zu widersetzen", sagte Nicolas kalt.

„Nein, Mylord", erwiderte er und schwieg dann. Zoran tat ihm leid, denn er wurde für etwas bestraft, für das er nichts konnte. Diese dumme Kuh hatte ihn da reingeritten und nun saß sie da, als wäre nichts geschehen und ließ sich volllaufen.

Nicolas drehte sich zu Cynthia und sagte: „Meine Liebe, Ihr hattet doch Gefallen an diesem jungen Soldaten gefunden, oder?"

„Ja, Mylord, ich finde ihn sehr attraktiv. Ich würde so ziemlich alles mit ihm anstellen", antwortete sie lächelnd.

„Na, dann habe ich nachher eine kleine Überraschung für Sie", sagte er geheimnisvoll.

Duncan wollte sich gar nicht vorstellen, was das für eine Überraschung sein könnte. Das Fest neigte sich seinem Ende zu und die Gäste verabschiedeten sich oder zogen sich in die oberen Gemächer zurück. Nicolas' Tischdamen wollten sich auch schon verabschieden, aber Nicolas bat sie, noch zu bleiben.

„Duncan", sagte er. „Geh ins Untergeschoss und bringe mir meine Überraschung für die Damen nach oben. Die anderen deiner Handlanger können jetzt verschwinden. Ich möchte mit den Damen alleine sein."

Duncan wusste, was Nicolas mit „Überraschung" meinte. Er gab einen kurzen Befehl an seine Leute und sie verließen schweigend den Saal. Auf dem Weg zum Untergeschoss traf er Nathalie. Er sah sie mit einem traurigen Blick an. Sie wollte wissen, was los sei und was mit Zoran geschehen werde. Duncan warf ihr einen vielsagenden Blick zu. „Geh jetzt bitte auf dein Zimmer. Ich komme später noch mal vorbei", sagte er. Danach stieg er langsam die Treppe zum Untergeschoss hinunter.

Als Duncan die Tür zum Verlies öffnete, sah er, dass der Junge, wie er damals, auf dieser Streckbank festgeschnallt war. Zoran sah ihn ängstlich an und wollte wissen, was mit ihm nun geschehen würde. Duncan konnte es sich vorstellen, sagte aber nichts. Er schnallte Zoran los und brachte ihn in den Ballsaal. Dort saßen nur noch Nicolas und die beiden Frauen am Ende der langen Tischreihe. Alexander stand an der Tür. Nachdem Duncan Zoran in den Ballsaal gebracht hatte, gab Nicolas Alexander ein Zeichen und er verließ ebenfalls den Saal und schloss die Tür hinter sich.

Nicolas sah Zoran lange an. Dann sagte er zu Duncan: „Bring mir meine Werkbank."

Duncan nickte und ging in einen Nebenraum und rollte eine ähnliche Streckbank wie die in der Zelle im Keller herein. Diese hatte allerdings kleine Schläuche an den Hand- und Fußschnallen. Zoran sah die sogenannte Werkbank mit Entsetzen an. Ohne ein Wort zu sagen, schnappte Nicolas ihn am Hals, warf ihn mit voller Wucht auf die Bank und schnallte ihn fest. Spitze Nadeln bohrten sich in das Fleisch des jungen Soldaten, als Nicolas die Schnallen festzog. Kühles Vampirblut floss in die Schläuche.

„Cynthia, meine Liebe, und Olga, meine Schönheit, hier ist meine Überraschung, ein kleiner Mitternachtssnack. Na los, bevor ein Tropfen verschwendet wird!", lachte Nicolas.

Die Augen von Cynthia und ihrer Freundin Olga leuchteten azurblau vor Vorfreude auf das bevorstehende Mahl. Zoran versuchte sich zu befreien, aber die Nadeln bohrten sich nur noch tiefer in sein Fleisch. Er bettelte und flehte, ihn freizulassen. Duncan drehte sich weg, er konnte es nicht mit ansehen. Sein Herr brüllte ihn an, hinzusehen und es zu genießen. Widerwillig gehorchte er. Cynthia und Olga kamen an die Bank und sahen Zoran mit Verzückung an.

„Aber Mylord, er ist doch noch gar nicht angerichtet", sagte Cynthia gespielt beleidigt.

Nicolas drehte sich zu Zoran und riss ihm mit einer Handbewegung die Kleidung vom Leib, sodass er nackt auf der Streckbank lag. Die beiden Damen waren entzückt.

„Ihr wisst, wie ihr Damen das Essen schmackhaft macht." Sie und ihre Freundin nahmen jede einen Schlauch und saugten genüsslich daran, dabei betatschten sie Zorans nackten Körper. Der Junge war starr vor Angst und wimmerte nur noch, als ihm klar wurde, dass er diesen Raum nicht mehr lebend verlassen würde. Er sah Duncan hilfesuchend an. Dieser hatte Tränen in den Augen vor Wut und fühlte sich so hilflos. Dieser Sadist ließ ihn auch noch dabei zusehen, wie er einen von seinen Leuten von solchen Flittchen leersaugen ließ. Er hasste Cynthia dafür, sie war an all dem schuld. Dann nahm

Nicolas den dritten Schlauch und begann ebenfalls genüsslich zu saugen, dabei sah er Duncan direkt in die Augen und grinste. Zoran wurde zunehmend schwächer und wimmerte nur noch leise. Seine Augen wurden am Ende glasig und das Flehen und Wimmern hörte auf. Die drei saugten gierig, bis kein Blut mehr kam, dann lehnten sie sich befriedigt zurück. Nicolas blickte Duncan an und befahl: „Entsorge das draußen, die Sonne erledigt den Rest. Dann kannst du dich zurückziehen, ich brauche dich heute nicht mehr."

Duncan schnallte Zoran von der Bank los, nahm dessen leblosen Körper auf die Schulter und trug ihn hinaus. Im Hinausgehen hörte er Olga noch sagen, was das für ein Spaß gewesen sei und sie könnte dies öfter haben. Dann fiel die Tür ins Schloss. Duncan biss sich auf die Lippen, bis sie bluteten, damit er nicht laut aufschrie vor Wut. Mit Tränen in den Augen ging er durch die Eingangshalle in Richtung Eingangstür.

Er wollte gerade die Tür öffnen, als er sah, dass die automatischen Jalousien bereits geschlossen waren. Die Sonne war bereits aufgegangen. Er schlug die Tür gleich wieder zu. Sein Gesicht brannte höllisch.

„Mist, Mist, Mist!", schrie er vor Schmerz.

Plötzlich stand Nicolas hinter ihm und packte den Kragen seines Ledermantels. „Du sollst es entsorgen!", brüllte er. „Ob du verbrennst oder nicht, interessiert mich nicht. Entweder entsorgst du ihn oder ich entsorge euch beide."

Duncan öffnete die Tür. Die Hitze des Sonnenlichts schlug ihm entgegen und verbrannte seine Haut. Er warf Zorans toten Körper nach draußen in die Sonne, wo er sofort in Flammen aufging. Als er die Tür wieder schloss, war Nicolas verschwunden. Duncan hatte Verbrennungen dritten Grades im Gesicht, an den Armen und Händen. Sein lederner Anzug hatte sich teilweise aufgelöst. Er biss sich auf die Lippen, um nicht vor Schmerzen loszubrüllen. Diesen Gefallen wollte er Nicolas nicht tun, ihm zu sehen, wie er litt. Er schleppte sich unter großen Schmerzen die Stufen nach oben in sein Zimmer. Nathalie musste ihn auf der Treppe gehört haben, denn sie öffnete die Tür. Duncan fiel ihr gekrümmt vor Schmerzen entgegen. Seine Schwester konnte ihn gerade noch festhalten, damit er nicht auf den Boden fiel und zerrte ihn auf einen Stuhl. Sie wollte wissen was passiert war und warum er so aussah. Duncan erzählte ihr, dass Nicolas ihn gezwungen hatte, Zorans toten Körper im Garten zu entsorgen, als die Sonne aufging. Er erzählte ihr aber nicht, wie Zoran sein Ende gefunden hatte. Sie sah ihn entsetzt an.

„Was für ein sadistisches Schwein", sagte sie wütend.

„Nath, rege dich nicht auf, ich gehe besser in mein Zimmer und lege mich hin. Bis morgen Abend wird es mir besser gehen, ich brauche nur Ruhe", sagte Duncan schwach. Er stand auf, um zur Tür zu gehen, doch als er nach dem Türgriff fassen wollte brach er zusammen. Nathalie schrie auf und eilte zu ihrem Bruder, der bewusstlos am Boden lag und brachte ihn in ihr Bett. Dann legte sie sich neben ihn und nahm ihn in ihre Arme. Der letzte Gedanke, welcher ihr durch den Kopf ging, bevor sie einschlief, war: Dieses miese Schwein, ich bringe ihn um!

Kapitel 18

Als Duncan am nächsten Abend aufwachte, wusste er zunächst gar nicht, wo er sich befand, denn das Zimmer kam ihm fremd vor. Dann fiel es ihm wieder ein. Er setzte sich auf und sah Nathalie, die auf einem Stuhl saß und ihn liebevoll ansah. An seinen Händen und Armen war kaum noch etwas von den Verbrennungen zu sehen. Er fühlte sich zwar noch ein wenig schwach, erwiderte aber das Lächeln seiner Schwester. Dann klopfte es an der Tür und Nathalie rief nur: „Herein!"

Alexander trat ein und hatte einen großen Kelch mit Blut dabei. Er sah Duncan traurig an. „Es tut mir so leid", sagte er. „Ich wusste, dass Nicolas ein Schwein ist, aber ich hätte nie gedacht, dass er so ein mieses Schwein ist." Er gab Duncan den Kelch, der ihn mit einem Zug leerte.

„Hast du gesehen, wie Duncan gestern Abend aussah?", keifte Nathalie Alexander an.

Er hob beide Hände und meinte nur, dass es ihm leid täte. Sie warf ihm einen angewiderten Blick zu. Nachdem Duncan getrunken hatte, fühlte er sich wieder stark genug, um aufzustehen.

„Meine Kleidung sieht ein wenig verbrannt aus. Ich ziehe mich schnell um, denn ich muss zum Dienst."

„Du musst gar nichts", zeterte Nathalie, „außer im Bett bleiben, bis es dir wieder besser geht."

„Mir geht es schon besser, Nath", beschwichtigte er sie.

Alexander sah Duncan an: „Du hast heute frei, Duncan. Ich habe das mit Nicolas geklärt. Wenn du dich umgezogen hast, komm bitte zu mir ins Büro. Wir müssen reden. Ich habe neue Anweisungen von Nicolas erhalten", sagte er.

„Okay, gib mir eine halbe Stunde, dann bin ich unten", antwortete Duncan.

„Ihr seid doch beide verrückt! Tut so, als sei nichts gewesen", schrie Nathalie. Ihr Bruder warf ihr einen vielsagenden Blick zu. Sie kämpfte mit den Tränen vor Mitleid für ihren Bruder, beherrschte sich aber.

Alexander verließ das Zimmer und Duncan folgte ihm. Als er sich umgezogen hatte, traf er sich mit Alexander in dessen Büro. Da es kein offizieller Anlass war, hatte er Freizeitkleidung gewählt und nicht seine Lederuniform. Duncan wollte wissen, was er denn für Alexander tun könne. Alexander erzählte ihm, dass Nicolas das Haus im Laufe der nächsten Woche vielleicht für immer verlassen würde, um wieder nach Amerika zurückzukehren. Er fände Europa rückschrittlich und verkommen. Amerika hätte viel mehr zu bieten und er wolle dort eine neue Dynastie gründen. Alexander und die Hälfte der Soldaten würden hierbleiben, um sich um die „Geschäfte" zu kümmern. Duncan sollte auswählen, wer von den Soldaten mit ihrem „Herrn" gehen und wer hier bleiben sollte.

„Ich habe verlangt, dass du hierbleibst. Ich weiß um deine Freundschaft mit Peter und Nathalies Liebe zu ihm. Das war der Grund, warum ich darauf bestanden habe."

Duncan war ihm dankbar dafür, wollte aber auch wissen, wie Nicolas darauf reagiert habe.

„Er hat zähneknirschend zugestimmt, obwohl er dich nur ungern aus den Augen lässt. Aber das weißt du ja. Ihm hätte es bestimmt auch gefallen, deine Schwester leiden zu sehen, wenn sie erfahren hätte, dass ihr geliebter Bruder mit nach Amerika gehen müsste und sie ihn nie wiedersehen würde", antwortete Alexander.

„Was ist mit den beiden Flittchen?", fragte Duncan.

„Die nimmt er mit und das ist auch gut so", antwortete Alexander kurz. „Nun geh zu deinen Leuten und kläre das mit ihnen. Er will bis morgen früh die Namen haben."

Duncan verließ den Raum. Nicolas kehrt endlich in die USA zurück, Nathalie wird sich freuen, dachte er. Bevor er mit seinen Leuten sprach, ging er zu ihr und überbrachte ihr die freudige Botschaft. Sie war hellauf begeistert und fiel ihm um den Hals und umarmte ihn. Sie hatten ihr Leben wieder! „Ich muss gleich Peter anrufen", rief sie überschwänglich.

„Ich muss weg, Nath, wir sehen uns später. Versprich mir, Peter nicht anzurufen, du weißt nie, wer vielleicht mithört", sagte er warnend.

Er verließ das Zimmer und machte sich auf den Weg, um mit seinen Leuten zu reden. Auf dem Weg zum Bereitschaftsraum nahm er sein Handy, rief einen seiner Leute an und sagte ihm, er solle alle anderen zusammentrommeln und in zehn Minuten mit ihnen im Bereitschaftsraum sein. Der Bereitschaftsraum befand sich im Untergeschoss des Südflügels der Villa und war mit den neuesten Errungenschaften der Technik ausgestattet: Computer, interaktive Projektionswand, Satellitenreceiver, modernstes Überwachungsequipment und vieles mehr. Duncan nahm am vordersten Tisch Platz und wartete auf seine Leute, die nach und nach eintrafen. Er wartete, bis alle neununddreißig ihren Platz eingenommen hatten. Gestern waren wir noch vierzig, dachte er bitter. Einige wunderten sich über das Fehlen von Zoran, aber keiner traute sich, Duncan direkt nach seinem Verbleib zu fragen.

Duncan stand auf: „Lord Nicolas wird im Laufe der nächsten Woche nach Amerika zurückkehren, sehr wahrscheinlich für immer. Er erwartet, dass ihn die Hälfte von uns begleitet."

Ein Raunen ging durch den Raum. Viele fragten sich, wer gehen werde, wann und wie es dort weiter gehe. Duncan hatte auf diese Fragen keine Antwort. Er wusste nur, dass er diejenigen benennen sollte, die die Reise mit ihrem Herrn und Meister antreten sollten.

„Ihr wisst, ich kann jedem Einzelnen von euch den Befehl geben, mit Lord Nicolas zu gehen, aber das möchte ich nur dann tun, wenn es nicht anders geht." Duncan machte eine kurze Pause. „Also wer von euch würde Lord Nicolas nach Amerika begleiten?", fragte er. „Ich brauche zwanzig Namen." Einer fragte Duncan, ob er ebenfalls mitgehen werde. Diese Ehre hätte er leider nicht. Nach ungefähr zehn Minuten waren die zwanzig Soldaten zusammen.

„Okay, Leute. Ich werde Lord Nicolas die Namen mitteilen", sagte er. „Ich könnt wegtreten."

Der Saal leerte sich. Er machte sich auf die Suche nach Alexander, um ihm den Ausgang der Besprechung mitzuteilen.

Nathalie rief Peter an, um ihm die freudige Nachricht zu erzählen. Er freute sich sehr darauf, sie endlich wiederzusehen. „Wann sehen wir uns?", fragte er.

„Ich kann es dir noch nicht sagen, denn wir wissen alle nicht, wann Nicolas abreisen wird. Es kann sehr schnell gehen oder noch eine Woche dauern. Aber zumindest wissen wir, dass es sehr wahrscheinlich für immer ist", sagte sie erfreut. „Ich melde mich bei dir, sobald ich mehr weiß."

„Sag Duncan bitte einen lieben Gruß, ich vermisse seine etwas kühle Art", sagte er lachend.

„Werde ich ausrichten", antwortete sie. „Ich liebe dich, Peter."

„Ich liebe dich auch, Nath."

Dann beendete sie das Gespräch. Sie bemerkte vor lauter Freude nicht, dass es in der Leitung knackte, bevor sie auflegte. Jemand im Haus hatte das Gespräch mitgehört.

Die nächsten Tage vergingen ohne irgendwelche Ereignisse oder Vorkommnisse. Die zwanzig Soldaten bereiteten sich auf die Abreise vor. Nicolas hatte verlauten lassen, dass er am Abend vor dem neuen Jahr zurück in die Staaten fliegen werde. Seine beiden Begleiterinnen Cynthia und Olga sowie die beiden Männer, die mit Nicolas gekommen waren, sollten einen Tag vorher abreisen.

Die beiden Damen waren in heller Aufregung, denn es ging zurück nach Hause, was sie jedoch nicht davon abhielt, das Personal zu tyrannisieren. Diener und Dienerinnen rannten genervt hin und her, um die Wünsche der beiden auszuführen. Wenn ihnen etwas nicht passte oder Diener nicht ihre Erwartungen erfüllten, beschimpften sie sie oder warfen sogar Gegenstände nach ihnen. Sie waren wie Sklaventreiber oder Furien, wenn sie wütend wurden.

Am Tag vor dem Neujahrsabend waren alle Reisevorbereitungen abgeschlossen und das Gepäck der vier wurde in den Wagen geladen. Duncan hatte die Aufgabe, Cynthia und Olga und die beiden Männer, deren Namen er nicht mehr wusste, zum Flughafen zu fahren.

Während der Fahrt konnte es Cynthia nicht lassen, den beiden Männern von dem tollen Abend mit Zoran zu erzählen. Sie war eine berechnende, widerliche Person und sie wusste, wie sehr sie Duncan damit verletzte. Er war wütend, ließ es sich aber nicht anmerken. Als sie am Flughafen ankamen, bestiegen die vier den Privatjet, der bereits auf sie wartete. Duncan lud das Gepäck in den Frachtraum und schloss ihn. Dann gab er dem Piloten ein Zeichen, dass er abfliegen konnte. Die Flugzeugtür wurde geschlossen und die Triebwerke gestartet. Er bemerkte nicht, dass einer der Männer das Flugzeug nicht bestiegen hatte, sondern kurz bevor die Tür geschlossen wurde, wieder ausstieg und in der Dunkelheit verschwand. Die Maschine rollte in Richtung Startbahn, hob ab und verschwand am Horizont. Duncan hoffte, er würde dieses Pack nie wiedersehen.

Als er die Villa betrat, wartete Nicolas schon in der Eingangshalle auf ihn.

„Da bist du ja endlich", sagte er herablassend. „Siehst ja gut erholt aus nach dem kleinen Sonnenbad. Solltest du vielleicht öfter tun." Dann lachte er laut und gab Duncan den Befehl, sich etwas Aufreizendes anzuziehen und ihm ein paar Huren zu beschaffen. „Nachdem die beiden Schlampen abgereist sind, bin ich einsam", sagte er.

In diesem Moment betrat Alexander die Eingangshalle und sagte: „Nicolas, ich muss mit dir reden."

„Mir ist jetzt nicht nach reden zumute, Alexander", sagte Nicolas.

„Aber du wolltest mir noch Instruktionen vor deiner Abreise geben", erwiderte Alexander. Er versuchte allem Anschein nach Duncan zu helfen, damit er den Befehl von Nicolas nicht ausführen musste. Alexander wusste, wie Duncan das hasste. Leider ließ sich Nicolas nicht von seinem Vorhaben abbringen.

„Okay, Sekretär, erst die Arbeit, dann das Vergnügen", sagte er. „Du hast deine Befehle, Duncan!"

„Ja, Sir", sagte Duncan und ging nach oben. Nicolas und Alexander gingen in eines der Besprechungszimmer und schlossen die Tür.

Auf dem Weg nach oben traf Duncan seine Schwester. „Was ist los?", fragte sie. „Warum schaust du so bitter?"

„Nicolas will heute Abend noch Spaß haben. Du weißt, was das heißt", antwortete er. „Wo willst du hin?"

„Deine Leute geben ein kleines Abschiedsfest im Bereitschaftsraum, da wollte ich dabei sein", antwortete sie.

„Okay, dann mach das. Ich komme später noch zu euch, wenn alles vorbei ist", sagte Duncan.

„Kopf hoch!", sagte Nathalie. „Morgen ist er weg, vielleicht für immer."

„Ich hoffe es, Nath, ich hoffe es wirklich", sagte er.

„Ach, fast hätte ich es vergessen, Peter hat uns für übermorgen Abend eingeladen", sagte sie leise im Weggehen.

Duncan ging in sein Zimmer und zog sich um. Es wählte etwas Elegantes. Weißer Anzug, schwarzes Hemd. Das Hemd ließ er offen. Er schaute sich im Spiegel an und dachte nur: Ich sehe aus wie ein Gigolo. Dann ging er in die Garage, in der eine große Auswahl an Nobelkarossen stand. Er wählte den Maserati und fuhr los in Richtung Rotlichtviertel. Dort angekommen, fuhr er langsam den sogenannten Strip entlang, wo all die Damen und Herren des Gewerbes auf ihre Freier warteten, und hielt Ausschau nach Frauen, die Nicolas gefallen könnten. Schlank, blond mussten sie sein und ein elfenhaftes Gesicht haben. Als ob hier so etwas herumläuft, dachte er. Nach einer Stunde cruisen hatte er zwei gefunden, die die Ansprüche einigermaßen erfüllten. Über den Preis war man sich recht schnell einig, da Duncan eine recht hohe Summe bot.

Auf dem Weg zurück zur Villa fragte die eine: „Na Kleiner, du musst ja ein ganz Wilder sein, wenn du gleich zwei von uns brauchst. Bist du denn überhaupt schon alt genug für solche Dinge?"

„Lady, ich bin nur der Fahrer", antwortete Duncan kurz.

„Lady? Das hat ja schon ewig keiner mehr zu mir gesagt. Na, du bist auch ein leckeres Teilchen, ein wenig blass, aber trotzdem lecker", sagte die andere und griff Duncan in sein Hemd und kraulte seine Brust. „Du bist ja ganz kalt. Willst du mich nicht vorher noch ein bisschen vernaschen? Dann wird dir bestimmt wärmer."

„Sorry, aber ich bin nur der Fahrer", wiederholte er abwehrend.

„Das ist aber schade, ich dachte, du bringst uns vorher ein wenig in Stimmung. Ach nee, bist du etwa schwul? Stehst wohl eher auf knackige Männerärsche als auf Titten?", fragte die erste provokativ. „Was für ein Verlust für die Frauenwelt."

„Was ich auch immer bin oder nicht bin, ist irrelevant", sagte Duncan kurz. Er fuhr mit dem Maserati die Auffahrt hoch und parkte direkt vor dem Eingang. Ein Diener nahm die Schlüssel entgegen, um den Wagen zurück in die Garage zu fahren.

„Wie feudal es hier ist", sagte die eine.

„Dein Chef muss wohl recht wohlhabend sein", sagte die andere. „Auch der Diener von eben ist nicht von schlechten Eltern. Da juckt einem ja die ..."

„Darf ich bitten", unterbrach Duncan sie. Er hatte weder Lust auf eine weitere Konversation mit den beiden, noch wollte er ihr Gerede weiter hören.

Duncan führte die beiden schweigend in die Eingangshalle. Beide schienen beeindruckt von dem Prunk in der Villa, denn sie standen mit offenem Mund da und staunten. Es war fast so, als ob ihnen ihre Augen nicht mehr genügten, um all die Dinge wahrzunehmen. Der Freier musste echt sehr reich sein.

Ein Diener kam auf sie zu und bot den beiden „Damen" Champagner an. Beide nahmen sich ein Glas, schlenderten durch die Halle und sahen sich staunend um. Nachdem sie ihre Gläser geleert hatten, führte er die beiden in die dritte Etage der Villa, dort hatte Nicolas seine Gemächer. Es dauerte ewig, da die beiden Frauen vor jedem Bild mit einem Mann stehenblieben und Duncan fragten, ob es derjenige sei, mit dem sie den Abend verbringen würden.

„Nein", sagte Duncan jedes Mal. Als sie endlich vor Nicolas' Gemach ankamen, klopfte Duncan an die Tür.

„Herein!", rief Nicolas und Duncan trat mit den beiden ein. Nicolas lag nur mit einem Bademantel bekleidet auf seinem riesigen punkvollen Bett und winkte die beiden zu sich heran. „Das hat aber lange gedauert, Duncan. Ist es denn so schwierig, meine Anweisungen zeitnah zu befolgen?", sagte er genervt. „Du kannst gehen."

„Ach, kann er nicht noch bleiben?", fragte die eine. „So ein knackiger Kerl, der steht bestimmt gut im Saft. Er redet zwar nicht viel, aber vielleicht hat er andere Qualitäten. So einen flotten Vierer hatte ich schon lange nicht mehr."

Duncan sah Nicolas' bösen Blick. Ein Zeichen, dass er sich schnellstens entfernen sollte.

„Entschuldigung, aber auf mich warten andere Aufgaben.", sagte Duncan, verließ schnell das Zimmer und schloss die Tür.

Nicolas verbrachte vier Stunden mit den beiden. Ihre Schreie und ihr Flehen gingen Duncan durch Mark und Bein. Wie immer verfluchte er die übernatürlichen Sinne, die er als Vampir hatte. Sein Herr amüsierte sich prächtig, das war zu hören. Duncan fühlte sich elend und war froh, als es endlich ruhig in dem Zimmer wurde und es vorbei war.

Nicolas öffnete die Tür. Sein Gesicht war blutverschmiert. „Du kannst den Dreck jetzt entsorgen", sagte er kurz und deutete abwertend auf die beiden toten Frauen.

Duncan betrat Nicolas Schlafzimmer. Es sah aus wie nach einem Schlachtfest. Die Körper der beiden Frauen lagen mit aufgerissener Kehle und weit aufgerissenen Augen und angstverzerrten Gesichtern auf dem Boden. Er nahm zwei Decken von einem der Stühle und wickelte die beiden behutsam ein.

„Stell dich nicht so an", lachte Nicolas. „Das sind nur Menschen – Huren, Abschaum, nichts weiter. Keiner wird sie vermissen."

Duncan nahm sie über seine Schultern und brachte sie in den Kofferraum seines Jaguars. Er vermied es, von irgendjemandem im Hause gesehen zu werden. Auch wenn es Huren waren, konnte man sie menschenwürdig behandeln. Dann fuhr er zu dem Krematorium und verbrannte dort ihre Leichen. Er nahm die Asche und streute sie schweigend in den nahegelegenen Fluss, so wie er es schon immer getan hatte. Schweigend saß er noch eine ganze Weile im feuchten Gras am Flussufer und schaute der Strömung zu.

Kapitel 19

Duncan parkte den Wagen wieder in der Garage und ging dann in den Bereitschaftsraum, wo seine Leute eine kleine Abschiedsparty organisiert hatten. Als er den Raum betrat, bemerkte er, dass er noch immer den Anzug trug.

„Hey, da kommt ja unser Boss. Schaut mal alle her, es ist gar nicht unser Boss, es ist ein Gigolo!", rief einer seiner Männer.

„Wow!", riefen einige andere und applaudierten und pfiffen. Einige der anwesenden Mädels pfiffen ebenfalls durch ihre Finger. Duncan grinste etwas verlegen. Seine Leute hatten ihn noch nie im Anzug gesehen, in „Räuberzivil" schon, aber noch nie in einem Anzug.

Als Nathalie ihn sah, fiel sie ihm gleich um den Hals. „Alles okay mit dir?", fragte sie.

„Ja, ja, alles in Ordnung", log er. In Wirklichkeit fühlte er sich elend und leer. Das war jedes Mal so, wenn Nicolas seinen Spaß mit Huren haben wollte und er die Überreste beseitigen musste. Er wollte jetzt eigentlich keine Gesellschaft haben, aber er wollte seinen Leuten auch das Fest nicht verderben. Daher nahm er sich einen Kelch mit Blut und setzte sich allein in eine Ecke des Raumes und starrte mit leeren Augen an die gegenüberliegende Wand.

Als der Morgen graute, leerte sich der Raum. Duncan saß immer noch mit leeren Augen und schweigend da. Dienstboten betraten den Raum und begannen aufzuräumen.

„Duncan, es ist vorbei", hörte er eine Stimme und blickte auf. Seine Schwester stand vor ihm. „Duncan, sie sind alle weg. du kannst jetzt auch gehen. Die Feier ist vorbei", sagte sie.

„Was?", fragte Duncan.

„Die Feier ist vorbei", wiederholte sie. „Ich soll dir von deinen Leuten ausrichten, dass sie sich bei dir bedanken."

„Äh, ja, gehen wir", sagte er und stellte den immer noch vollen Kelch auf ein Tablett auf dem Tisch. Dann verließen sie den Bereitschaftsraum und wollten sich in ihre Zimmer zurückziehen. In der Eingangshalle trafen sie auf Alexander.

„Na, ihr zwei", sagte er. „Wie geht es euch? Wie war die Feier?"

„Duncan geht es mies, und die Feier war gut. Und jetzt werde ich Duncan in sein Zimmer bringen", antwortete Nathalie schnippisch.

„Einen Moment noch", sagte Alexander.

„Was gibt es denn noch? Hat Duncan heute nicht genug getan?", fragte sie.

„Werde nicht so vorlaut, kleine Lady", sagte Alexander. „Ich glaube, ich muss dir mal wieder zeigen, wo dein Platz ist."

Nathalie warf ihm einen kühlen Blick zu und ging.

Alexander führte Duncan zu Nicolas' Zimmer. Er klopfte und trat ohne eine Antwort abzuwarten ein. „Mylord, hier ist er", sagte er.

„Duncan, mein Junge, komme bitte herein", sagte Nicolas gespielt freundlich. „Alexander, du kannst gehen."

Alexander verließ den Raum und Duncan war mit Nicolas allein. Nicolas trug noch immer seinen schweren Morgenmantel und saß an seinem Arbeitstisch. Duncan trat näher und setzte sich auf einer der Stühle gegenüber von Nicolas Arbeitstisch.

„Wie du weißt, verlasse ich Europa morgen Abend für immer. Ich habe Alexander alle Aufgaben übertragen", begann er. „Ich wünsche, dass du ihm genauso dienst wie mir."

Duncan saß schweigend da und schaute Nicolas an.

„Ich weiß, dass du mich hasst. Das weiß ich schon seit dem Tag, als ich dich zum Vampir machte. Und ich muss zugeben, ich habe es immer genossen, dich zu quälen oder zu ficken. Aber es hat deine Loyalität zu mir nie beeinträchtigt, richtig?", fuhr er fort.

„Nein, Sir", sagte Duncan kurz.

„Seitdem ich hier bin, habe ich das Gefühl, du verheimlichst mir etwas. Was könnte das sein, Duncan?", fragte Nicolas und sah Duncan direkt in die Augen.

„Das tue ich nicht, Mylord", sagte Duncan, ohne seinen Blick zu senken.

„Lügner!", brüllte Nicolas, sprang auf, packte Duncan und warf ihn vom Stuhl. „Dann lass es uns doch herausfinden", zischte er und entblößte seine Fangzähne.

„Nein, bitte nicht!", schrie Duncan, aber bevor er es verhindern konnte, bohrte Nicolas seine Fangzähne in seinen Hals. Duncan versuchte sich zu wehren, aber Nicolas hielt ihn unerbittlich fest. So erfuhr Nicolas alles über Duncans Freundschaft zu Peter und auch, dass Peter wusste, wer Duncan wirklich war – ein Vampir.

Nicolas riss sich von Duncan los und starrte ihn mit feuerroten, blutunterlaufenen Augen wild an. „Du hast mich verraten! Du hast unsere Gesetze gebrochen", zischte er wütend. Mit einer Handbewegung warf er Duncan gegen seine Zimmertür. Der Aufprall war so heftig, dass Duncan durch die Tür flog und im Gang liegenblieb. Aber Nicolas war noch nicht mit ihm fertig. Mit einem Sprung war er bei ihm und packte ihn am Hals. Dann zerrte er ihn über den Gang und warf ihn hinunter in die Eingangshalle. Auch hier war die Wucht des Aufpralls so stark, dass der Marmorboden Risse bekam. Wäre er menschlich, hätte er den Sturz nicht überlebt.

Nathalie, die den Krach gehört hatte, kam aus ihrem Zimmer und sah Duncan auf dem Boden der Eingangshalle liegen. In diesem Moment stand Nicolas vor ihr.

„Dein Bruder hat uns alle verraten", zischte er. „Er hat sich einem Menschen offenbart."

„Aber ...", wollte Nathalie beginnen.

„Kein Aber!", brüllte Nicolas. „Dafür gibt es keine Entschuldigung. Schade nur, dass ich morgen Abend abfliege, sonst würde ich selbst Gericht über ihn halten. So muss ich es meinem nichtsnutzigen Sekretär überlassen. Außerdem wusste ich von deiner Liebschaft zu diesem ..., wie war doch gleich sein Name, Peter." Er hatte ihr Gespräch am Telefon belauscht. „Ich wusste, dass mit dir und deinem nichtsnutzigen Bruder was nicht stimmt." Nicolas drehte sich herum und ließ Nathalie stehen. Dann brüllte er: „Alexander! In mein Zimmer! Sofort!"

Nathalie rannte die Treppe in die Eingangshalle hinunter. Ihr Bruder versuchte aufzustehen, als sie bei ihm ankam.

„Er weiß alles, Nath", sagte er verzweifelt.

„Wie viel weiß er?", fragte sie.

„Alles. Das von Peter und mir und dir", antwortete er.

„Wie hat er das alles nur herausgefunden?", fragte sie entsetzt. Dann sah sie das Blut auf seinem weißen Anzug und er zeigte ihr seinen Hals.

„Dieses Schwein", sagte Nathalie leise. „Was wird nun geschehen?"

„Ich weiß es nicht, aber ich denke, nichts Gutes", sagte Duncan bitter. Nathalie half ihrem Bruder aufzustehen und setzte ihn auf einen Stuhl. Sie wollte wissen, ob Nicolas ihrem Freund etwas antun würde. Duncan wusste nur, dass sein Herr im Moment zu allem fähig war.

Nach einer Weile kam Alexander zu ihnen. Er sah sie gequält an. Nicolas hatte ihm Anweisungen gegeben, wie mit ihnen weiter zu verfahren war. Die beiden zu bestrafen, wäre zu einfach gewesen, also sollte Peter dafür bestraft werden. Die Anweisung war, ihren Freund hierher in die Villa zu bringen.

„Und dann?", fragte Duncan entsetzt.

„Dann wird er sterben. Einer von Nicolas' Bodyguards hat bereits Anweisungen erhalten, Peter zu töten", sagte Alexander traurig.

„Nein!", schrie Nathalie laut. „Das kannst du nicht zulassen!"

„Nachdem du Nicolas morgen Abend zum Flughafen gebracht hast, kommst du direkt hierher zurück, ohne Umwege, klar?", sagte Alexander, ohne auf den Protest von Nathalie einzugehen.

„Alex, er kann doch nichts dafür. Ich bin derjenige, der das Gesetz gebrochen hat, nicht er", rief Duncan verzweifelt.

Alexander drehte sich um und verließ die beiden, ohne weitere Erklärungen abzugeben.

Nathalie und Duncan sahen ihm nach. Sobald die Sonne untergegangen war, wollte Nathalie zu Peter, um ihn zu warnen. Ihr Bruder bezweifelte, dass sie dies schaffe, denn er glaubte nicht, dass Nicolas sie gehen lassen würde.

„Ich muss es aber doch versuchen", sagte sie verzweifelt.

„Mich hat er schon erwischt Nath, dich muss er nicht auch noch erwischen", erwiderte Duncan. „Bitte halte dich zurück, wir werden das schon irgendwie hinbekommen, das verspreche ich dir. Peter wird nichts geschehen."

Am nächsten Tag gab Nicolas die Anweisung, Duncan nichts zu essen zu geben. Wer sich nicht an die Gesetze halte, müsse zur Strafe hungern. Duncan hätte auch nicht die Zeit zum Essen gehabt, denn zuerst musste er Nicolas die Soldaten vorstellen, die mit ihm reisen würden. Danach mussten die Soldaten ihre Kampfkunst demonstrieren. Als Duncan einen Diener dennoch nach einem Becher Blut fragte, sagte Nicolas dem Diener, Duncan bekäme erst etwas, wenn er selbst abgereist sei. Der Diener entfernte sich unterwürfig. Duncan sah Nicolas mit kalten Augen an. Dieser grinste ihn nur an.

Als es Abend wurde, verließ Nicolas mit seinem Gefolge die Villa. Zuvor gab er Alexander Anweisung, Nathalie in ihrem Zimmer einzusperren. Somit hatte sie keine Chance Peter zu warnen. Weiterhin hatte er verfügt, dass Nathalie beim ersten Strahl der Morgensonne aus dem Haus gejagt werden sollte, falls Duncan versuchen würde, Peter zu warnen.

Mit diesen Gedanken und einem tierischen Hunger brachte Duncan Nicolas und sein Gefolge zum Flughafen. Die Wagen mit den anderen Soldaten folgten ihnen. Das Flugzeug stand schon auf dem Vorfeld bereit und das Gepäck wurde verladen. Die Soldaten bestiegen schweigend das Flugzeug am Heck und Nicolas an der Vordertür.

„Ich wünsche dir einen schönen Abend, Duncan. Ich bin gespannt, wie er enden wird. Ach übrigens, du hast ja heute den ganzen Tag noch nichts gegessen, dein Hunger nach Blut muss ja unmenschlich sein, oder?", lachte Nicolas, bevor sich die Tür schloss. Natürlich hatte Duncan nichts gegessen, wann und wie denn. Nicolas hatte ihn ja die ganze Zeit beschäftigt. Die anderen Wagen fuhren bereits wieder zurück, aber Duncan blieb noch solange, bis das Flugzeug gestartet war, um sicher zu sein, dass Nicolas auch wirklich weg war. Dann setzte er sich in seinen Wagen und fuhr entgegen seiner Befehle zu Peter. Auf der Fahrt dorthin überlegte er, was er tun konnte. Peter konnte doch gar nichts dafür.

Kapitel 20

Peter war gerade unter der Dusche, als es klingelte. Als er öffnete, erwartete er Nathalie oder Duncan zu sehen, aber vor ihm stand ein schwarzgekleideter Mann. Peter erschrak. Bevor er noch etwas sagen konnte, wurde er gepackt, gefesselt und die Treppe hinuntergezerrt. Den Typen störte es nicht, dass Peter nackt war. Er wurde wie ein Sack Kartoffeln auf die Rückbank eines Wagens geworfen. Der Fahrer stieg ein und raste mit ihm davon.

Als Duncan bei Peters Wohnung ankam, wunderte er sich, dass die Haustür aufstand. Ihm schwante Böses. Er hastete die Treppen nach oben und sah, dass die Wohnungstür offenstand. Duncan rief nach seinem Freund, bekam aber keine Antwort. Da war jemand schneller gewesen. Eilig rannte er die Treppen nach unten, sprang in seinen Wagen und raste mit höllischem Tempo nach Hause. Hoffentlich war es noch nicht zu spät.

Alexander stand in der Auffahrt, als er ankam und ging auf ihn zu.

Duncan brüllte nur: „Was hast du getan und wo ist Peter? Ich wollte zu Peter fahren, um ... na egal, aber er war nicht da. Seine Wohnungstür stand weit offen und er war nicht da!", schrie Duncan.

„Du hattest den Befehl, direkt wieder hierher zu kommen. Wieso hast du schon wieder einen Befehl missachtet?", sagte Alexander scharf.

Duncan wollte auf ihn losgehen, aber Alexander packte ihn und nahm in den Schwitzkasten. „Beruhige dich endlich, Duncan. Ich habe keine Ahnung", sagte er. „Vielleicht weiß unser Besucher aber etwas."

„Unser Besucher?", fragt Duncan.

„Einer von Nicolas Schergen. Er kam eben an und hatte jemanden oder etwas über der Schulter und trug es in mein Büro. Dann gab er mir die Anweisung, hier auf dich zu warten. Übrigens, er wartet auf dich in meinem Büro", sagte Alexander ruhig. Duncan riss sich los und rannte nach drinnen, um den Typen aufzumischen.

Als er Alexanders Büro betrat, saß ein großer, schlanker, älterer Mann am Schreibtisch. „Guten Abend, Duncan", sagte er ruhig.

Duncan erkannte ihn. Es war einer der Männer, der mit Nicolas aus Amerika gekommen war.

„Sollten Sie nicht in dem Flugzeug sitzen?", fragte Duncan.

„Sollte ich? Ja, richtig, das sollte ich", entgegnete der Mann. „Du hast nicht mitbekommen, dass ich wieder ausgestiegen bin, denn du warst ja zu beschäftigt mit dem Gepäck", fuhr er fort. „Nicolas hat mich gebeten, mich um dich zu kümmern. Und ich folge seinen Befehlen im Gegensatz zu dir!"

Duncan sah den Mann stumm an. Er merkte, wie die Wut in ihm hochkochte. Seine Augen wurden azurblau.

„Ich habe hier etwas für dich", sagte der Mann gelassen und zeigte auf Peter, der gefesselt auf der Couch lag und Duncan mit großen, ängstlichen Augen anstarrte. Doch bevor er seinen Freund befreien konnte, packte ihn der Mann. Er drückte Duncan an die Wand des Büros und stach ihm zwei große Messer durch die Arme hindurch in die Wand. Duncan versuchte sich zu wehren, aber der

Mann war stärker. Um sicher zu gehen, dass Duncan sich nicht befreien konnte, stieß er zwei weitere Messer durch dessen Oberschenkel.

„So Duncan, nun wollen wir mit der Party beginnen", lachte der Mann. Die Messer waren mit einem speziellen Enzym beschichtet, das verhinderte, dass sich die Wunden schlossen. Im Gegenteil, je mehr man sich wehrte, umso heftiger floss das Blut. Da Duncan heute noch kein Blut getrunken hatte, würde er sehr schnell ausbluten. Das hatte zur Folge, dass sein Hunger nach Blut nur noch stärker wurde. Er würde seine Gier nach Blut nicht mehr so einfach kontrollieren können, aber das war wohl die Absicht hinter all dem.

„Du wirst zum Tier werden, zu einem Monster! Dein Freund hier wird sehen, was du wirklich bist. Auch wenn es das Letzte ist, was er sehen wird." Der Mann setzte sich wieder ruhig auf den Stuhl. Er erklärte den beiden, wie die Sache ablaufen werde. Er werde warten, bis Duncan so schwach sei, dass er ihn ohne Gefahr von der Wand nehmen könne. Bis dahin werde er so viel Blut verloren haben, dass sein Verlangen nach Blut übermächtig sein wird. Dann werde er ihn mit seinem Freund allein lassen und die Dinge werden ihren Lauf nehmen. Es werde ein Hochgenuss sein zu sehen, wie er über seinen Freund herfällt wie ein wildes Tier.

„Sie Schwein!", brülle Duncan.

„Ach, Duncan, ich denke, dein Freund wird keine Wahl haben", sagte der Mann.

Peter sah ihn mit Entsetzen an. Panik war in seinen Augen zu sehen.

„Ich werde es nicht tun", brüllte Duncan.

„Wir werden sehen", sagte der Mann ruhig.

Er würde seinen Freund nicht für seine Fehler mit dem Leben bezahlen lassen.

Der Mann stand ruhig auf und ging zu Peter, ohne Duncan weiter zu beachten. „Ich glaube, dein Freund hat uns was zu sagen, oder?", sagte der Mann und band Peter los. „Keine Dummheiten, Freundchen", zischte er Peter an. „Sag Duncan, dass du freiwillig hier bist, um ihm als kleiner – sagen wir es mal salopp – Mitternachtssnack zu dienen."

Peter war starr vor Angst und Panik und konnte gar nichts sagen.

„Duncan, ich denke, ich mache es dir ein wenig leichter und nehme dir die Entscheidung ab", sagte der Mann nach einer Weile und nahm den Brieföffner von Alexanders Schreibtisch.

Duncan merkte wie er schwächer wurde, er hatte viel Blut verloren. Mit Entsetzen musste er feststellen, dass er Peters Blut roch. Es roch wie Honigtau, so lieblich und süß. Er hatte den Drang sich auf Peter zu stürzen und ihm den Hals aufzureißen, um seinen Hunger zu stillen und fühlte schon Peters warmes Blut in seinem Hals hinunter rinnen, so wie es der widerliche Typ vorausgesagt hatte.

Als der Mann merkte, dass Duncan fast soweit war, über seinen Freund herzufallen, stand er auf und zog die Messer aus der Wand. Duncan fiel auf die Knie. „Hau ab, Peter, renn um dein Leben."

„Du wirst nirgends hingehen, Kleiner", sagte der Mann und zerrte Peter von der Couch hinüber zu Duncan. Er riss Peters Kopf nach hinten und hielt Duncan seine Kehle vor den Mund. Als er merkte, dass Duncan nicht reagierte, nahm er den Brieföffner und stach ihn in Peters Hals. Dann hielt er Duncan seinen blutenden Hals hin.

„Tu es endlich!", brüllte der Mann. „Trink sein Blut! Du willst es! Du brauchst es!"

Duncan wich zurück, hielt sich am Türrahmen fest und starrte wie wild auf Peters Hals. Er sah, wie die Vene an Peters Hals pulsierte und Blut über seine Schulter lief. Sein Mund wurde wässerig. Mit aller Kraft krallte er sich an den Türrahmen, um nicht über seinen Freund herzufallen. Er brauchte Blut, dringend Blut. Es war nicht möglich, einen klaren Gedanken zu fassen. Seine Augen wurden azurblau und seine Fangzähne glitten aus seinem Gaumen. Nein! Nein! Nein!, brüllte sein Verstand. Er ist dein Freund. Das kannst du nicht machen. Duncans Verstand versuchte ihn verzweifelt davon abzuhalten, über Peter herzufallen. Aber das Blut an dessen Hals zog ihn magisch an. Er starrte wie hypnotisiert.

Der Mann stieß Peter zu ihm, setzte sich wieder an den Schreibtisch und beobachtete das Ganze abwartend. „Tu es endlich!", brüllte er wieder. „Worauf wartest du?"

Peter stand wie benommen vor Duncan. Er wischte sein Blut mit der Hand von seinem Hals und starrte es wie benommen an. Dann sah er Duncan an. „Hilf mir Duncan", flehte er.

„Bleib mir vom Leib, Peter!", brüllte Duncan verzweifelt. „Du weißt nicht, was du da tust!"

„Hilf mir", erwiderte Peter.

Mit einem Sprung war Duncan über ihm und warf ihn auf den Boden, dann drückte er Peters Kopf zur Seite, um besser an seinen Hals zu gelangen. Peter machte die Augen zu, er wollte es zumindest nicht sehen, wenn Duncan zubiss. Duncan hob seinen Kopf, um seine Fangzähne in Peters Hals zu graben ... doch plötzlich fühlte Peter, wie er mit immenser Gewalt weggestoßen wurde. Er flog beinahe quer durch den Raum und landete vor der Couch. Ein Gerangel und Gebrüll füllte den Raum. Es wurde gekämpft. Er öffnete die Augen und sah, wie sein Freund über dem Mann kniete und in dessen Hals biss. Kühles Vampirblut floss in seine Kehle.

Der Mann wusste nicht, wie ihm geschah. Bevor Duncan ihm den Hals umdrehte und sein Genick brach, war sein letzter Gedanke, wie kann das sein ... ich bin doch der Stärkere.

Peter sah, wie Duncan seine Uniform zerriss und sein T-Shirt, dass er darunter anhatte, ebenfalls. Dann ließ er etwas von seinem Blut auf das T-Shirt laufen und hielt es seinem Freund hin. „Hier, drücke es auf deine Wunde. Das sollte die Blutung stillen", sagte er außer Atem.

Peter wich vor ihm zurück.

„Tu es endlich!", brüllte er. Peter nahm das T-Shirt. Duncans Blut auf dem T-Shirt fühlte sich kühl an, als er es auf seine Wunde drückte. Duncan drehte sich von Peter weg und atmete schwer. Er schien immer noch mit sich zu kämpfen, jeder Muskel in seinem Körper war angespannt.

Nathalie hörte den Tumult und das Brüllen in Alexanders Büro. Sie konnte einfach nicht länger untätig herumsitzen und trat mit aller Kraft gegen ihre Tür, bis sie endlich zerbrach.

In Alexanders Büro bot sich ihr ein schauriges Bild. Ein ihr unbekannter Mann lag mit gebrochenem Genick und blutleer hinter dem Schreibtisch. Peter, nur mit einem Handtuch bekleidet, hielt sich ein blutverschmiertes T-Shirt an den Hals und Duncan stand halbnackt mit Blut beschmiert in einer Ecke und atmete schwer.

„Du Monster hast es getan, du gemeines Monster hast es getan!", brüllte sie und ging auf Duncan los. „Du hast es mir versprochen! Du hast es mir versprochen!" Ihre Augen leuchteten azurblau und sie entblößte ihre Fangzähne.

Peter war wie versteinert. Es passierte alles so schnell.

Duncan stand noch immer mit dem Rücken zu Peter und atmete schwer. Er packte Nathalie und sagte: „Es ist nicht Peters Blut an mir, sondern von ihm", und zeigte auf den toten Mann am Boden. „Der Rest ist von mir selbst. Das Blut auf meinem T-Shirt, das Peter sich an den Hals drückt, ist auch von mir. Ich musste doch seine Blutung stillen. Die Wunde an Peters Hals ist auch nicht von mir, sondern auch von diesem Kerl da. Er hat Peter den Brieföffner in den Hals gerammt." Dann stieß er sie von sich weg.

Nathalie ging zu Peter. Dieser sah sie mit großen Augen an und wich ängstlich vor ihr zurück.

„Keine Angst, Peter", sagte sie ruhig. „Ich wollte dir nur das T-Shirt abnehmen, denn das brauchst du nicht mehr."

Peter sah sie immer noch mit großen Augen an und gab Nathalie wie im Trance das T-Shirt. Dann fühlte er seinen Hals. Die Wunde war schon fast verheilt. Nathalie schlang eine Decke um ihn und führte den noch zitternden Peter aus dem Raum. Duncan drehte sich nicht um, er wollte nicht, dass Peter ihn so sah.

Nathalie stützte ihn, bis er in einem Sessel in der Eingangshalle saß. Er bat sie sich zu setzen, damit er ihr erzählen konnte, was dort drin wirklich passiert war.

Als seine Geschichte zu Ende war, fiel sie ihm erleichtert um den Hals. Er drückte sie fest an sich und küsste sie leidenschaftlich. Es war wohl das Gefühl der Erleichterung, dass beide hatten.

„Es tut mir leid, dass du das durchmachen musstest. Ich hasse Vampirpolitik, glaube mir", sagte sie.

Duncan betrat die Eingangshalle und sah die beiden und war erleichtert, dass er seinen Freund nicht umgebracht hatte. Bei dem Anblick der beiden kam in ihm das Gefühl hoch sie umarmen zu wollen. Er entschied aber, es nicht zu tun. Es wäre nicht richtig diesem Moment. Stattdessen ging er ohne ein Wort zu sagen und mit gesenktem Kopf an ihnen vorbei in sein Zimmer.

Nathalie hielt Peter im Arm, bis er sich beruhigt hatte. Sie hatten gar nicht bemerkt, dass Duncan an ihnen vorbeigegangen war. Es dauerte eine ganze Weile, bis Peter aufhörte zu zittern.

Die große Standuhr in der Eingangshalle schlug Mitternacht und draußen begann das Feuerwerk. Nathalie und Peter öffneten die Tür und traten durch das Eingangsportal hinaus, um das Feuerwerk zu sehen. Die frische, kühle Nachtluft tat gut. Peter merkte nicht einmal, dass er die Decke verloren hatte. Er hielt Nathalie fest im Arm und drückte sie an sich.

Kapitel 21

Das Feuerwerk war wunderbar, der Nachthimmel leuchtete in allen Farben. Goldregen, Raketen und andere Böller wurden verschossen, um das neue Jahr zu begrüßen. So standen die beiden lange Zeit eng umschlungen da und schauten schweigend zu. Nathalie hatte Tränen in den Augen. Dieses Mal allerdings nicht, weil sie traurig, sondern weil sie so glücklich war.

Nachdem das Feuerwerk vorüber war, gingen beide Hand in Hand wieder in die Villa. Auf einem der Tische standen ein Kelch mit Blut, und ein Glas mit Whiskey mit einem Zettel von Alexander.

Nachdem sie die Gläser geleert hatten, fragte Nathalie: „Wo ist eigentlich Duncan?"

„Ich weiß es nicht, vielleicht bei Alexander.", antwortete Peter.

„Das glaube ich nicht. Die Tür steht offen, das bedeutet, da ist niemand mehr", sagte Nathalie. „Vielleicht ist er in sein Zimmer gegangen, ich kann verstehen, dass er dir nicht unter die Augen treten will."

Peter schaute Nathalie traurig an und sagte: „Zeigst du mir sein Zimmer, ich würde gerne zu ihm gehen."

„Ich denke, wir suchen erst mal etwas zum Anziehen für dich oder willst du hier im Handtuch herumlaufen?", sagte sie lächelnd.

Er hatte es nicht gemerkt, auch nicht, als sie draußen das Feuerwerk ansahen. Das musste das Adrenalin gewesen sein. Sie standen auf und Nathalie führte Peter zu Duncans Zimmer.

„Ich lasse dich jetzt allein", sagte sie. „Du kannst nachher gerne zu mir kommen. Mein Zimmer ist eine Treppe höher und dann die zweite Tür rechts. Bis dahin habe ich bestimmt auch was zum Anziehen für dich aufgetrieben."

Als Nathalie gegangen war, holte Peter tief Luft und klopfte an Duncans Tür. Als er nach einer Weile noch immer keine Antwort erhalten hatte, trat er einfach ein. Das Zimmer war minimal eingerichtet. Die Wände waren mit Holz getäfelt und in der Mitte des Raumes hing ein großer Kronleuchter. Ein riesiges Bücherregal stand an der einen Wand, ein großer Schreibtisch aus dunklem, schweren Holz in der Mitte des Raumes und ein großes Bett an der anderen Seite des Raumes. Auf dem Boden war ein riesiger Teppich mit Ornamenten, der fast das ganze Parkett auf dem Boden bedeckte. Das Bücherregal war voller alter Bücher, die meisten davon in Leder gebunden und sehr alt und staubig. Sie schienen schon sehr lange nicht mehr gelesen worden zu sein. Auf dem Schreibtisch standen eine englische Schreibtischlampe mit grünem Schirm, die schwach leuchtete, und ein Laptop.

Duncan hatte sich noch nicht umgezogen, er stand wie eine Statue an seinem Fenster und starrte in die Nacht.

Peter hegte keinen Groll gegen Duncan. Duncan war genau so ein Opfer von Nicolas' Lust nach Sadismus wie er selbst. Dennoch hatte er ein wenig Angst das Zimmer zu betreten. Die Bilder, wie sich Duncan auf ihn stürzte, kamen ihm wieder vor Augen. Wie würde Duncan reagieren? Nach einer Weile fragte Duncan ihn, was er hier wolle. Peter holte tief Luft. „Ich wollte nachsehen, wie es dir geht, schätze ich", antwortete er.

Duncan holte ebenfalls tief Luft. Er hatte seinen Freund beinahe umgebracht. Wie ein wildes tollwütiges Tier hatte er sich auf ihn gestürzt und wollte ihn töten. Beinahe hätte er es auch getan. Er war für ihn in diesem Moment nur seine Beute, nicht sein Freund. Nun stand er in seinem Zimmer und wollte wissen, wie es ihm geht?

„Das tue ich Duncan, du bist immer noch mein Freund. Egal, was vorhin passiert ist. Ich habe es zwar immer noch nicht ganz begriffen, was da passiert ist, aber dennoch", sagte Peter.

„Ich war wie ein hungriges Raubtier, das sich auf seine Beute stürzen wollte, Peter", sagte Duncan bitter.

Peter ging auf Duncan zu und legte ihm seine Hand auf die nackte Schulter. „Aber du hast es nicht getan, Duncan. Wenn du ein wildes, gewissenloses Raubtier wärst, dann wäre ich jetzt tot", sagte Peter leise.

Wieder holte Duncan tief Luft und drehte sich zu Peter um. Sein muskulöser Körper zitterte. Im Schein des Mondes, der durch das Fenster fiel, sah er noch viel blasser aus als sonst, und das getrocknete Blut stand im starken Kontrast dazu. „Wie kann ich weiterhin dein Freund sein nach all dem, was heute Nacht geschehen ist. Ich bin ein Killer, ein Monster, Peter", sagte er leise und mit Tränen in den Augen.

„Weil ich es so will, Duncan. Außerdem hast du mir schon so oft aus brenzligen Situationen herausgeholfen und ich denke, ich schulde dir so einiges. Warum sollte ich dir jetzt den Rücken kehren", sagte Peter. „Ich habe nicht viele Freunde, eigentlich keine, und den einen, den ich habe, möchte ich nicht verlieren. Du bist kein Tier, du bist auch kein Monster, Duncan. Du bist ein lieber, netter, gefühlvoller Mensch, das weiß ich, ich meine ... ein Vampir ... Wenn du so kaltherzig wärst, dann hättest du

mich den Typen auf der Straße überlassen können und hättest mir nicht geholfen, oder hättest mich schon längst getötet und ausgesaugt. Es war auch nicht deine Schuld."
Wie konnte er ihn für etwas verantwortlich machen, wofür er nichts konnte. Er wurde in gewisser Weise ja genötigt, über ihn herzufallen. Sie konnten alle nicht aus ihrer Haut heraus, egal ob Mensch oder Vampir. Und entweder musste man sich so akzeptieren oder ihre Wege müssten sich trennen. Aber Peter wollte den Weg mit Duncan gemeinsam gehen.

„Es tut mir sehr leid, Peter, was heute Nacht passiert ist. Ich weiß nicht, ob du mir jemals verzeihen kannst, aber ich möchte mich für mein Verhalten entschuldigen. Ich weiß, es sind nur Worte, aber ich meine es ehrlich", sagte Duncan leise.

Peter wollte etwas erwidern, aber stattdessen umarmte er Duncan und drückte ihn fest an sich. Dann sah er seinen Freund an und fragte zögerlich: „Freunde?"

Duncan sah ihn lange an. Zögernd nahm Duncan Peters ausgestreckte Hand. Dann sagte er leise: „Freunde, Peter."

Peter war erleichtert und sah ihn lächelnd an. Dann klopfte er Duncan noch einmal auf die Schulter, verließ das Zimmer und machte sich auf den Weg zu Nathalie. Als er in ihr Zimmer kam, lag sie schon im Bett und wartete auf ihn.

„Alles in Ordnung Peter?", fragte sie.

„Ja, alles in Ordnung", antwortete er.

Peter erwachte am nächsten Tag recht spät und sah auf das Leuchtziffernband seiner Armbanduhr. Es war bereits Mittag. Seltsam, dachte er, es ist noch so dunkel draußen, und rieb sich die Augen. Dann fielen ihm die

Ereignisse der letzten Nacht wieder ein und er schaltete das Licht an. Er war in der Villa und die Jalousien waren geschlossen, um das Tageslicht fernzuhalten. Neben ihm lag Nathalie und schlief.

Kapitel 22

Was für eine Nacht, dachte er.

Peter hatte Durst und sein Hals fühlte sich trocken an. Ob er hier einen Kaffee bekommen würde? Da er Nathalie nicht wecken wollte, stand er leise auf, nahm den Morgenmantel vom Sessel neben dem Bett, zog ihn an und verließ das Zimmer. Im Gang war das Licht gedämmt, es war aber hell genug für ihn, um etwas zu sehen und sich zurecht zu finden. Er stieg die Treppe zur Eingangshalle hinunter. Das Haus schien menschenleer zu sein, keine Bediensteten oder Bewohner weit und breit. Unten angekommen sah er sich um, wo hier so eine Art Küche sein könnte. Er öffnete eine Tür nach der anderen. Da waren leere Büros, eine Bibliothek, ein Wirtschaftsraum und zuletzt der Ballsaal. Alle Räume waren sehr prunkvoll und teuer ausgestattet.

Als er die Tür des Ballsaales schloss, stand plötzlich Duncan hinter ihm. Peter erschrak und sah ihn erschrocken an.

„Guten Morgen, Peter", sagte er ruhig und etwas zurückhaltend. Anscheinend hatte er noch immer ein schlechtes Gewissen wegen des gestrigen Abends. Er sah wieder aus wie der Duncan, den Peter kannte. Immer noch blass wie immer, aber er trug ein weißes T-Shirt, Jeans und Turnschuhe.

„Mein Gott, Duncan", sagte Peter. „Hast du mich erschreckt. Du weißt genau, dass du nicht einfach so hinter mir auftauchen sollst." Er war froh ihn zu sehen und umarmte ihn wie aus einem Impuls heraus. Es war ihm einfach ein Bedürfnis seinem Freund zu zeigen, dass er nicht nachtragend oder böse auf ihn war.

„Entschuldigung, Peter, das war keine Absicht", antwortete er kleinlaut. „Was suchst du denn hier im Morgenmantel um diese Zeit?"

„Ich bin auf der Suche nach einem Kaffee. Ihr habt doch sicher so etwas hier oder gibt es hier für Besucher nur Blut?", antwortete Peter.

Duncan lächelte. Sie hatten ja nicht immer nur Vampire zu Besuch. Die Räumlichkeiten der Villa wurden manchmal anderweitig vermietet. Auch waren nicht alle Angestellten Vampire. Peter folgte ihm durch fast endlose Gänge im Erdgeschoss. Er kam sich vor wie in einem Irrgarten. Hier ein Treppenaufgang, eine große Halle, wieder ein Gang, dann links herum, dann nach rechts. Überall hingen prächtige Ölgemälde mit Goldrahmen und der Boden war mit dicken Teppichen ausgelegt. Es war verwirrend. Allein würde er den Weg bestimmt nicht wieder zurückfinden. Die Villa war riesig, was man von außen nicht unbedingt so sehen konnte. Sicherlich war es ein riesiger Bau von außen, aber im Inneren, mit all den Räumen und Sälen und den nicht enden wollenden langen Gängen wirkte die Villa fast wie ein riesiges Schloss.

Sie kamen in einen Teil der Villa, der nicht so prächtig ausgestattet war, sondern eher nüchtern und karg. Dann öffnete Duncan eine Tür und bat Peter hinein. Sie befanden sich in einer riesigen, voll ausgestatteten Küche – eher einer Großküche – in der Dutzende von Köchen, Hilfsköchen und Küchenhilfen eine ganze Armee versorgen konnten. Nur jetzt war sie menschenleer. Wozu brauchte man so eine riesige Küche?

„Zum Beispiel für etwas mehr exzentrische Gesellschaften", antwortete eine tiefe Stimme hinter ihnen. Peter erschrak und drehte sich um.

„Peter, darf ich dir Margret, unsere Köchin, vorstellen", sagte Duncan mit einem breiten Grinsen. „Margret, das ist mein und Nathalies Freund Peter."

Margret musterte Peter mit einem grimmigen Gesicht von oben bis unten. „Ein wenig dürr für meinen Geschmack", sagte sie. Margret war eine Köchin, wie man sie sich in den Südstaaten in Amerika vorstellte: groß, kräftig mit großen kräftigen Armen und Händen und einer strengen Frisur.

„Köchin?", fragte Peter erstaunt.

„Ja, Köchin oder wie sehe ich sonst aus? Wie ein Supermodell?!", erwiderte Margret. Sie lachte schallend. „Wie schon gesagt, wir haben hier auch andere Empfänge und Bankette, mein Kleiner", sagte sie. „Und wenn sich hier mal „normale Gäste" verirren, brauchen die ja was Anständiges zu essen, oder?"

„Äh ja, äh natürlich", erwiderte Peter leise.

„Darf ich jetzt in meine Küche, ich muss meine Inventur fertig bekommen. Oder wollt ihr beide meinen Job machen?", fragte sie grimmig.

Duncan und Peter traten beiseite und ließen Margret eintreten. Sie tue immer so griesgrämig, aber im Grunde hätte sie ein gutes Herz, meinte Duncan.

Margret schaute ihn an. „Nicht frech werden, junger Mann. Immerhin habe ich noch eines, das schlägt", sagte sie schnippisch. „So! Was kann ich für euch tun? Ihr seid doch nicht hier, um eine Sightseeing-Tour zu machen, oder?"

„Peter hätte gerne einen Kaffee", antwortete Duncan.

„Einen Kaffee, was auch sonst! Aha, ein Mensch ...", brummte Margret. „Na, dann wollen wir mal sehen, ob es so etwas hier gibt."

„Ist sie eigentlich auch ein Vampir?", fragte Peter Duncan.

„Ich bin hier – und bei meinem Körperumfang auch nicht zu übersehen. Also rede mit mir Junge, wenn du etwas über mich wissen willst", knurrte Margret. „Ein Benehmen ist das ..."

Peter wurde rot. „Äh, ja, entschuldigen Sie, Margret."

„Du meinst, ich bin nicht blass und attraktiv genug für einen Vampir, junger Mann?", fragte sie und stemmte ihre Arme in ihre breiten Hüften und warf ihren Kopf theatralisch zurück. „Bin ich nicht ein Vamp? Ich bin hier die Vampir-Lolita." Sie schaute Peter erst grimmig an und fing dann wieder laut schallend an zu lachen. Ihr Lachen hallte von den Wänden der Küche wider. Peter gefiel ihr. Dann sah sie Duncan an und meinte nur, er könne verschwinden und sie mit dem kleinen Appetithappen alleine lassen. Mein Gott, fand sie ihn schnuckelig.

„Du wirst doch artig sein, Margret?", fragte Duncan grinsend.

Sie zwinkerte ihm zu. „Du gönnst mir aber auch keinen Spaß. Ich bin hier die Venus von Milo, Schätzchen."

Nachdem Duncan gegangen war, machte Margret Peter einen Kaffee. Er war sehr stark, aber er schmeckte Peter trotzdem. Sie fragte ihn, ob er auch etwas frühstücken wolle, aber Peter lehnte ab. Dann nahm sie sich auch einen Kaffee und bat ihn am Küchentisch Platz zu nehmen. Margret erzählte ihm, dass sie hier wohne. Sie war eine der Bediensteten, die permanent im Haus wohnen, aber sie sei kein Vampir und wolle auch keiner werden. Ihre Familie stand schon seit Jahren im Dienst von Nicolas. Peter saß da und hörte Margret zu. Sie mochte Nicolas nicht unbedingt, allerdings wusste sie auch nicht alles über ihm, das wollte sie auch nicht. Sie hatte einen Job hier zu erledigen und darin war sie gut. Was sonst im Haus los war, interessierte sie nicht oder sie wollte es nicht wissen. Duncan hatte recht, sie war gar nicht so griesgrämig, ein wenig sarkastisch ab und zu, aber mit einem guten Herzen und Humor. Immer wieder fragte sie ihn, ob er nichts essen wolle.

„Margret, Sie wollen mich mästen", sagte er.

„Junge, an dir ist doch nichts dran. Du bist doch nur Haut und Knochen", antwortete sie und lehnte sich auf ihrem Stuhl zurück. Dabei sah sie zufällig unter den Tisch und damit zwischen seine Beine und sagte grinsend „Wow! Bei dem Anblick schlägt jeder Köchin das Herz höher."

Peter wurde rot und zog seinen Morgenmantel wieder enger zu. Er hatte nicht gemerkt, dass er sich geöffnet hatte und es war ihm peinlich.

Margret lachte nur. „Junge, du hast da nichts, was ich nicht schon gesehen habe. Außerdem bin ich Köchin, ich habe schon manche Wurst gar gekocht." Margret lachte laut los und schlug ihre kräftigen Hände auf ihre noch kräftigeren Schenkel. Sie war eine sehr warmherzige, lustige und liebe Frau, stellte Peter fest. Er verbrachte fast den ganzen Tag in der Küche mit Margret.

Gegen Abend stand auf einmal Nathalie in der Tür. „Margret, der gehört mir", sagte sie gespielt eifersüchtig.

„Den kannst du auch behalten, Schätzchen. Der ist mir zu dürr ... bis auf eines ...", sagte sie grinsend und zwinkerte Peter zu. Peter wurde schon wieder rot und Margret lachte laut. Er stand auf und verabschiedete sich von ihr.

Margret drückte ihn zum Abschied so heftig an sich, dass ihm fast die Luft wegblieb.

Dann ging er mit Nathalie zurück durch den Irrgarten des Hauses in ihr Zimmer, um sich anzuziehen.

Als sie danach wieder in die Eingangshalle kamen, saß Duncan an einem Tisch. Nathalie lief auf ihn zu.

"Duncan, es tut mir leid, dass ich gestern so gemein zu dir war und dich angebrüllt habe, und auch, dass ich dir nicht geglaubt habe. Leider hatte ich noch keine Gelegenheit es dir zu sagen", sagte sie.

Duncan lächelte und meinte nur, es sei schon in Ordnung. Nachdem, was sie gesehen hatte, konnte sie auch nur annehmen, dass er Peter die Verletzungen beigebracht hätte.

Peter schlug vor, zu ihm nach Hause zu gehen. Er hatte ja sie ja eigentlich eingeladen, aber dann war ja die gestrige Geschichte dazwischen gekommen. Duncan lehnte dankend ab, er hatte noch etwas in der Stadt zu erledigen. Seine Schwester wollte wissen, ob das denn unbedingt heute sein müsste, aber ihr Bruder bejahte dies mit Nachdruck. Peter machte einen Vorschlag. Wenn Duncan mit seiner "Sache" in der Stadt fertig sei, sollte er einfach nachkommen. Duncan stimmte zu und bot an, die beiden zu fahren. Sie waren einverstanden und er ging nach oben, um sich umzuziehen.

Als er wieder zu Nathalie und Peter in die Eingangshalle kam, war er in seine schwarze Lederuniform gekleidet und trug seinen langen schwarzen Mantel.

Sie verließen die Villa und Duncan fuhr sie in seinem Jaguar zu Peter nach Hause. Nathalie und Peter stiegen aus und gingen in Peters Wohnung. Dort machten sie es sich gemütlich. Duncan fuhr in die Innenstadt und parkte den Wagen in einer verlassenen Straße. Er ging zu einem der achtstöckigen, etwas verfallenen, alten Häuser und stieg die Außentreppen bis auf das Dach hinauf. Von dort hatte er einen besseren Ausblick.

Nach einer Weile kam ein Mann mittleren Alters die Straße entlang. Er trug einen schwarzen Anzug, einen braunen Mantel und einen Hut. Duncan ließ den Mann um die Ecke des Gebäudes gehen und sprang dann ohne zu zögern vom Dach auf die Straße. Ein Mensch hätte diesen Sprung aus dem achten Stock mit Sicherheit nicht überlebt, aber er landete leicht wie eine Katze. Dann folgte er dem Mann unauffällig in eine kleine Seitenstraße und bog dann rechts in eine große vierspurige Straße ab, in der sich eine U-Bahn-Station befand. Es war eine kleine Station einer Nebenstrecke, daher waren hier nicht viele Leute unterwegs. Am Eingang zur U-Bahn-Station sah sich der Mann um, um sicherzugehen, dass ihm niemand folgte, dann stieg er die Stufen zur Station hinunter.

Da es ein Feiertag war, waren auf dem Bahnsteig nur wenige Leute. Der Mann ging den Bahnsteig entlang ohne auf die Leute dort zu achten. Stand ihm jemand im Weg, schob er ihn rüde beiseite. Eine U-Bahn fuhr ein. Ein paar Leute stiegen aus und ein und die Bahn fuhr weiter. Der Bahnsteig war in kurzer Zeit wieder menschenleer. Duncan sah gerade noch, wie der Mann am Ende des Bahnsteigs im Tunnel verschwand. Wo will er denn hin, dachte er und folgte ihm lautlos wie ein Schatten. Als er auf die Gleise sprang, hörte er die Schritte des Mannes im Tunnel und wenig später wurde in der Ferne eine schwere Tür geschlossen. Langsam ging er die Gleise entlang, bis er zu einer Tür kam. Der Staub an der Klinke war verwischt, das musste die Tür sein. Er wollte gerade die Tür öffnen, als diese von innen mit Gewalt aufgetreten wurde. Sie schlug auf und beförderte ihn quer durch den Tunnel. Er wollte gerade aufstehen, als ihn jemand packte und mit unglaublicher Gewalt in Richtung Bahnsteig warf. Duncan blieb zwischen den Gleisen liegen.

„Duncan?", fragte eine tiefe Stimme. „Oh mein Gott, ich dachte, du wärst ein Bahnarbeiter."

Duncan schüttelte seine Benommenheit ab und antwortete: „Hallo Jason, ich muss mit dir reden."

Jason ließ Duncan aufstehen. Es war lange her, seitdem sie sich das letzte Mal gesehen hatten. Jason wollte wissen, was er hier wollte. In der Ferne hörten sie Fahrgeräusche einer sich nähernden U-Bahn.

„Komm", sagte Jason. „Wir wollen doch nicht, dass du hier überfahren wirst." Er führte Duncan zurück zu der Tür, sie gingen hindurch und Jason schloss sie wieder. Sie standen in einem schmalen, schwach beleuchteten Tunnel, ein Notausgang. Jason führte ihn weiter durch den Tunnel. Dann öffnete er eine Art Luftschleuse und sie kamen in einen bunkerähnlichen Raum. Überall lag Staub, hingen Spinnweben und in den Ecken war Rattendreck. Hier schien schon seit Jahren keine Menschenseele mehr gewesen zu sein. Jason ging in einen Nebenraum des Bunkers und schaltete das Licht an. Ein paar Ratten huschten durch den Raum. Dies schien sein Wohnzimmer zu sein. Eine alte, zerfetzte Couch, ein Sessel und einige Holzkisten als Tisch.

„Hier findet mich niemand und wenn, lebt er nicht so lange, dass er darüber reden kann", sagte Jason. „Der Bunker ist schon lange vergessen. Du hattest Glück, Duncan."

„Ich weiß", entgegnete Duncan.

Jason öffnete seinen Mantel und packte einige Blutkonserven aus. Bei dem Anblick wurde Duncans Mund wässrig. Jason bemerkte es.

„Hast du noch nichts gegessen, Junge? Willst du einen Schluck?", fragte Jason grinsend. Ohne Duncans Antwort abzuwarten, holte er zwei Gläser und füllte diese. „Setz dich. Es ist zwar nicht so komfortabel wie in der Villa, aber ich habe mich daran gewöhnt", sagte er.

Duncan setzte sich auf den Sessel.

„Also, was willst du von mir, Duncan?", fragte er.

„Jason, ich muss aus diesem Clan raus", sagte Duncan kalt.

Jason lehnte sich in seinem Sessel zurück und holte tief Luft. „Oh Mann", sagte er. „Du weißt, dass das unmöglich ist."

„Du hast es auch geschafft", erwiderte Duncan.

„Ja, sicher, und was war das Resultat?"

Das Resultat war, dass er in einem vergessenen Bunker hauste und Blutkonserven stehlen musste, um zu überleben. Wenn er keine bekam, mussten Ratten oder anderes Getier herhalten. Außerdem war er ständig auf der Flucht vor den Seinen, die ihn töten wollten. War dies das Leben, das Duncan anstrebte?

Duncan schwieg. Nicolas würde ihn jagen und töten, sollte er eine Fluchtversuch wagen.

„Nicolas hat Europa für immer verlassen und weilt nun in Amerika", sagte Duncan.

Jason lachte. Er wusste genau, dass dies seinen Bruder nicht abhalten würde. Duncan war sein Eigentum, sein Spielzeug. Wer konnte schon wissen, wie lange er es in Amerika aushalten würde. Das konnte sich von heute auf morgen ändern. Er erzählte Duncan eine Geschichte. Als die beiden Brüder noch Kinder waren, hatten sie geschnitzte, hölzerne Ritter und Pferde als Spielzeug, sogar eine Burg aus Holz, und die beanspruchte Nicolas für sich. Er durfte die Sachen nicht einmal anfassen, geschweige denn damit spielen. Wehe, wenn er es trotzdem versuchte. Dann drehte sein Bruder völlig durch.

Jason wollte wissen, was in den letzten Jahren im Clan passiert sei und warum Duncan diesen verlassen wolle. Jason füllte die leeren Gläser und Duncan erzählte ihm, was sich in der Villa zu Weihnachten und Silvester abgespielt hatte. Jason schüttelte nur den Kopf. Sein Bruder war nichts anderes als ein brutaler Sadist. Er schreckte ja nicht mal davor zurück, seine eigene Art zu töten. Und das alles nur zu seinem Vergnügen. Nachdem Duncan mit seiner Geschichte zu Ende war, saß Jason schweigend in seinem Sessel und schüttelte den Kopf. Er wollte von Duncan wissen, was aus seiner Schwester werden solle, falls er sich zu diesem Schritt entschied. Duncan war sich sicher, dass seine Schwester mit ihm gehen würde. Er wusste schon lange, dass sie ein eigenes Leben haben wollte – und jetzt mehr denn je, da sie einen Freund hatte.

„Sie hat einen Freund?", rief Jason überrascht.

„Ja, einen Menschen, Peter. Ich habe dir gerade von ihm erzählt", sagte Duncan.

„Den du beinahe umgebracht hättest? Und er steht nach wie vor zu ihr oder zu dir? Ich hoffe, sie weiß, was sie tut. Nach den Regeln meines Bruder ist das verboten und wird hart bestraft, wenn es herauskommt", sagte Jason. Duncan nickte. „Weiß es Alexander?", fragte Jason.

„Was? Das mit Nathalie oder dass ich den Clan verlassen will?", fragte Duncan.

„Beides", antwortete Jason.

„Alexander weiß, dass Peter Nathalies Freund ist. Er findet es gut, hat aber seine Bedenken. Das ich weg will, weiß er nicht", sagte Duncan.

„Na, wenigstens einer in der Familie, der ein Herz hat", sagte Jason.

Duncan erzählte Jason die ganze Geschichte, wie er Peter kennengelernt und wie sich Nathalie in ihn verliebt hatte. Sein Gegenüber war amüsiert. Es war die erste positive Geschichte, die er seit sehr langer Zeit gehört hatte.

Nachdem Duncan mit seiner Geschichte geendet hatte, sagte Jason: „Duncan, wenn du den Clan wirklich verlassen willst, dann muss das sehr gut geplant werden. Nicht wegen Alexander, sondern wegen Nicolas. Ich helfe dir." Duncan hatte ihm vor Jahren geholfen zu fliehen, und er fand es nur fair, wenn er das Gleiche für ihn tun würde. Seine einzige Bedingung war, dass Duncan erst mit seiner Schwester darüber reden und noch einmal über die Konsequenzen nachdenken sollte. Wenn er dann immer noch sicher war, dann sollte er wiederkommen.

„Und nun geh."

„Danke, Jason", sagte Duncan, leerte das Glas und ging. Er verließ die U-Bahn-Station, ging zu seinem Auto und fuhr zu Peters Wohnung.

Er hoffte, dass er die beiden Turteltäubchen nicht störte. Er parkte den Wagen und klingelte dann an der Haustür. Es dauerte eine Weile, bis jemand ihm öffnete. Nathalie saß auf der Couch und schaute ihren Bruder mit großen Augen an.

„Was ist mit deinem Mantel passiert?", fragte sie. Da merkte Duncan erst, dass der Mantel am unteren Ende zerrissen war.

„Ach nichts", sagte Duncan. „Ich hatte nur eine etwas heftigere Unterhaltung, nicht der Rede wert."

„So nennst du das, eine Unterhaltung. Setz dich doch Duncan", sagte Peter.

Er zog seinen Mantel aus und setzte sich in den Sessel. Peter setzte sich wieder zu Nathalie auf die Couch und legte den Arm um sie. Dann wurde Duncan ernst.

„Ich muss mit euch reden", sagte er. „Es geht um mich, meine Zukunft oder wenn ihr es so wollt, um unsere." Nathalie und Peter sahen Duncan mit großen Augen an. Duncan holte tief Luft und erzählte den beiden, wo er während der letzten Stunden gewesen war. Danach herrschte erst einmal großes Schweigen.

Dann fragte Nathalie: „Jason? Ich dachte, Nicolas hätte dir seinerzeit den Auftrag gegeben ihn zu töten."

„Das sollten auch alle glauben", erwiderte Duncan. „Ich habe ihm damals geholfen, aus dem Clan rauszukommen."

„Davon hast du mir nichts erzählt", sagte Nathalie.

„Das konnte ich nicht. Es durfte niemand außer mir und Jason wissen, was damals wirklich passiert ist. Es wäre zu gefährlich gewesen, dass Nicolas etwas herausfindet", erwiderte Duncan.

„Was ist denn damals passiert?", fragte Peter.

„Das ist eine lange Geschichte, Peter. Aber wenn du willst, erzähle ich sie euch", antwortete Duncan.

Beide nickten.

Kapitel 23

Vor etwa sieben Jahrhunderten herrschte ein Fürst über das Land, in dem Duncan und Nathalie damals lebten. Dieser Fürst, der erste Vampir überhaupt, hatte zwei Söhne, Nicolas und Jason. Nach seinem rätselhaften Tod wurde das Land zwischen den beiden Brüdern aufgeteilt, wobei Nicolas darauf achtete, dass er den größeren Teil bekam. Es gab zwar Gerüchte, das Nicolas seine Hände beim Tod seines Vaters im Spiel gehab hatte, aber niemand konnte es beweisen.

Nicolas war bekannt für sein sadistisches und brutales Regime. Er verbreitete Angst und Schrecken. Die Bauern hatten nichts zu lachen, sie wurden regelrecht geknechtet, und von der Ernte blieb ihnen fast nichts. Wenn jemand heiraten wollte, musste er erst die Erlaubnis von Nicolas einholen. Gefiel ihm die Verbindung nicht, dann stimmte er der Heirat nicht zu. Sollten sie es dennoch gewagt haben, gegen seinen Willen zu heiraten, dann verschwand entweder die Braut oder der Bräutigam auf mysteriöse Weise. Auch musste die Braut ihre Hochzeitsnacht bei Nicolas verbringen, und wenn sie keine Jungfrau mehr war, wurde sie hart und in aller Öffentlichkeit bestraft.

Sein Bruder Jason war genau das Gegenteil. So kam es, wie es kommen musste. Der Teil des Landes, über den Jason herrschte, erblühte und brachte reiche Ernten. Die Menschen waren glücklich und zufrieden. Das wiederum missfiel Nicolas. Vom Neid zerfressen, griff Nicolas Jasons Burg eines Nachts ohne Vorwarnung an. Jason wurde gefangen genommen und musste mit ansehen, wie seine Leute und die Bauern, die dort lebten, vor seinen Augen abgeschlachtet wurden. Danach wurde Jason in den Kerker geworfen, wo er unzählige Jahrhunderte vor sich hin vegetierte.

Später kaufte Nicolas die Villa und richtete im Keller einen Kerker für seinen Bruder ein. Als er Duncan zum Vampir gemacht hatte, hatte dieser die Aufgabe nach Jason zu sehen und ihn mit genug Blut zu versorgen, sodass er nicht starb, allerdings nicht genug, dass er sich gegen seinen Bruder zur Wehr setzen konnte. Nicolas wollte wohl, dass Duncan sah, was er mit ihm machen würde, sollte er sich jemals gegen ihn auflehnen. Wann immer Nicolas Lust verspürte, seinen Bruder zu quälen, ging er zu ihm. Wenn Duncan danach nach ihm sah, war Jason brutal gefoltert und misshandelt worden.

Jahre später, als Duncan wieder einmal zu Jason kam, schlug er ihm vor, ihm zur Flucht zu verhelfen. Jason misstraute ihm anfangs und meinte nur hämisch, ein Soldat mit Gefühlen wäre ja etwas ganz Neues. Als Duncan gehen wollte, rief er ihn allerdings zurück. Er fragte ihn, ob er es ehrlich meinte und ihm helfen würde. Duncan bejahte, hatte aber keine Ahnung, wie. Deshalb schlug er vor, dass sie gemeinsam an einem Plan arbeiten sollten. Jason willigte ein. Wann immer Duncan nach ihm sah, unterhielten sie sich über die Möglichkeit zur Flucht. Duncan brachte auch jedes Mal mehr Blut mit, als angeordnet war. Jason musste wieder zu Kräften kommen. Zu Anfang schien eine Flucht wirklich aussichtslos, bis ihnen der Zufall in die Hände spielte.

Eines Abends, als Duncan seinen üblichen Besuch bei Jason machte, hatte Nicolas gerade die Kerkertür geöffnet, um sich einmal wieder mit seinem Bruder zu unterhalten. Er hatte wohl vergessen, dass er Duncan damals den Befehl gegeben hatte, jeden Abend nach seinem Bruder zu sehen. In diesem Moment riss Jason, gestärkt durch das zusätzliche Blut, das Duncan ihm immer brachte, die Fackel aus dessen Hand und hielt sie Nicolas ins Gesicht. Sein Bruder schrie vor Schmerzen. Duncan wollte Nicolas zum Schein zur Hilfe eilen, wurde aber durch die Fackel in Jasons Hand zurückgehalten. Er entblößte seine Fangzähne und wollte sich auf Jason stürzen. Nicolas wälzte sich vor Schmerzen auf dem Boden. Jason warf die Fackel auf ihn und rannte dann nach oben. Duncan folgte, aber absichtlich nicht so schnell, als dass er ihn einholen könnte. Nicolas lag noch immer brüllend auf dem Boden und versuchte die Flammen zu löschen. Duncan erreichte Jason an der Eingangstür. Beide sahen sich verstehend an. Dies war die Gelegenheit, auf die sie so lange gewartet hatten. Jason sah Duncan an und sagte: „Danke, mein Freund, das werde ich dir nie vergessen."

„Schlag mich", sagte Duncan. „Es muss so aussehen, als ob du mich überwältigt hast."

Jason verpasste ihm einen Fausthieb, sodass er quer durch die Eingangshalle flog. Dann stürmte er aus der Villa in die Nacht hinaus.

„Was geschah dann mit dir?", fragte Peter. „Nicolas hat sicher getobt, oder?"

„Ja, sicher, er verprügelte mich, weil ich seinen Bruder entkommen lassen habe", sagte Duncan.

„Deshalb habe ich dich an jenem Abend nicht mehr gesehen. Deine Tür war auch abgeschlossen", sagte Nathalie.

„Ich wollte nicht, dass du mich siehst. Ich sah schlimm aus, nachdem Nicolas mit mir fertig war", sagte Duncan.

„Was für eine Geschichte", sagte Peter nach einer Weile. Nach all dem, was in den letzten Tagen geschehen war, konnte er sehr gut verstehen, warum sein Freund den Clan verlassen wollte. Den sadistischen Launen von Nicolas ausgesetzt zu sein, war schrecklich. Nathalie wollte wissen, was er nun tun würde, aber er hatte keine Antwort darauf. Er wusste nur, dass er seinen Peiniger nie wiedersehen wollte, aber seine Entscheidung würde ihr aller Leben verändern. Seine Schwester versicherte ihm, dass, wenn er gehen würde, sie mitginge.

„Und ich werde euch helfen, so gut ich kann", sagte Peter.

„Es wird nicht einfach werden, Peter. Es kann sein, dass auch du dein jetziges Leben aufgeben musst, wenn du weiter mit Nathalie zusammen sein willst. Ansonsten bist du in Gefahr, sollte Nicolas heraus bekommen, dass du nicht tot bist."

Ihnen war sehr wohl bewusst, dass Nicolas es irgendwann erfahren würde, denn sein Bodyguard war ja nicht wieder zu ihm zurückgekommen. Keiner wusste auch, wie lange er es in Amerika aushalten würde. Vielleicht kam er ja schon morgen wieder zurück.

„Duncan, was wäre ich für ein Freund, wenn ich in der Not nicht helfen würde? Ich helfe euch, egal, was es für mein Leben bedeutet, und ohne Nathalie wäre es kein Leben mehr", sagte Peter.

Duncan lächelte. „Danke, mein Freund. Ich werde darüber nachdenken, und wenn ich mich entschieden habe, lasse ich es dich wissen", antwortete Duncan.

Duncan stand auf und zog seinen Mantel an. Er wollte alleine sein und nachdenken.

Peter brachte Duncan zur Tür und verabschiedete sich. Dann ging er zurück zu Nathalie. „Was wird nun geschehen?", fragte er.

„Ich weiß es nicht, aber wenn Duncan geht, dann gehe ich mit", antwortete sie. „Und danke, dass du uns helfen willst. Ich will dich nicht verlieren." Sie küsste ihn liebevoll.

„Das wirst du nicht. Ich werde immer bei dir sein", antwortete Peter zärtlich.

Kapitel 24

Duncan fuhr nicht zurück in die Villa, sondern ging zu der Brücke in der Nähe von Peters Wohnung. In der Mitte blieb er stehen und starrte auf die erleuchtete Skyline. Ab und zu gingen ein paar Leute vorbei, Nachtschwärmer auf dem Weg nach Hause. Er war zu sehr in seinen Gedanken versunken und bemerkte sie nicht. Was sollte er tun und was würde geschehen, wenn Nicolas zurückkäme? Wenn das geschieht, musste er bereits weg sein. Er wollte diesen sadistischen Tyrannen nicht wiedersehen. Jetzt, wo Nicolas in Amerika war, war die beste Gelegenheit auszusteigen.

Er war so in seine Gedanken vertieft, dass er nicht merkte, wie es Morgen wurde und die Sonne langsam aufging. Ein brennendes Gefühl an seiner Hand und seinem Gesicht riss ihn aus seinen Gedanken. Er bekam Panik und blickte sich verzweifelt um, ob er irgendwo Schutz vor der aufgehenden Sonne finden konnte. Das brennende Gefühl wurde immer stärker und es stieg leichter Rauch von seinen Händen auf, und es roch ein wenig nach verbranntem Fleisch. Die Schmerzen wurden immer stärker, je weiter die Sonne stieg. Er biss sich auf die Lippen, um nicht laut loszubrüllen und rannte hastig zurück zum Brückenportal. Zum Glück war niemand unterwegs um diese Zeit. Wie würden die Leute reagieren, wenn er wie eine menschliche Fackel umher rannte. Im Schatten des Portals suchte er verzweifelt nach irgendetwas, was ihm Schutz vor der Sonne bieten konnte. Peters

Wohnung war nur einen Katzensprung entfernt, sollte er es wagen? Duncan rannte los, versuchte aber immer im Schatten der Häuser zu bleiben, soweit es möglich war. Die Sonne stieg immer höher. Er kam bei Peters Haus an und klingelte verzweifelt. Die Eingangstür lag zwar im Schatten, aber wie lange noch? Langsam wanderten die Sonnenstrahlen auf ihn zu. Endlich öffnete Peter die Tür. Duncan schleppte sich qualmend die Treppen hoch.

„Duncan, was ist los? Wie siehst du aus? Warum bist du nicht in der Villa? Nathalie ist schon vor einer Weile gegangen", fragte er.

„Peter, bitte verdunkle die Fenster oder halte die Sonne irgendwie fern von mir", sagte Duncan. Peter schubste Duncan in sein Badezimmer, das kein Fenster hatte und schloss die Tür. Das Wohnzimmer war sehr vampirunfreundlich, da es keine Vorhänge gab. Duncan setzte sich auf den Boden. Sein Gesicht und seine Hände waren verbrannt und teilweise hatte sich eine harte, schwarze Kruste gebildet. Er erzählte seinem Freund, was passiert war. Dabei schaute er etwas betreten auf den Boden. Es war ihm sehr peinlich, denn nach sechshundert Jahren sollte ihm so etwas nicht passieren.

„Kann ich irgendetwas für dich tun?", fragte Peter.

„Nein, das wird schon wieder", antwortete Duncan. Er war total verbrannt und Peter wollte einen Arzt rufen. Sein Freund sah ihn nur an und fragte, was er dem denn erzählen wolle? Nathalie konnte ihnen auch nicht helfen, solange es Tag war. Peter war total neben der Spur, aber Duncan beruhigte ihn.

In der Villa schlossen sich die automatischen Jalousien und Nathalie machte sich Gedanken, wo ihr Bruder steckte. Die Sonne ging auf und er war immer noch nicht zurück. Weder war er in seinem Zimmer, noch wusste irgendeiner der Bediensteten, wo er war. Sie griff zum Telefon und rief bei Peter an. Peter sagte ihr, dass Duncan bei ihm sei.

„Was?!", rief Nathalie. „Wie das denn? Ist er okay?"

„Ja, alles in Ordnung. Er hat nur ein paar Verbrennungen. Den Rest soll er dir selbst erzählen", antwortete Peter.

„Verbrannt?! Ich komme vorbei, sobald die Sonne untergegangen ist", sagte sie bestimmend.

„Ja, kein Problem", sagte Peter. „Ich muss mich erst mal um Duncan kümmern, bis dann, Nath."

„Sag ihm, dass ich sauer bin, ja?", sagte sie.

„Mache ich. Ach, und Nath, bringe bitte was zum Anziehen für Duncan mit. Seine Sachen sind ein wenig, nun ja, verbrannt. Ich gebe ihm erst einmal was von mir, aber ich denke, das wird nicht passen", antwortete er. Dann legte er auf.

Peter ging zurück ins Badezimmer. Zuvor suchte er noch ein paar Sachen zum Anziehen für Duncan. Duncans Sachen waren so verkohlt, dann man sie nur noch wegwerfen konnte. „Das am Telefon war Nathalie und, ach ja, sie ist sauer auf dich", sagte er.

Duncan sah ihn traurig an. „Danke Peter", sagte er leise.

„Wenn du nichts dagegen hast, dann mache ich mir erst einmal einen Kaffee. Und zieh deine verbrannten Sachen aus, wenn es geht. Ich werde sie entsorgen", sagte Peter.

Duncan zog seine Sachen aus und es schmerzte jedes Mal, wenn er sie über eine verkrustete Stelle zog. Peter ging in die Küche, wobei er die Badezimmertür vorsichtig öffnete und schloss, damit kein Sonnenstrahl ins Badezimmer drang. Nachdem er seinen Kaffee hinuntergestürzt hatte, suchte er nach Decken, die er vor die Fenster hängen konnte, fand aber keine, die groß genug war. Ihm fiel ein, dass er noch Vorhänge im Keller hatte. Die hatte ihm damals seine Mutter genäht als Einzugsgeschenk. Er rannte die Treppe hinunter in den Keller und holte sie. Dann nahm er Hammer und Nägel und befestigte die Vorhänge, so gut es ging, an den Fenstern. Nun konnte kein Sonnenstrahl mehr in die Wohnung dringen. Er ging zurück ins Badezimmer und sagte Duncan, dass er die Fenster zugehängt hätte und er nun aus dem Badezimmer herauskommen könnte. Vorsichtig ging Duncan ins abgedunkelte Wohnzimmer, Peter folgte ihm und schaltete das Licht an. Als er Duncan ansah, bemerkte er, dass die Verbrennungen schon fast wieder verschwunden waren.

„Vielleicht solltest du dir etwas anziehen. Ich habe dir ein paar Sachen von mir dort auf den Sessel gelegt. Sie werden dir vielleicht nicht richtig passen, aber Nathalie bringt heute Abend welche von dir mit", sagte Peter.

Duncan sah Peter lange schweigend an.

„Was ist?", fragte Peter.

„Nichts weiter", antworte Duncan. „Ich weiß nicht, wie ich dir je danken soll. Du hast mir das Leben gerettet."

„Dann versuche es erst gar nicht", antwortete Peter etwas peinlich berührt. „Für mich war es eine Selbstverständlichkeit, einem Freund in Not zu helfen. – So wie du mir seinerzeit." Duncan lächelte etwas verlegen. Für ihn war das alles etwas ungewohnt. Er hatte die Sonne seit sechshundert Jahren nicht mehr gesehen. Die Geräusche am Tag waren ihm zwar nicht fremd, aber doch unheimlich. Peter sah ihn verständnisvoll an. Er konnte nur ahnen, wie Duncan sich fühlte. Eine Weile herrschte Schweigen. Dann fragte Duncan: „Musst du nicht zur Arbeit?"

„Oh ja, ich habe die Zeit vergessen. Ich verspreche dir, ich bin so schnell wie möglich wieder hier. Wirst du zurechtkommen, bis ich wieder da bin?", fragte Peter. Duncan war sich sicher.

Peter trank noch eine Tasse Kaffee und steckte sich eine Zigarette an. Duncan rümpfte die Nase. Nachdem er seinen Kaffee getrunken hatte, verließ Peter die Wohnung und machte sich auf den Weg zur Arbeit.

Duncan saß etwas verlassen im Wohnzimmer und überlegte, was er den ganzen Tag machen sollte. Seine Verbrennungen waren schon fast nicht mehr zu sehen. Nach dem Duschen zog er das Hemd und die Jeans an, die Peter ihm hingelegt hatte. Das Hemd war ein wenig zu klein und er konnte die Knöpfe nicht schließen, aber besser als nichts. Die verbrannten Sachen packte er in eine Tüte, die er in der Küche fand. Dann setzte er sich in Peters Fernsehsessel. Er hatte schon seit Ewigkeiten kein Fernsehprogramm mehr gesehen und spielte gedankenverloren mit der Fernbedienung. In der Villa gab es zwar einige Fernseher, aber er hatte es nie als sinnvollen Zeitvertreib gesehen. Aber nun, da er hier gefangen war, hatte er alle Zeit der Welt und zappte durch die Programme.

Es klingelte an der Tür und Duncan fuhr zusammen. Er wusste nicht, was er tun sollte. Sollte er öffnen oder es einfach ignorieren? Es klingelte wieder. Er stand auf, versuchte das Hemd zuzumachen, was ihm aber misslang, ging barfuß zur Tür und schaute durch den Türspion. Draußen stand eine Frau mittleren Alters. Da er wusste, dass der Hausflur in diesem Stockwerk keine Fenster hatte und somit auch kein Sonnenlicht eindringen konnte, öffnete er die Tür.

„Oh, ich dachte, Herr Peter wäre zu Hause", sagte sie mit einem harten russischen Akzent.

„Nein, er ist zur Arbeit", antwortete Duncan.

„Ach so, ich hoffe, ich habe sie jetzt nicht geweckt", sagte sie entschuldigend. „Ich wollte ihn eigentlich fragen, ob er für ein paar Stunden auf meine Tochter Irina aufpassen könnte. Ich habe vielleicht eine neue Arbeit, und da muss ich heute vorsprechen. Ich habe sonst niemanden, den ich fragen könnte."

Duncan sah nach unten und sah ein kleines Mädchen, etwa zwei Jahre alt, mit blonden lockigen Haaren, braunen Augen und einem freundlichen, runden Gesicht.

„Wer sind Sie?", fragte sie und sah Duncan interessiert von oben bis unten an.

„Ich bin ein Freund von Peter und besuche ihn gerade", sagte Duncan schnell.

„Ah ja", sagte sie. „Wo sind nur meine Manieren! Ich bin seine Nachbarin Katharina Swetlova. Ich sehe ab und zu mal nach dem Rechten, wenn Peter auf Geschäftsreise ist."

„Mein Name ist Duncan.", sagte er. Ihm gefiel die Frau und die kleine Tochter ebenfalls. Daher schlug er vor, ob sie ihre Tochter nicht bei ihm lassen wolle. Sein Freund hätte bestimmt nichts dagegen.

„Würden Sie das tun, Herr Duncan?", fragte sie.

„Ja, sicher. Na, Irina willst du bei mir bleiben?", fragte er das kleine Mädchen. Irina kicherte und streckte Duncan die Arme entgegen als Zeichen, dass sie hochgenommen werden wollte. Duncan nahm sie auf seinen Arm und Irina lachte vor Freude.

„Ich habe eine Schwester, weißt du, Irina, und die war genauso wie du, als sie klein war", sagte Duncan.

Frau Swetlova lächelte erleichtert. „Ich sehe, Sie kennen sich mit Kindern aus, Herr Duncan", sagte sie. Sie gab ihm eine Tasche mit Spielzeug. Er lächelte sie an und meinte, sie solle sich keine Gedanken machen. Die kleine Irina erinnere ihn an seine Schwester, von daher spiele er gerne das Kindermädchen. Frau Swetlova schaute ihn dankbar an. Als Dankeschön lud sie ihn und Peter zum Abendessen ein.

„Das ist nicht nötig, Frau Swetlova", sagte Duncan.

„Doch, doch. Ich bin so froh, dass er endlich jemanden gefunden hat und nicht mehr so alleine ist ... und dann auch noch so einen hübschen jungen Mann", antwortete sie lächelnd im Gehen.

„Äh, Frau Swetlova, wie meinen Sie das?", fragte Duncan verwirrt. Frau Swetlova drehte sich herum und lächelte nur. Irina winkte ihrer Mutter noch nach, dann nahm Duncan sie mit in Peters Wohnung. Duncan dämmerte es und er musste lachen. Zurück im Wohnzimmer setzte er sich mit Irina auf den Boden und packte die Tasche mit den Spielsachen aus. Irina quiekte wieder und zeigte auf ein Kinderbuch. Er setzte die Kleine auf seinen Schoß und fragte sie, ob er ihr daraus vorlesen solle. Sie lächelte und nickte. Duncan machte den Fernseher aus und schlug das Buch auf.

„Okay, dann will ich mal der kleinen Irina eine Geschichte vorlesen", sagte Duncan liebevoll. Dann begann er Irina vorzulesen. Es dauerte nicht lange, da war sie eingeschlafen. Er musste grinsen und dachte daran, wie er seiner Schwester abends immer Geschichten erzählt hatte, bis sie eingeschlafen war. Gott, war das lange her, dachte er und er merkte, wie ihm eine Träne die Wange herunterlief.

Peter konnte sich bei der Arbeit nicht konzentrieren. Seine Gedanken waren dauernd bei Duncan. Eine Kollegin fragte ihn, was los wäre. Er konnte ihr ja nicht erzählen, dass ein Vampir bei ihm zu Hause saß, daher antwortete er, er habe schlecht geschlafen. Nach der Mittagspause verließ er die Firma und ging nach Hause. Er hatte einfach keine Ruhe.

Als er seine Wohnungstür aufschloss, sah er Duncan mit der schlafenden Irina in seinem Sessel sitzen. Der gab ihm ein Zeichen, dass er leise sein solle.

„Wo hast du denn die Kleine her?", fragte Peter lächelnd.

„Das ist Irina, die Tochter deiner Nachbarin.", flüsterte Duncan.

„Wie? War sie hier? Du hast sie reingelassen?", fragte Peter leise. Duncan erzählte ihm, was geschehen war und Peter lächelte.

„Die gute Katharina", sagte er. „Na, dann sollten wir ihr für heute Abend mal absagen und es auf ein anderes Mal verschieben."

„Ich glaube, ich muss dir etwas sagen", sagte Duncan leise. „Ich glaube, deine Nachbarin meint, wir wären ein Liebespaar." Peter sah ihn mit großen Augen an. Dann lachte er laut los, beherrschte sich aber gleich wieder, damit Irina nicht aufwachte.

„Duncan, sie meint, wir wären ein Paar?", lachte Peter. „Was hast du ihr geantwortet?", wollte er wissen.

„Ich kam nicht dazu, sie war zu schnell weg", antwortete Duncan.

„Ich denke, ich werde sie nachher aufklären, wenn sie die Kleine wieder abholt", lachte Peter wieder.

„Das ist mir aber jetzt unangenehm", sagte Duncan. „Ich wollte dich nicht in Verlegenheit bringen, Peter."

„Hast du nicht, ich finde es lustig. Ich glaube, sie denkt das schon eine ganze Weile von mir. Wie gesagt, ich werde sie mal über uns und mich aufklären", sagte Peter. Rein zum Spaß wollte er von seinem Freund wissen, wenn es denn so wäre, ob er sein Typ wäre. Duncan verneinte es und meinte, er wäre ihm zu jung.

Peter machte sich einen Kaffee. Durch das Geräusch der Kaffeemaschine wurde Irina wach. Erst war sie verwirrt, weil ihre Mutter nicht da war. Dann sah sie Duncan an und lächelte. Er drücke sie an sich und sie quiekte vor Freude. „Soll ich die Geschichte weiterlesen?", fragte er Irina. Sie nickte und lächelte. Duncan nahm das Buch und las weiter. Peter saß an seinem Tresen und beobachtete die beiden. Wenn man überlegt sein Freund eigentlich für eine Kampfmaschine ist und zu Irina ist er so liebevoll und zärtlich. Vielleicht erinnert es ihn an seine Vergangenheit mit seiner Schwester als er noch ein Mensch war.

Eine Stunde später klingelte es an der Tür und Frau Swetlova kam, um Irina abzuholen. Peter bat sie herein und fragte, ob sie einen Kaffee mit ihnen trinken wolle. Sie nickte. Ihre Tochter beachtete sie gar nicht. Duncan saß mittlerweile wieder auf dem Wohnzimmerboden und spielte mit ihr. Von daher war Irina viel zu sehr mit Duncan beschäftigt, um ihre Mutter zu bemerken. Frau Swetlova lächelte.

„Ihr Freund kann ja wunderbar mit Kindern umgehen. Irina merkt gar nicht, dass ich da bin", sagte sie.

„Frau Swetlova, ich denke, ich sollte Ihnen sagen, dass Duncan wirklich nur ein Freund ist und nicht mein Liebhaber", sagte Peter grinsend.

Sie war sichtlich enttäuscht und meinte, es wäre schade und Duncan wäre so ein hübscher Mann.

„Ich bin mit seiner Schwester zusammen und nicht mit ihm", sagte Peter.

„Oh, entschuldigen Sie, Herr Peter. Ich dachte wirklich, Sie wären, na ja ...", sagte sie.

„Nein, Frau Swetlova, bin ich nicht", sagte Peter grinsend. Was Duncan betraf, konnte er wenig dazu sagen, denn so genau kannte er ihn nun auch nicht. Es war ihm aber auch egal. Allerdings musste er zugeben, dass ihm vielleicht auch der Gedanke gekommen wäre, wenn ein halbnackter Mann ihm die Tür geöffnet hätte. Sie wurde rot.

„Oh, oh, oh, entschuldigen Sie, Herr Peter.", sagte sie verlegen.

„Kein Problem", lachte Peter, „das passiert mir nicht zum ersten Mal", und reichte ihr ihren Kaffee.

Duncan meinte zu der Kleinen, dass ihre Mutter da sei, um sie abzuholen. Irina sah ihre Mutter an und sagte nur: „Weg, weg." Er lächelte und nahm sie auf den Arm. Dann ging er zu den beiden hinüber in die Küche. Das kleine Mädchen klammerte sich an ihn und wollte gar nicht mehr loslassen.

„Wie lange bleiben Sie denn hier, Herr Duncan?", fragte sie.

„Bis heute Abend", antwortete er.

„Das ist aber schade, ich wollte Sie beide doch zum Essen einladen als Dankeschön", sagte sie traurig.

„Das machen wir ein anderes Mal, Frau Swetlova. Versprochen!", sagte Peter. Duncan stimmte zu und meinte nur, dass er dann vielleicht seine Schwester mitbringen würde.

„Oh ja, das wäre nett. Ich würde sehr gerne Herrn Peters Freundin kennenlernen, wo Sie ja nicht der Freund sind", sagte sie grinsend. Sei trank ihren Kaffee aus.

„Irina, komm. Wir gehen nach Hause. Herr Duncan und Herr Peter haben bestimmt noch andere Dinge zu tun", sagte sie. Irina sah sie mit großen Augen an und schüttelte heftig den Kopf und hielt Duncans Hals fest und sagte zu ihrer Mutter immer nur „weg, weg." Duncan sah Irina an und versprach ihr, dass er morgen wiederkäme und ihr dann wieder eine Geschichte vorlesen werde. Sie sah ihn mit großen Augen an und fing an zu weinen und krallte sich noch fester an ihn. Duncan wiegte sie in seinen Armen und sie beruhigte sich. Frau Swetlova fragte ihn, ob er das wirklich ernst meine, denn die Kleine war ja richtig vernarrt in ihn. Für Duncan war es sicher, aber allerdings erst gegen Abend, wenn es ihr recht wäre.

„Duncan hat eine Sonnenallergie, deshalb sind die Fenster auch verdunkelt", sagte Peter schnell.

„Oh, das tut mir aber leid, Herr Duncan. Das ist ja schrecklich", sagte sie und sprach dann zu ihrer Tochter: „Irina, Herr Duncan kommt morgen Abend vorbei und liest dir eine Gute-Nacht-Geschichte vor." Irina beruhigte sich wieder und lachte nun vor Freude. Dann erklärte sie sich endlich bereit, Duncan loszulassen und mit ihrer Mutter nach Hause zu gehen. Duncan packte schnell noch die Spielsachen ein und gab die Tüte ihrer Mutter. Sie bedankte sich nochmals bei den beiden und Peter begleitete sie zur Tür. Irina winkte Duncan noch einmal zu, dann ging sie mit ihrer Mutter nach Hause.

Kapitel 25

Als die Sonne untergegangen war, kam Nathalie vorbei. Sie küsste Peter zur Begrüßung, dann sah sie Duncan böse an.

„Was hast du dir dabei gedacht? Ich war krank vor Sorge", schimpfte sie.

„Es tut mir leid, Nath", sagte Duncan entschuldigend.

„So was darf dir nicht passieren, nach all den Jahren solltest du es besser wissen", schimpfte sie weiter. Dann warf sie ihm ein Bündel Kleider und eine Blutkonserve zu. Er ging auf sie zu und nahm sie in den Arm, aber sie stieß ihn zurück. Sie war stinksauer auf ihn.

„Du solltest nicht so hart mit Duncan sein, Nath", sagte Peter. „Du solltest froh sein, dass er noch lebt. Ich bin es zumindest."

„Männer, ihr seid alle gleich", sagte sie wütend. „Ihr haltet doch immer zusammen." Sie setzte sich mit verschränkten Armen trotzig auf die Couch. Ihr Bruder setzte sich zu ihr und versuchte wieder, sie in den Arm zu nehmen. Dieses Mal wehrte sie sich nicht, sondern fing an zu weinen. Sie hatte sich solche Sorgen gemacht, dieser Dummkopf.

Nachdem sich Nathalie beruhigt hatte, erzählte ihr Duncan, was er den Tag über erlebt hatte. Die Geschichte mit Irina gefiel ihr. Sie meinte nur, dass er wohl nie aufgehört hätte, ein Bruder zu sein. Duncan stand auf, nahm das Bündel Kleider und die Blutkonserve. Dann ging er ins Badezimmer, zog sich um und trank das Blut. Sein Freund sollte nicht sehen, wie er das Blut trank.

Als er zurückkam, sagte Nathalie: „Wir sollen heute alle in den Club kommen, Alexander hat uns eingeladen. Soll wohl so eine Art Wiedergutmachung sein", sagte sie.

„Dann lass uns gehen", sagte Peter.

Sie erreichten den Club gegen acht Uhr und dieses Mal waren kaum Gäste da. Alexander begrüßte sie herzlich und fragte, ob es Peter gut gehe und dass es ihm so sehr leid täte wegen des Vorfalls und was er trinken wolle. Peter bestellte sich einen Whiskey. Sie setzten sich an ihren üblichen Tisch. Alexander brachte den Whiskey.

„Alles wieder in Ordnung, Peter?", fragte er vorsichtig.

„Ja, alles wieder in Ordnung. Ich bin nicht nachtragend", antwortete Peter etwas kühl.

Alexander hatte noch ein paar andere Gäste zu bedienen, meinte aber, dass alle Getränke aufs Haus gingen. Nathalie und Peter tanzten fast die ganze Zeit eng umschlungen. Duncan saß alleine und gedankenverloren am Tisch.

Da Peter am nächsten Tag arbeiten musste, blieben sie nicht all zu lange. Gegen ein Uhr morgens verließen sie die Bar. Duncan fuhr Peter nach Hause. Dort angekommen erinnerte er die beiden daran, dass sie am morgigen Abend eine Einladung bei Frau Swetlova hatten. Nathalie gab ihm zum Abschied einen Kuss.

„Nein, werden wir nicht vergessen. Wir sind gegen acht Uhr bei dir.", sagte sie. „Gute Nacht, Peter."

Vor seiner Wohnungstür angekommen, hörte er Gebrüll und Geschrei aus der Wohnung von Frau Swetlova. Ein Mann und eine Frau schienen sich heftig zu streiten. Da sie auf Russisch sprachen oder vielmehr brüllten, war kein Wort zu verstehen. Als Peter seine Wohnungstür aufschließen wollte, wurde die Tür von seiner Nachbarin aufgerissen und ein dicker, behaarter Mann kam heraus und stürmte brüllend die Treppen hinunter. Peter sah Frau Swetlova an der Tür stehen. Ihr Gesicht war geschwollen. Der Typ musste sie geschlagen oder eher verprügelt haben.

„Frau Swetlova, was ist hier los?", fragte er entsetzt. Sie sah ihn erschrocken an.

„Nichts, alles in Ordnung, Herr Peter", antwortete sie.

„Sie sehen fürchterlich aus, soll ich einen Arzt rufen oder eine Krankenwagen?", fragte er.

„Nein, bitte nicht. Es ist alles in Ordnung, Herr Peter. Mein Mann oder vielmehr mein Ex-Mann wollte nur seine Tochter sehen", sagte sie.

„Sind Sie sicher? So sieht das aber für mich nicht aus", meinte er ein wenig skeptisch.

„Ja, ja, ich bin sicher", sagte sie schnell.

„Eigentlich wollten Duncan, seine Schwester und ich Ihre Einladung für morgen annehmen, aber ich denke, das verschieben wir lieber", sagte er.

„Nein, nein, kommen Sie ruhig, Herr Peter. Ich freue mich und Irina auch. Sie liebt Ihren Herrn Duncan", sagte sie mit einem leichten Lächeln. Sie musste nach ihrer Tochter sehen, denn die weinte bitterlich. Peter nickte und sie schloss schnell die Tür. Was geht da nur ab, dachte er sich. Ihr Ex-Mann war in der Stadt? Der sollte doch eigentlich zurück in Russland sein.

Am nächsten Abend erzählte Peter den beiden anderen, was am Abend vorher bei seiner Nachbarin passiert war. Nathalie war voller Mitleid mit Frau Swetlova und ihrer Tochter.

„Sollen wir nicht lieber bei deiner Nachbarin absagen?", fragte Duncan.

„Nein, nein, sie will, dass wir vorbeikommen", sagte Peter. Sie verließen Peters Wohnung.

Als sie öffnete, war ihr Gesicht noch geschwollen vom Abend zuvor. Sie lächelte aber und bat alle drei herein. Die Wohnung war karg eingerichtet: alte Möbel mit deutlichen Gebrauchsspuren, die Couchgarnitur im Wohnzimmer hatte auch schon bessere Zeiten gesehen. Das Polster war mehrfach geflickt worden. Auf den Tisch hatte sie eine sehr schöne Tischdecke gedeckt und es standen vier Weingläser darauf. In einer Ecke war ein Laufstall, dort saß die kleine Irina und lachte fröhlich, als sie Duncan sah. Frau Swetlova bat sie Platz zu nehmen und bot ihnen Wein an. Sie hoffte, sie mochten Rotwein, anderen hatte sie leider nicht.

„Ja, sicher", antwortete Peter. „Darf ich Ihnen meine Freundin und Duncans Schwester, Nathalie, vorstellen?"

„Oh, es freut mich, Sie kennenzulernen. Was für ein hübsches Mädchen und Sie sehen Herrn Duncan so ähnlich", sagte Frau Swetlova. „Aber lassen wir doch die Förmlichkeiten, ich bin Katharina."

„Freut mich, Katharina, Duncan hat mir schon von Deiner Tochter erzählt.", sagte Nathalie.

Während Peter sich um den Wein kümmerte und die beiden Frauen miteinander redeten, ging Duncan zu Irina und nahm sie aus dem Laufstall auf seinen Arm. Er wiegte sie in seinen Armen und sie strahlte vor Freude. Katharina sah es und lächelte. Der Wein war geöffnet und sie setzten sich. Duncan nahm die Kleine und setzte sich in einen der Sessel.

„Dein Bruder kann wirklich toll mit Kindern umgehen.", sagte Katharina. „War er bei dir auch so?"

„Oh ja, er hat immer auf mich aufgepasst", sagte Nathalie.

Duncan sah Frau Swetlova ernst an. „Was ist hier passiert, Katharina? Warum schlägt dich dein Mann?", fragte er.

„Duncan, das ist nicht nett", fauchte Nathalie.

Katharina sah verlegen auf den Boden und wollte wissen, woher er das wusste. Er brauchte sie nur anzusehen, denn er wusste, wie jemand aussieht der geschlagen wurde. Eine Weile sprach keiner ein Wort. Irina saß auf Duncans Schoß und spielte mit seinen Hemdknöpfen.

Katharina holte tief Luft, dann fing sie an zu erzählen. Sie erzählte, wie sie hierher kamen, dass sie und ihr Mann eine tolle Arbeit gefunden hatten. Dann wurde sie schwanger und ihr Mann verlor seinen Job. Er begann zu trinken und in das zwielichtige Milieu abzurutschen. Von da an schlug er sie, wenn er getrunken hatte oder wenn sie ihm kein Geld mehr geben konnte. Sie floh vor ihm in ein Frauenhaus. Dort wurde die kleine Irina geboren. Ein Sozialarbeiter vermittelte ihr diese Wohnung. Alles schien gut zu laufen, bis ihr Mann, von dem sie inzwischen geschieden war, wieder auftauchte. Sie wusste nicht, woher er ihre Adresse bekommen hatte, aber in dem Milieu, in dem er verkehrte, war das wohl einfach herauszubekommen. Gestern stand er auf einmal vor der Tür. Er hatte sich als Sozialarbeiter ausgegeben, sonst hätte sie ihm doch nie die Tür geöffnet. Als er dann in der Tür stand, war es zu spät.

„Oh, mein Gott", sagte Nathalie mitleidig.

„Er hat sich fürchterlich an mir gerächt", sagte Katharina unter Tränen.

Nathalie nahm sie in den Arm und sah ihren Bruder finster an. „Du hast auch kein Taktgefühl", fauchte sie.

„Lass nur Nathalie, es hilft mir, es zu verarbeiten. Ich habe ja sonst niemanden, mit dem ich reden kann oder der sich für mich oder mein Leben interessiert", antwortete sie.

Duncan versprach ihr, dass ihr Mann sie nie mehr schlagen würde. Katharina konnte sich nicht vorstellen, wie er das schaffen wollte. Ihr Mann war stark und äußerst brutal. Er würde Duncan tierisch verprügeln und das wollte sie nicht.

„Also bitte haltet euch da raus, ich komme damit klar" sagte sie. Duncan konnte sich aber nicht raushalten. Er konnte es nicht ertragen, wenn ein Mann seine Frau schlug oder misshandelte.

Trotz allem wurde es dann doch noch ein vergnüglicher Abend. Nathalie und Katharina verstanden sich prächtig. Sie redeten und redeten. Duncan ließ Irina nicht einen Moment aus den Augen. Wenn sie weglaufen wollte, fing er sie wieder ein, und sie lachte vor Freude. Immer wenn Frau Swetlova ihren Blick auf die beiden richtete, lächelte sie. Peter kam sich vor wie das fünfte Rad am Wagen. Aber es gefiel ihm irgendwie.

Als Katharina Irina ins Bett bringen wollte, sagte Duncan: „Lass mich das bitte machen." Nathalie grinste. Sie wusste, wie gern er das tat. Sie erinnerte sich, als sie noch klein war und Duncan sie ins Bett gebracht hatte. Er hatte immer neue Geschichten zu erzählen und es machte Spaß ihm zuzuhören.

Katharina fragte ihre Tochter, ob sie von Duncan ins Bett gebracht werden wolle. Irina nickte und strahlte vor Freude. Somit nahm er die Kleine, und Frau Swetlova zeigte ihm, wo sie schlief. Als sie zurück ins Wohnzimmer kam, sagte sie: „Ihr Bruder ist ja wirklich nett, Irina liebt ihn." Sie hatte so etwas noch nie bei einem Fremden erlebt. Normalerweise war die Kleine eher zurückhaltend.

„Duncan liebt Kinder, und ich denke, das merkt sie", sagte Nathalie.

Nachdem Irina eingeschlafen war, kam Duncan zurück ins Wohnzimmer. „Sie schläft", sagte er mit einem Lächeln.

„Danke, das war nett von dir", sagte Katharina.

Peter sah auf die Uhr. Es war fast Mitternacht und er schlug vor zu gehen. „Du musst sicher morgen wieder früh aufstehen."

„Schon so spät!", rief sie erstaunt. In dem Moment klingelte es an der Tür.

„Erwartest du noch Besuch?", fragte Nathalie.

Katherina zitterte am ganzen Körper. Duncan wollte wissen, was mit ihr los sei. Sie stand zitternd auf und ging zur Sprechanlage. Derjenige am anderen Ende brüllte so laut, dass die anderen es im Wohnzimmer hören konnten.

„Das ist ihr Ex-Mann", sagte Nathalie entsetzt.

„Ich muss ihn reinlassen, sonst macht er die Tür kaputt und weckt das ganze Haus. Es ist besser, ihr geht jetzt. Wenn er euch hier sieht, rastet er aus", sagte Katharina mit zitternder Stimme und drückte den Einlassknopf.

Duncan hatte nicht die Absicht zu gehen, vielmehr wollte er mit ihrem Ex-Mann ein paar Worte reden. „Nein, Duncan, er schlägt dich tot", sagte sie.

Peter sah Nathalie fragend an. Sie zuckte nur mit den Schultern und meinte, er solle ihren Bruder nur machen lassen. Wenn er mit ihm fertig war, würde er sich sicherlich nicht mehr hierher trauen. Katharina flehte Duncan an nichts zu tun, denn sie wollte nicht, dass ihm etwas passiere. Peter wollte zur Tür, um mit seinem Freund nach unten zu gehen, aber dieser bestand darauf, dass er bei den Frauen bleiben sollte. In dem Moment hörten sie laute Schritte und Gebrüll im Treppenhaus.

„Er ist im Treppenhaus", sagte Frau Swetlova und zitterte am ganzen Körper. Nathalie legte ihren Arm um sie und setzte sich mit ihr wieder ins Wohnzimmer.

„Aber Duncan ...", erwiderte sie.

Jemand schlug heftig mit der Faust gegen die Wohnungstür. Duncan machte die Tür auf. Der Mann, den Peter am Vorabend gesehen hatte, stand tobend vor der Tür. Er brüllte irgendetwas auf Russisch, was er nicht verstand, aber Duncan anscheinend, denn er antwortete ihm ebenfalls auf Russisch. Katharinas Mann holte zu einem Faustschlag aus, aber bevor er zuschlagen konnte, griff Duncan nach seinem Kragen und zog ihn in die Wohnung. Katharina zuckte zusammen, als ihr Mann durch den Raum flog und im Wohnzimmer auf den Boden schlug. Etwas benommen versuchte er aufzustehen. Als er seine Ex-Frau sah, wollte er sich auf sie stürzen, aber Duncan ließ ihm keine Chance. Er packte ihn und hob ihn mit einer Hand hoch, so hoch, dass er den Boden unter den Füßen verlor und in der Luft hing, und drückte ihn an die Wand. Dann sagte Duncan etwas auf Russisch, was Peter nicht verstand. Der Mann zappelte wie ein Fisch auf dem Trockenen und versuchte sich aus dem Griff zu befreien. Als ihm das misslang, versuchte er Duncan mit einem weiteren Faustschlag außer Gefecht zu setzen. Dieser wehrte den Schlag mit seiner freien Hand ab und man hörte ein knackendes Geräusch, als er ihm den Arm festhielt und ihn brach. Der Schrecken stand dem Mann im Gesicht, als Duncan seine Fangzähne entblößte, ihn von der Wand herunterließ und seinen Kopf nach hinten riss.

„Njet, njet, bitte, bitte, njet", winselte er.

Katharina war starr vor Schrecken. Nathalie hielt sie fest im Arm und drückte ihr Gesicht an ihre Brust. Duncan sah ihren Mann lange mit seinen azurblauen Augen an, dann ließ er von ihm ab und der Mann fiel auf den Boden. Er raffte sich auf, ließ Duncan dabei aber nicht aus den Augen, sondern blickte ihn voller Panik an. Als er einen Schritt auf ihn zumachte, rannte er, als wäre der Teufel hinter ihm her, aus der Wohnung, die Treppen hinunter und verließ fluchtartig das Haus.

Katharina stand auf, um zu sehen, ob mit Duncan alles in Ordnung war. Er stand mit dem Rücken zu ihr und hatte die Fäuste geballt.

„Duncan, alles in Ordnung?" fragte sie ängstlich.

„Lass sie nicht zu mir, Peter", sagte Duncan schnell. Peter fing die verwirrte Frau ab und hielt sie fest. Er wusste, warum Duncan es nicht wollte und meinte zu ihr, sie solle ihn erst einmal Luft holen lassen. Duncan drehte sich nicht um, denn er wollte nicht, dass sie sein Vampirgesicht sah. Es dauerte einen Moment, bis er sich beruhigt hatte und er wieder normal aussah. Peter brachte sie zurück zu Nathalie auf die Couch.

Katharina saß zitternd auf der Couch und Nathalie hielt sie wieder im Arm. Nach einer Weile drehte sich Duncan zu den anderen herum.

„Er wird nicht mehr zurückkommen", sagte Duncan kalt.

„Hat er dich verletzt?", fragte sie.

„Nein, alles in Ordnung, ich schaue schnelle nach Irina, ich hoffe, der Tumult hat sie nicht geweckt", sagte er und ging schnell ins Schlafzimmer.

Katharina zitterte immer noch am ganzen Körper. Peter ging in seine Wohnung und holte eine Flasche Whiskey. Im Treppenhause hörte er, wie einige Wohnungstüren geschlossen wurden. Anscheinend hatten einige Nachbarn den Tumult mitbekommen. Als er zurückkam, kam sein Freund gerade aus dem Schlafzimmer. Die Kleine hatte von dem ganzen Tumult nichts mitbekommen und schlief ruhig in ihrem Bett.

„Ich bin immer wieder erstaunt, wie schnell und stark du bist", sagte Peter.

„Meinst du, Katharina hat etwas bemerkt?", fragte Duncan unsicher.

„Nein, dazu war sie zu aufgeregt. Seit wann sprichst du russisch, es war doch Russisch, oder?", fragte Peter.

„Ich spreche viele Sprachen, Peter", entgegnete Duncan. Sie setzten sich zu den beiden Frauen und Peter goss Katharina ein großes Glas Whiskey ein.

„Es ging alles so schnell", sagte sie zitternd und trank das Glas Whiskey in einem Zug leer. Sie sah Duncan mit Tränen der Erleichterung in den Augen an und dankte ihm immer wieder. Wenn er nicht gewesen wäre, hätte sie nicht gewusst, was ihr Ex-Mann mit ihr angestellt hätte.

„Wenn du willst, bleibe ich bis morgen früh bei dir", sagte Peter. Sie lehnte dankend ab und meinte nur, sie würde es schon schaffen. Eine Weile sagte keiner ein Wort. Katharina lehnte sich zurück und schloss die Augen.

„Es war ein so schöner Abend und dann so etwas", sagte sie leise.

„Komm Katharina, ich bringe dich ins Bett. Du musst ja fix und fertig sein nach all dem, was gerade passiert ist. Die anderen werden aufräumen und dann werden wir uns zurückziehen", sagte Duncan, um das Schweigen zu brechen. Katharina sah ihn mit großen Augen an, als er sie mit einer Leichtigkeit auf seine Arme nahm und sie in ihr Schlafzimmer trug.

Peter sah Nathalie verwundert an.

„Ein Gentleman von Kopf bis Fuß", sagte sie lächelnd.

„Diese Seite kenne ich gar nicht an Duncan", sagte er.

„Es gibt einige Seiten, die du noch nicht kennst", erwiderte sie lächelnd und küsste ihn. Dann begannen sie aufzuräumen. Nach einer Weile kam Duncan aus dem Schlafzimmer. Katharina schlief nun endlich. Die anderen hatten inzwischen aufgeräumt.

„Okay, dann lasst uns leise gehen. Ich sehe morgen früh, wenn ich zur Arbeit gehe, nach ihr", sagte Peter. Sie schlossen leise die etwas lädierte Wohnungstür und gingen in seine Wohnung.

„Hast du dich eigentlich schon entschieden?", fragte Peter, als sie sich setzten. Duncan sah zu Boden und meinte nur, er hätte sich noch nicht entschieden. Nathalie sah Peter an und schüttelte den Kopf als Zeichen, dass er nicht weiter fragen solle.

„Wir sollten jetzt nach Hause fahren", sagte sie. „Ich komme morgen Abend bei dir vorbei, Peter, und dann unternehmen wir etwas. Vielleicht können wir ja Katharina mitnehmen, damit sie mal auf andere Gedanken kommt. Einen Babysitter haben wir ja."

Peter lächelte und nickte.

Kapitel 26

Am nächsten Abend fuhr Duncan seine Schwester zu ihrem Freund. Zum Abschied wünschte er ihr einen schönen Abend. Sie meinte, er solle doch noch mit nach oben kommen und wenigstens „Hallo" sagen, aber ihr Bruder hatte andere Pläne.
„Du wirst doch nichts Dummes anstellen?", fragte sie.
„Nein, werde ich nicht", antwortete er.

Duncan fuhr zu der U-Bahn-Station, um mit Jason zu reden. Er parkte den Wagen in einer verlassenen Seitenstraße und ging dann zur Station hinunter. Dort standen ein paar zwielichtige Typen herum und tranken. An der einen Wand saß ein Bettler. Am Ende des Bahnsteigs sah Duncan ein paar Jugendliche, die wohl gerade zu einem Fußballspiel wollten. Er setzte sich auf eine der Bänke und wartete, bis sie verschwunden sein würden. Die nächste Bahn sollte in ein paar Minuten einfahren, danach könnte er in den Tunnel gehen, um Jason zu treffen. Es war ihm ein Bedürfnis, mit ihm zu reden.
 Die Bahn fuhr ein, Leute stiegen aus und ein, dann fuhr sie wieder ab. Duncan sah, dass ein paar der Jugendlichen nicht eingestiegen waren. Das war schlecht. Einer der Jugendlichen sah Duncan auf der Bank sitzen und kam schwankend zu ihm.
 „Hey, Alter, geilen Mantel hast du", sagte er. Als Duncan nicht reagierte, hockte er sich direkt vor ihn, legte seine Hände auf Duncans Knie und schaute ihn an. Sein

Atem roch widerlich nach Bier und Zigaretten. „Hey Alter, ich rede mit dir", sagte er. Seine Kameraden sahen aus der Ferne zu und lachten.

„Verschwinde und lass mich in Ruhe", zischte Duncan.

„Du hast mich wohl nicht verstanden", brüllte der Typ. „Ich rede mit dir und außerdem will ich deinen Mantel. Der steht mir eh viel besser als dir."

Der Bettler ahnte wohl, was passieren würde, denn er packte eilig seine Sachen zusammen und verschwand. Als er gegangen war, war Duncan mit den jungen Wilden alleine. Er wollte keinen Streit mit diesen Typen, daher beschloss er ebenfalls zu gehen. Leider verstand der Typ das wohl nicht, denn er packte Duncan am Arm, um ihn am Gehen zu hindern.

Duncan drehte sich zu ihm um, sah ihn völlig emotionslos an und sagte ruhig. „Ich sage dir es jetzt zum letzten Mal. Verschwinde und lass mich in Ruhe. Ich will keinen Streit mit dir."

Die anderen Jungs am Ende des Bahnsteigs schauten neugierig aus der Ferne zu. Anscheinend wollten sie sehen, wie ihr Kumpel Duncan fertig machte, denn sie begannen ihn anzufeuern. Dieser packte Duncan am Kragen und wollte ihn zu Boden werfen. Aber Duncan war schneller, packte seine Hand und brach ihm das Handgelenk. Der Typ ging zu Boden und brüllte vor Schmerzen. Seine Kameraden am Ende des Bahnsteigs wurden still. Dann drehte er sich um und wollte gehen. Da hörte er, wie ein Springmesser aufgeklappt wurde. Der Typ hatte wohl immer noch nicht genug. Duncan drehte sich herum und sah, wie der Typ sich aufraffte und zu einem Stoß mit dem Messer ausholte. Dabei brüllte er: „Ich mache dich fertig." Duncan wich dem Stoß geschickt aus, packte die Hand mit dem Messer und brach sie ebenfalls.

Der Typ brüllte vor Schmerzen und ließ das Messer fallen. Während der Typ sich auf dem Boden wand, kickte Duncan sein Messer mit seinem Lederstiefel auf die Gleise. Er sah sich um und die ganze Meute von fünf Typen war im Begriff hinter ihm herzujagen. – Okay, dann eben auf die harte Tour.

Den ersten Typen schaltete Duncan mit einem gekonnten Ellenbogenschlag ins Gesicht aus, er ging mit gebrochener Nase zu Boden. Den zweiten schlug er im Herumdrehen mit dem Handballen gegen die Brust und dieser brach röchelnd zusammen. Der dritte und vierte packten Duncans Arme und hielten sie fest, der fünfte wollte gerade zuschlagen, als Duncan ihm einen Fußtritt verpasste, der ihn quer über den Bahnsteig beförderte, wo er benommen liegenblieb. Dann machte er einen Salto rückwärts und konnte sich so aus dem Griff der beiden lösen. Er bekam die Köpfe der beiden zu packen und schlug sie gegeneinander. Beide fielen bewusstlos zu Boden. Er setzte nicht seine ganze Kraft ein, er wollte sie ja nicht umbringen – was er allerdings ohne Weiteres gekonnt hätte. Plötzlich hörte er einen Schuss und spürte einen stechenden Schmerz in seinem Rücken und Bauch. Er wirbelte herum und sah einen sechsten Typen hinter sich stehen mit einer rauchenden Pistole in der Hand. Den hatte er wohl im Eifer des Gefechts übersehen. Es war ein glatter Durchschuss.

„Jetzt bin ich richtig sauer", fauchte Duncan.

Der Typ starrte Duncan panisch, als er sah, wie dessen Augen von Dunkelbraun in Azurblau wechselten. Richtige Angst bekam er, als dann auch noch lange Fangzähne aus Duncans Kiefer schossen. Blitzschnell war Duncan bei ihm und schlug ihm die Waffe aus der Hand. Der Typ wollte wegrennen, aber Duncan stand plötzlich vor ihm.

Dann versuchte er in die andere Richtung zu entkommen, aber Duncan stand wieder vor ihm und versperrte ihm den Weg.

„Warum bist du nicht tot? Was zum Teufel bist du?", fragte er panisch.

„Ich bin der Teufel", zischte er und schlug ihn mit einem einzigen Faustschlag k.o. Dann sah er sich um und rief: „Noch jemand hier, der mich ärgern will?" Es war nur ein Stöhnen und Gewimmer von den Jungs zu hören. Dann verließ er die Bahnstation und ging zurück zu seinem Wagen. Heute hatte es keinen Sinn, zu Jason zu gehen.

Kurz vor Sonnenaufgang kam Nathalie in die Villa zurück. Sie ging zum Zimmer ihres Bruders, klopfte und ging ohne eine Antwort abzuwarten hinein. Duncan musste wohl unter der Dusche sein, denn sie hörte Wasser rauschen. Sie setzte sich an seinen Schreibtisch und spielte mit dem Laptop. Nach einer Weile kam er nackt aus dem Bad in sein Zimmer. Die Schusswunde hatte sich bereits geschlossen und es war nur noch ein roter Punkt zu sehen, wo die Kugel durch seinen Körper gedrungen war.

„Hallo, hübscher Mann", sagte Nathalie grinsend. Duncan erschrak.

„Nath, was machst du hier?", fragte er ein wenig verwirrt.

„Ich wollte dich sehen und mit dir reden.", sagte sie. Duncan sah sie erstaunt an, worüber wollte sie mit ihm reden?

„Über Peter", antwortete sie.

„Über Peter? Was gibt es da zu reden? Ihr liebt euch doch, dann werdet doch glücklich miteinander. Oder hat sich was geändert?", fragte Duncan.

„Das ist es ja. Wir sind glücklich, aber ich muss mich jedes Mal zusammenreißen, ihn nicht zu beißen, wenn wir miteinander schlafen. Es fällt mir jedes Mal schwerer", sagte sie.

„Wie kann ich dir da helfen?" Er hatte keine Erfahrung im Sex mit Menschen, seine Erfahrungen beschränkten sich auf Vampire. Nathalie starrte auf den Boden. Ihr Bruder wollte wissen, ob sie mit Peter darüber gesprochen habe. Aber sie hatte Angst davor, Angst ihn zu erschrecken oder dass er sie gar zurückweisen könnte. Duncan war der Meinung, dass ihr Freund ein Recht darauf hätte zu wissen, in welche Gefahr er sich begeben würde. Ihr war das bewusst, sie wollte es ihm aber nicht alleine sagen. Daher bat sie Duncan, dabei zu sein.

„Wenn du es willst, dann bin ich dabei", antwortete er. „So nun raus mit dir, ich würde mich gerne anziehen."

„Stell dich nicht so an." Sie kannte einige, die viel Geld dafür bezahlen würden, ihren Bruder so zu sehen. Als sie sein Zimmer verließ, gab sie ihm noch einen kräftigen Klaps auf den nackten Hintern.

Kapitel 27

Am nächsten Tag im Büro wurde Peter von einer Kollegin angesprochen, ob er mal wieder mit auf eine After-Work-Party gehen wolle.
„Heute passt es schlecht, meine Freundin kommt vorbei", sagte Peter.
„Du hast eine Freundin? Das macht nichts, dann bring sie einfach mit", antwortete sie. „Sagen wir um acht?"
„Äh, ja, gut. Ich werde sie fragen", erwiderte Peter. Innerlich wollte er eigentlich absagen, aber es würde Nathalie bestimmt gefallen. Zum Glück wurde es in den Wintermonaten früh dunkel, sodass sie gegen sieben Uhr bei ihm sein konnte, dann würde er sie fragen.
Am Abend kam Nathalie tatsächlich gegen sieben Uhr bei ihm vorbei. Er erzählte ihr von der Einladung der Kollegin und auch, dass er nicht sehr begeistert davon wäre. Ihr machte es nichts aus, im Gegenteil. Sie war noch nie auf so einer Party gewesen und warum sollten sie nicht zusammen hingehen.
„Wann sollen wir dort sein?", fragte sie. „So gegen acht Uhr, das heißt, wir müssen gleich los", antwortete Peter. Er holte seine Jacke. „Wo ist eigentlich Duncan?", fragte er.
„Er ist bei Katharina", antwortete Nathalie. „Auf dem Weg hierher hat er noch was für die kleine Irina besorgt."
„Meinst du, er geht mit?", fragte er. „Ich denke nicht, er fühlt sich dort sicher nicht wohl. Aber fragen können wir ihn", antwortete sie.

Sie verließen Peters Wohnung und klingelten bei Katharina. Als sie die Tür öffnete, hörten sie schon das Lachen von Irina. Sie lächelte Nathalie und Peter an. „Dein Bruder ist einfach verrückt", sagte sie lächelnd und bat sie herein. Duncan saß im Wohnzimmer auf dem Boden, Irina saß auf einem kleinen hölzernen Schaukelpferd, das er für sie besorgt hatte und quiekte vor Freude. Als sie ins Wohnzimmer kamen sah er sie lächelnd an.

„Ist die Kleine nicht süß?", fragte er in die Runde mit leuchtenden Augen. „Ich habe deinem Bruder schon gesagt, er soll Irina nicht so verwöhnen, aber ich glaube, das hätte ich auch gegen die Wand dort sagen können", sagte Katharina liebevoll.

„Ja, da könntest du recht haben", antwortete Nathalie grinsend. Katharina solle ihm seinen Spaß lassen, denn er mochte die Kleine sehr.

Sie sagten Duncan, dass sie eine Einladung zu einer Party hätten und fragten, ob er nicht Lust hätte mitzukommen. Er überlegte kurz, lehnte dann aber ab.

„Ich denke nein, aber ich fahre euch gerne hin", antwortete er. „Ich habe noch etwas anderes zu erledigen und Katharina ist heute Abend auch zu Hause, also braucht sie keinen Babysitter für Irina."

Peter war ein wenig enttäuscht. Sein Freund machte sich in letzter Zeit sehr rar.

„Das ist mehr Nathalies Ding", antwortete Duncan. Er drückte die kleine quiekende Irina kurz, dann stand er auf und sie verabschiedeten sich von Katharina.

Duncan wollte wissen, wo denn diese Party sei.

„Die Bar ist hinter dem alten Hauptgüterbahnhof", sagte Peter.

„Ah ja, ich glaube, ich weiß, wo das ist", antwortete Duncan.

Während der Fahrt saß Peter eng umschlungen mit seiner Liebsten auf der Rückbank und schaute in die Nacht hinaus. Sie war sternenklar. Als sie an der Bar ankamen, ging gerade der Vollmond hinter den Hochhäusern auf und tauchte die Gegend in ein unheimliches Zwielicht. Vor der Bar standen einige Männer im Anzug und Frauen in Kostümen und rauchten. Sie kamen anscheinend gerade aus dem Büro. Zum Glück hatte Nathalie ein schwarzes kurzes ledernes Cocktailkleid an. Somit hatten sie keine Probleme, in die Bar zu kommen. Drinnen war schon mächtig was los. Es gab zwar nur Stehtische, was auch besser war, und einen großen Tresen. Dahinter war eine Tanzfläche, auf der schon einige Leute tanzten.

Sie schoben sich durch die Menge und versuchten einen freien Tisch zu finden. Eine junge Frau kam auf Peter zu.

„Da bist du ja, ich dachte schon, du würdest dich wieder davor drücken", sagte sie.

„Nein, dieses Mal nicht", antwortete er. „Stephanie, darf ich vorstellen, das ist meine Freundin Nathalie. Nathalie, das ist meine Arbeitskollegin Stephanie." Sie schüttelten einander die Hände.

„Ich wusste gar nicht, dass du so eine hübsche Freundin hast, Peter", sagte sie. Peter lächelte verlegen.

„Amüsiert euch", sagte Stephanie und verschwand in der Menge.

Duncan fuhr zu Jason, um mit ihm zu reden. Dieses Mal waren kein Gesocks oder sonstige zwielichtigen Gestalten auf dem Bahnsteig. Er sprang auf die Gleise und ging zu der Tür des Wartungsschachts. Er klopfte und sprang zur Seite. In dem Moment wurde die Tür mit einer unglaublichen Wucht geöffnet wie beim letzten Mal.

„Halt, Jason, ich bin es, Duncan", rief er schnell. Jason brach seinen Angriff ab.

„Du? Wirst du jetzt zu einem Dauerbesucher?", fragte er. „Na, dann komm mal rein." Er blieb ungefähr eine Stunde bei Jason. Sie besprachen einige Dinge und Möglichkeiten, fanden aber letztendlich keine Lösung. Jason versprach, sich nochmals Gedanken zu machen und sich dann bei Duncan zu melden. Duncan sollte aber bis dahin durchhalten und ihn nicht mehr besuchen. Es war zu riskant, denn er hatte das Gefühl, dass sie beobachtet wurden.

Als Duncan ihn etwas niedergeschlagen verließ, dachte er bei sich, ob Jason sich seine Freiheit so vorgestellt hatte, als er aus der Villa floh. Wie wird sein eigenes Leben aussehen, wenn er den Schritt erst einmal getan hatte?

Als er die U-Bahn-Station verließ, fing es an zu regnen. Nathalie und Peter müssten noch auf der Party sein, daher beschloss er hinzufahren. Dort herrschte noch reger Betrieb. Beim Betreten der Bar sah er seine Schwester mit ihrem Freund umschlungen auf der Tanzfläche und musste grinsen. Er ging an die Bar und bestellte sich etwas zu trinken und sah den beiden zu. Als Nathalie ihn bemerkte, kam sie lächelnd auf ihn zugelaufen.

„Na du, alles in Ordnung?", fragte sie.

„Ja, alles in Ordnung", erwiderte er.

Peter klopfte ihm auf die Schulter. Nathalie erzählte ihrem Bruder, wie toll sie es hier fände und dass Peter mit ihr ruhig öfter auf solche Partys gehen sollte.

In diesem Moment kam Stephanie vorbei. „Na ihr zwei, gefällt es euch?", fragte sie.

„Ja es ist ganz toll hier", antwortete Nathalie. Dann fiel Stephanies Blick auf Duncan und seine schwarze Lederkleidung.

„Holla, wen haben wir denn hier?", fragte sie.

„Stephanie, das ist Duncan, mein Bruder, Duncan, das ist Stephanie, eine Kollegin von Peter.", stellte Nathalie die beiden vor.

„Wow! Was ein Kerl!", rief Stephanie lächelnd und hielt ihm ihre Hand hin. Duncan schüttelte sie.

„Es freut mich, Sie kennenzulernen", sagte Duncan.

„Und mich erst", antwortete Stephanie. „Ich dachte mir schon, dass Sie Nathalies Bruder sind, sie sehen sich einfach zu ähnlich."

Stephanie sprach oder vielmehr flirtete noch eine Weile mit Duncan und kam ihm immer näher. Eine Kollegin winkte nach ihr zum Zeichen, dass sie rüber kommen solle. Als sie ging, warf sie Duncan einen vielsagenden, zweideutigen Blick zu. Peter meinte nur, sie wäre scharf auf ihn.

„Was?", fragte Duncan ein wenig verwirrt. „Ich habe ihr doch überhaupt keinen Anlass dazu gegeben"

„Genau das ist es, worauf sie abfährt", antwortete Peter. „Sie mag Männer, die schwer zu erobern sind."

Nathalie grinste nur.

„Ich bin doch über sechshundert Jahre zu alt für sie", sagte Duncan.

„Das wissen wir, aber sie nicht", lachte Nathalie. „Für sie bist du ein geiler, muskulöser, gut aussehender Typ um die zwanzig, mit dem man einen drauf machen kann. Also ein potenzieller Typ fürs Bett."

Stephanie kam zurück und hatte die Mädels von der Poststelle im Schlepptau.

„Duncan, ich glaube, die haben es auf dich abgesehen.", sagte Peter grinsend.

Stephanie erschien mit Anja und Veronika. „Das ist er Mädels", sagte sie und zeigte auf Duncan. Die Mädels starrten Duncan lüstern an.

„Ich glaube, den entführen wir euch erst einmal", sagte Stephanie zu Peter und Nathalie mit einem Augenzwinkern.

„Ja, macht nur, Mädels", sagte Nathalie grinsend. Duncan sah die beiden hilfesuchend an, aber die drei Mädels zogen den sich wehrenden Duncan mit sich und verschwanden in der Menge.

„Wird das gut gehen?", fragte Peter.

„Ach klar, Duncan kann ein richtiger Charmeur sein, wenn er will", erwiderte Nathalie. Sie gingen wieder auf die Tanzfläche.

Nach einer Weile wollte Nathalie nach ihrem Bruder sehen, denn sie mussten bald los. Sie schauten sich um und sahen Duncan am Ende des Raums mit den drei Mädels. Zwei hatten sich an ihn gelehnt und die Arme um seine Hüften gelegt. Stephanie redete die ganze Zeit auf den armen Duncan ein. Sein Lederhemd hatte sie schon komplett aufgeknöpft. Anscheinend versuchte sie wirklich, ihn ins Bett zu bekommen, denn sie streichelte die ganze Zeit über seine nackte, muskulöse Brust. Peter wollte ihn retten, aber Nathalie fand das Ganze lustig und meinte nur, sie wolle es noch ein wenig genießen.

„Sei nicht so böse zu deinem Bruder", erwiderte Peter gespielt böse.

„Meine Damen, ich glaube, wir müssen euch Duncan entführen", sagte er, als sie bei den vieren ankamen.

„Ach warum denn?", fragte Anja enttäuscht.

„Es ist doch gerade so richtig nett", sagte Veronika.

„Wann hat man mal so einen knackigen Mann in den Armen?!" Ihrer hatte einen Speckbauch und trug Polyesterhosen. „Gib mir mal deine Handynummer, bevor du gehst, du geiler Hengst", sagte Stephanie. „So was wie dich muss man einfach wiedersehen." In ihrer Phantasie sah sie ihn in einem ledernen Lendenschurz, wie er sie auf seinen muskulösen Armen in ihr Bett trug und es ihr richtig besorgte.

„Ich habe seine Nummer und ich gebe sie dir morgen im Büro", sagte Peter schnell.

Es dauerte zwar noch eine Weile, bis Nathalie und Peter die drei überzeugt davon hatten, Duncan gehen zu lassen, aber am Ende stimmten sie dann doch widerwillig zu. Allerdings drückte jede der drei Duncan noch einen dicken Kuss auf die Wange. Ihr roter Lippenstift war ein sehr starker Kontrast zu seiner weißen Haut.

Dann machten sie sich auf den Heimweg. Duncan redete kein Wort. Anscheinend war der Abend einer der ungewöhnlichsten in den letzten sechshundert Jahren für ihn. Seine Schwester wollte willen, ob mit ihm alles in Ordnung sei. Er meinte nur, dass es ein interessanter Abend war.

„Es tut mir leid, dass dich meine Kolleginnen so, wie soll ich sagen, aus unserer Mitte gerissen haben", sagte Peter.

„Ist schon in Ordnung, Peter. Ja, die drei sind schon ein Gespann."

„Es gibt wohl keinen Manager bei uns in der Firma, mit dem die noch nichts hatten", erwiderte Peter.

„Ehrlich?", fragte Duncan erschrocken.

Peter meinte nur, er solle sich keine Sorgen machen, seine Handynummer könne er ja gar nicht weitergeben, denn Duncan hatte keins. „Sie wird enttäuscht sein, aber da muss sie durch", antwortet Peter lachend.

Eine weitere Nacht ging zu Ende.

Kapitel 28

Am nächsten Abend fuhren die beiden zu Peter. Er hatte Karten für ein Kabarett besorgt. Sie hatten zwar auch Duncan gefragt, aber er hatte abgelehnt. Er wollte den Abend mit Irina verbringen. Im Kofferraum hatte er einen großen Karton, und als Nathalie ihn fragte, was darin sei, machte ein riesiges Geheimnis darum.

Als sie ankamen, ging Duncan mit dem Karton direkt zu Katharinas Wohnung und klingelte. Nathalie ging zu Peter, um zu sehen, ob er fertig war.

Katharina öffnete die Tür und sah ihn lächelnd an.

„Hast du schon wieder ein Geschenk für Irina?", fragte sie. Duncan grinste nur und wollte wissen, wo die kleine Quietschmaus sei.

„Sie ist im Wohnzimmer", antwortete Katharina. Als die kleine Irina ihren großen Freund sah, quiekte sie vor Freude und streckte ihm ihre Ärmchen entgegen. Sie wollte in die Arme genommen werden. Er stellte den Karton ab und nahm sie hoch.

„Wo sind denn deine Schwester und Peter?", fragte Katharina.

„Die wollen ausgehen. Sie haben Karten für ein Kabarett", antwortete Duncan. In dem Moment klingelte es an der Tür. Draußen standen Nathalie und Peter.

„Hallo ihr zwei", begrüßte Katharina sie. „Hallo Katharina, bist du fertig?", fragte Nathalie.

„Fertig? Wofür?", fragte sie etwas verwirrt.

„Für das Kabarett", antwortete Peter.

Duncan grinste und Katharina sah beide verwirrt an. Peter hatte drei Karten gekauft und da Duncan nun auf Irina aufpasste, war diese dritte Karte für sie. Sie wollten, dass sie mal wieder unter Menschen kam. Katharina sah sie immer noch verwirrt an. Sie war noch nie eingeladen worden und sie war auch noch nie in einem Kabarett.

„Na los, Katharina, zieh dir was Nettes an und dann geh' mit den beiden mit, ich passe schon auf Irina auf", sagte Duncan.

Katharina ging etwas verwirrt in ihr Schlafzimmer, um sich umzuziehen. Als sie außer Hörweite war, sagte Duncan: „Das habt ihr gut gemacht. Ich denke, es wird ihr gefallen."

Nachdem die drei gegangen waren, setzte Duncan Irina auf ihren Stuhl und packte den Karton aus. Er war voll mit Kuscheltieren. Die Kleine freute sich, als sie den Berg Kuscheltiere sah. Duncan nahm sie von ihrem Stuhl und setzte sie auf den Boden, direkt in den Berg mit Kuscheltieren. Irina schnappte sich eins nach dem anderen und knuddelte sie und sah ihn strahlend an. Duncan dachte an seine Kindheit und an die seiner Schwester und wie ihr Leben so plötzlich endete und ein neues begann. Die Worte von Peter kamen ihm wieder in den Sinn: ‚Auf der einen Seite bist du hart wie Stahl und eine Kampfmaschine, und auf der anderen Seite bist du sanft und liebevoll.' Er nahm sie in seine Arme und drückte sie an sich, auch sie umarmte Duncan mit ihren kleinen Ärmchen.

Als Katharina, Nathalie und Peter nach Hause kamen, saß Duncan alleine im dunklen Wohnzimmer. Irina hatte er schon vor einer Weile ins Bett gebracht.

„Warum sitzt du hier im Dunkeln, Duncan?", fragte Katharina.

„Nur so, ich habe einfach meinen Gedanken nachgehangen", antwortete Duncan.
„Wollt ihr noch etwas trinken?", fragte Katharina „Ich habe Rotwein da."
„Ja, gerne", antwortete Nathalie.
Bevor Katharina den Wein und die Gläser brachte, schaute sie nach ihrer Tochter. Als sie zurückkam, sah sie Duncan lächelnd an und meinte nur, die Menge Stofftiere wären nicht nötig gewesen. Er meinte nur, für die Kleine schon. Sie wusste nicht, wie sie das alles je wieder gut machen sollte, aber Duncan sagte ihr, das wäre nicht nötig und sie solle es erst gar nicht versuchen. Nathalie und Peter sahen sich lächelnd an. Duncan und Kinder ...
Katharina brachte den Wein und die Gläser.

Als Nathalie und Duncan an diesem Morgen in die Villa zurückkamen, stand die Eingangstür weit offen. Sie waren verwirrt, denn die Tür war sonst immer verschlossen. Beide betraten die Eingangshalle und sahen überall Blut. Der ganze Fußboden war blutgetränkt, Vampirblut und Blut von den menschlichen Bediensteten. Es herrschte Totenstille in dem Haus. Nicht, dass es sonst laut zuging, aber diese Stille war unheimlich. Nathalie war entsetzt. Was war hier passiert? Ihr Bruder hatte keine Antwort darauf. Sie gingen durch die Blutlachen in Richtung der Büros. Duncan wollte, dass seine Schwester in der Eingangshalle wartete, er wollte in Alexanders Büro nachsehen. Auch hier war überall Blut.
„Alexander!", rief Duncan. Nathalie kam zu ihm
„Oh, mein Gott", rief sie.
„Du solltest doch draußen bleiben", sagte Duncan. Sie zuckte nur mit den Schultern. Duncan rief noch einmal nach Alexander, bekam aber keine Antwort. Seine

Schwester meinte, sie sollten vielleicht in den anderen Räumen nachsehen. Vielleicht war dort noch jemand.

Sie gingen von Raum zu Raum, fanden aber niemanden, auch in der Küche nicht. Hier sah es aus, als ob ein Schlachtfest stattgefunden hatte. Es herrschte ein heilloses Durcheinander und überall war Blut.

„Margret!", rief Nathalie. Hier war niemand. Sie verließen die Küchen und gingen zu den Quartieren der Soldaten im Südflügel. Auf dem Weg dorthin sahen sie überall Blut an den Wänden und auf dem Boden. Was zur Hölle ist hier nur passiert, fragten sich beide. Als sie die Quartiere erreichten, rief Duncan nach seinen Leuten, aber niemand antwortete. Sie öffneten jede Tür zu den Zimmern, alle waren leer.

„Mir wird das Ganze etwas unheimlich", sagte Duncan.

„Frag' mich mal", erwiderte Nathalie.

„Ich bringe dich in dein Zimmer und dort schließt du dich ein. Ich werde mich weiter im Haus umsehen, aber ich will dich in Sicherheit wissen", sagte er mit bestimmendem Ton.

„Nein, ich will mit dir gehen. Wo bin ich am sichersten, wenn nicht bei dir", protestierte sie.

„Bitte, lass uns jetzt nicht diskutieren oder streiten", sagte ihr Bruder ernst.

Widerwillig ließ sie sich von ihrem Bruder auf ihr Zimmer bringen. Auch auf den Gängen und Treppen, überall war Blut. Nachdem Duncan seine Schwester in ihr Zimmer gebracht hatte, sagte er: „Wenn ich in einer Stunde nicht zurück bin, dann verschwindest du hier und gehst zu Peter, sobald es dunkel ist. Verstanden?"

„Was meinst du damit, wenn du nicht zurück bist?", fragte sie ängstlich.

„Nathalie, irgendetwas ist hier passiert. Alle sind verschwunden und das Einzige, was wir gefunden haben, ist Blut." Er wusste nicht, was oder wen er zu finden hoffte, aber seine Schwester wollte er in Sicherheit wissen. Die beiden Geschwister umarmten sich zum Abschied. Sie hörte seine Schritte leiser werden, setzte sich auf ihr Bett und wartete.

Duncan ging durch die Korridore der Villa und sah in jedem Zimmer nach. Er fand aber niemanden. Es schien, dass alle Bewohner tot waren oder die, die überlebt hatten, die Villa fluchtartig verlassen hatten. Es war aber zu bezweifeln, dass hier irgendjemand überlebt hatte – nicht nach der Menge Blut, die sie gesehen hatten. Zum Schluss blieben nur noch die Kellerräume übrig. Ihm widerstrebte es, den Keller zu betreten. Viele schreckliche Dinge waren dort passiert. Aber es half nichts.

Langsam stieg er die Treppe hinunter und ging an den Verließen vorbei. Überall lagen tote Körper oder Körperteile. Als er sich einen Arm näher ansah, stellte er entsetzt fest, dass es der von Alexander war. Der Siegelring an seiner rechten Hand war unverkennbar. Sein Körper war blutüberströmt, und wo sein Hals einmal war, waren nur noch einige Fleischfetzen übrig. So sahen auch die anderen Leichen aus. Alexanders Kopf lag auf der Seite und seine toten Augen starrten in die Unendlichkeit. Duncan biss sich in seine Hand, um nicht laut loszubrüllen. Wer konnte nur so etwas Entsetzliches tun, fragte er sich. „Mach's gut, alter Freund", sagte er leise.

Auf seinem Weg durch den Keller fand er noch weitere Leichen: Diener, Soldaten, Frauen und Männer - allen war der Hals aufgerissen worden. Manchen fehlten Arme, die Beine oder der Kopf. Andere waren ausgeweidet worden. Es war das reinste Massaker. Aber wer zur Hölle hatte das getan, und warum hatte sich keiner gewehrt? Einen gut ausgebildeten Soldaten zu töten, dazu gehört schon einiges.

Er verließ niedergeschlagen und traurig den Keller und ging zum Zimmer seiner Schwester zurück. Als er dort ankam, sah er, dass ihre Zimmertür aus den Angeln gerissen war. Er rief nach hier, bekam aber keine Antwort. Es hatte wohl ein Kampf stattgefunden, denn das Zimmer sah aus, als hätte dort ein Tornado gewütet. Gegenstände lagen auf dem Boden, ihr Schrank war total zerstört, ebenso ihr Bett und das ganze Mobiliar. Er rannte zurück auf den Gang und rief erneut nach ihr – keine Antwort. In diesem Moment schlossen sich mit einem rasselnden Geräusch die automatischen Jalousien. Die Sonne ging auf und er war in diesem Hause gefangen. Es war zum Verzweifeln.

Er ging die Treppe hinauf in sein Zimmer. Dort zog er seine Unform an und nahm zwei Pistolen aus seinem Waffenschrank. Anschließend nahm er noch einige Granaten und steckte sie ebenfalls ein. Er war fest entschlossen, denjenigen zu fangen und zu töten, der dieses Massaker angerichtet hatte.

Kapitel 29

Es klopfte laut an der Eingangstür. Wer konnte das sein? Vor allem so früh am Tag. Duncan schob ein Magazin in seine Waffe und ging hinunter an die Tür. Um nicht von den Sonnenstrahlen getroffen zu werden, drückte er nur die Klinke leicht nach unten und sprang dann zur Seite hinter die Tür. Die Tür wurde langsam und vorsichtig geöffnet und eine Gestalt trat ein. Er konnte sie nicht erkennen, da sie im vollen Sonnenlicht stand. Als sie die Villa betrat, trat Duncan die Tür mit dem Fuß zu und hielt ihr seine Waffe an den Kopf.

„Nicht schießen!", rief die Gestalt erschrocken.

In dem Moment erkannte er die Stimme. „Peter, was machst du hier?", fragte er erstaunt.

„Darf ich dich erst mal fragen, warum du mir eine Waffe an den Kopf hältst?", antwortete Peter wütend. Duncan entschuldigte sich, aber nach dem, was hier passiert war, musste er vorsichtig sein. Peter wollte wissen, wovon er da rede, dann sah er das Blut auf dem Boden und an den Wänden. Duncan erzählte ihm, was mit den Bewohner der Villa passiert war. Als er geendet hatte, sah ihn Peter entsetzt an.

„Das ist ja schrecklich, wer tut so was?", fragte er.

„Ich weiß es nicht, ich versuche es gerade herauszufinden", antwortete Duncan.

„Wo ist Nathalie?", fragte Peter.

„Ich weiß es nicht, Peter, sie ist ebenfalls verschwunden.", antwortete Duncan. Das könne nicht sein, antwortete Peter, denn sie hätte ihn vor einer halben Stunde angerufen und ihn gebeten hierher zu kommen.

„Das kann nicht sein. Sie ist seit mindestens eineinhalb Stunden verschwunden", erklärte Duncan. Peter sah ihn ungläubig an.

Das Klingeln des Telefons riss sie aus ihren Gedanken. Duncan ging in Alexanders Büro und nahm den Hörer ab. Peter folgte ihm. Die Stimme am Telefon teilte ihnen mit, dass sie nach Anbruch der Dunkelheit in den Club kommen sollten. Danach war die Leitung tot.

„Wir sollen in Alexanders Club kommen, sobald es dunkel ist", sagte Duncan.

„Wer war das?", fragte Peter.

„Nathalie.", antwortete Duncan bitter. „Wenigstens ist sie am Leben", sagte Peter.

„Ja, aber wer weiß, wie lange noch. Wenn du dir hier das Massaker ansiehst", antwortete Duncan.

Eine Weile saßen beide stumm da und dachten über das Geschehene nach und was noch auf sie zukommen würde. Dann brach Peter das Schweigen und fragte seinen Freund, warum er ihm damals an der S-Bahn-Station wirklich geholfen hatte. Das wäre wohl kein Zufall gewesen. Duncan sah ihn lange an und musste trotz allem lächeln. Dann erzählte, er warum er dort gewesen war.

Der Clan betrieb ja einige Blutbanken, die als Nahrungsquelle dienten. Aus einer finanziellen Notlage heraus hatte Peter über einen längeren Zeitraum Blut gespendet. So gelangte sein Blut zu Duncan, der es trank und somit alles von Peter wusste. Normalerweise hatte er es immer vermieden, die Gedanken mit dem Blut aufzunehmen, aber er war wohl neugierig. Somit wusste er von dem Moment an alles über Peter. Der sah ihn mit großen Augen an. Duncan schwieg eine Weile und sah mit leeren

Augen die Wand an. Seitdem wollte er die Person, dessen Blut er trank, kennenlernen. Das Zurückverfolgen der Blutkonserve bis zu seinem Freund war nicht einfach gewesen und das war dann auch der Grund dafür, dass er an diesem Abend in der Bahnstation war. Er hatte ihn endlich gefunden.

Nachdem er seine Erzählung beendet hatte, herrschte wieder Schweigen. Man konnte die Stille förmlich fühlen. Peter wollte wissen, was nun als nächstes geschehe. Sein Freund meinte, sie würden wohl oder übel in den Club fahren müssen, um zu sehen, wer dort auf sie warte. Er hoffe nur, dass seine Schwester dann noch am Leben war.

Plötzlich sagte Peter: „Was ist, wenn wir dort angegriffen werden? Wie soll ich mich verteidigen? Ich habe keine übermenschlichen Kräfte so wie du."

Duncan sah ihn lange an. „Kannst du mit einer Pistole umgehen, Peter", fragte er. Wo dachte er hin, Peter hatte noch nie im Leben eine Waffe in den Händen gehalten, geschweige denn damit geschossen.

Duncan stand auf. „Komm", sagte er.

Peter folgte ihm zum Schießstand der Villa im hinteren Südflügel bei den Quartieren der Soldaten. Auf dem Weg dorthin sah er überall blutige Abdrücke auf dem Boden und an den Wänden. Manche Räume, an denen sie vorbeiliefen sahen es aus, als wäre eine Bombe explodiert. Möbel waren zerbrochen, Bilder von den Wänden gerissen und überall war Blut. Seinen vampirischen Freund schien das alles nicht zu berühren, zumindest zeigte er es nicht.

Der Schießstand war ein riesiger Raum, fast wie der Ballsaal mit hohen, stuckverzierten Wänden. Der Boden war aus schwarzem Marmor mit einigen Mosaiken an den Ecken. Duncan ging direkt in die Waffenkammer und holte einige Pistolen. Er legte sie auf einen Tisch. Peter trat näher an den Tisch und sah sich die Pistolen an. Er hatte keine Ahnung, welche gut, schlecht oder sonst wie war. Eine nach der anderen nahm er in die Hand und entschied sich dann für eine Walther P99. Duncan zeigte ihm, wie man sie lud und wie er sie zu halten hatte. Dann trat er auf ein Pedal am Boden und eine Zielscheibe in Form eines menschlichen Körpers fuhr am Ende des Raums aus dem Boden. Duncan feuerte sein ganzes Magazin leer. Der Lärm war ohrenbetäubend und es roch nach Schießpulver. „Ohrenschützer!", sagte Duncan und zeigte auf den Tisch.

Peter sah, dass alle Schüsse trafen und zwar alle ausnahmslos in den Kopf. Duncan drehte sich zu ihm herum, seine Augen leuchteten azurblau.

„Nun du, mein Freund", sagte er und gab ihm Ohrenschützer und ließ eine neue Zielscheibe aus dem Boden fahren. Peter richtete seine Waffe darauf und schoss, bis das Magazin leer war. Nicht alle Kugeln waren ein Treffer, aber es war ja auch das erste Mal, dass er mit einer Pistole schoss.

„Nicht schlecht", sagte Duncan und gab ihm ein neues Magazin. „Versuche es noch mal." Er nahm es, stellte sich aber etwas ungeschickt an, um die Waffe zu laden. Duncan nahm ihm die Pistole aus der Hand und lud sie für ihn.

Nach einiger Zeit wurde Peter immer besser, wenn auch lang nicht so gut wie sein Freund.

Duncans feines Gehör nahm ein vertrautes Rasseln wahr. Es waren die automatischen Jalousien, die sich öffneten.

„Es wird dunkel. Wir sollten aufbrechen", sagte er. Peter nahm die Waffe und ein Bündel Magazine und folgte ihm. Auf dem Weg zur Garage kamen sie an weiteren Räumen vorbei. Diese sahen nicht besser aus als die, an denen sie auf dem Weg zum Schießstand vorbeigekommen waren. Überall Blut und zertrümmerte Einrichtungsgegenstände. Jemand oder etwas muss hier ganz heftig gewütet haben. – Nur wer?

In der Garage, beinahe groß wie ein Flugzeughangar, befanden sich etwa zwanzig Autos. Fast alle Nobelmarken waren hier vertreten. Da waren Jaguar, Maserati, Bentley, Rolls Royce und einige mehr. Sie gingen zu Duncans Jaguar und fuhren in die Nacht. Es würde wohl die längste Nacht in Peters Leben werden oder die letzte.

Als sie am Club ankamen, sah er verlassen aus. Kein Licht, kein Türsteher, nichts. Es herrschte eine unheimliche Stille. Die Eingangstür war nicht verschlossen. Duncan warf Peter einen ernsten Blick zu. Der Club war völlig dunkel, bis auf eine Kerze auf einem der Tische. Im Schein dieser Kerze sahen sie Nathalie. Sie saß an einem Tisch, den Kopf gesenkt.

„Nath!", rief Peter leise.

Sie hob ihren Kopf und sagte: „Peter, Duncan?"

„Ja, wir sind es", antwortete Peter.

„Geht, geht wieder, er wird euch töten und mich danach", sagte sie schluchzend.

„Wer?", fragte Duncan. „Wer steckt hinter all dem, Nathalie?"

„Es ist ...", begann Nathalie ...

Aus dem Dunkel sahen sie plötzlich einen Schatten auf sich zu jagen. Seine Schwester wurde quer durch den

Raum geschleudert und blieb reglos liegen. Blut floss ihr von der Schläfe.

„Peter, nein bleib hier!", rief Duncan noch, aber es war bereits zu spät, der Schatten schnellte auf Peter zu. Peter spürte noch einen Schlag wie von einem Vorschlaghammer und ging zu Boden. Der Schlag war so heftig, dass er sofort das Bewusstsein verlor.

Duncan wurde wütend und zog seine Waffe.

„Zeig dich endlich, du Bastard! Wer bist du und was willst du von uns?", brüllte er.

„Was ich will? Kannst du dir das nicht denken, Duncan?", sagte eine ihm sehr vertraute Stimme. „Ich habe gelernt, keine losen Enden offen zu lassen und ihr zwei seid lose Enden. Natürlich muss ich euer menschliches Spielzeug da drüben ebenfalls töten – er weiß zu viel."

Duncan starrte in die Richtung, aus der die Stimme kam. Konnte das denn möglich sein, dachte er.

„Dachtet ihr, ihr könnt euer Leben so weiterleben? Dachtet ihr wirklich, es gäbe ein Happy End?!", sagte die Stimme sarkastisch.

Plötzlich ging das Licht an. Jemand packte ihn von hinten an der Schulter und sprach ihm direkt ins Ohr: „Meinst du, ich würde es tolerieren - deine Schwester und ein menschlicher Bastard? Und glaubst du, ich würde mein Lieblingsspielzeug so einfach aus den Händen geben, Duncan?"

Duncan riss sich los und wirbelte herum. Nun sah er, wer hinter all dem steckte, wer alle in der Villa getötet hatte. Er konnte es einfach nicht glauben – es war Nicolas! Dieser sah ihn mit kalten Augen an und lachte, dann sagte er: „Zeit zu sterben!"

Bevor Duncan regieren konnte, hatte er ein Tischbein abgerissen und rammte es ihm in die Schulter. Die Wucht war so heftig, dass er an die Wand gepfählt wurde. Seine Schulter schmerzte und er verlor seine Waffe. Ein zweites Tischbein folgte und bohrte sich in seine andere Schulter. Blut floss von seinen Schultern auf den Boden. Duncan versuchte sich zu befreien, aber Nicolas ließ ihm keine Chance.

„Du bleibst da, wo du bist. Du hast die Ehre als letzter zu sterben. Ich werde es genießen, dein Gesicht zu sehen, wenn ich die anderen abschlachte", sagte Nicolas mit einem hämischen Lächeln.

„Lass sie in Ruhe!", brüllte Duncan.

„Wen soll ich mir als Erstes vornehmen, Duncan? Deine Schwester – die Schlampe – oder vielleicht ihren Lover-Bastard?", fragte er.

„Töte mich, aber lass die beiden gehen", bat Duncan.

„Du kommst auch noch dran, aber den Spaß hebe ich mir bis zum Schluss auf. Das sagte ich doch schon", grinste Nicolas. Er nahm ein letztes Tischbein und bohrte es ihm in den Bauch. Dann wendete er sich von ihm ab und wollte sich Peter vornehmen.

Nathalie kam langsam wieder zu sich. Sie war zwar noch etwas benommen, sah aber Nicolas, wie er sich ihrem Freund näherte.

„Nein!", schrie sie, sprang auf, stellte sich vor Peter und fauchte ihn an.

Auch Peter kam langsam wieder zu sich und hörte Nathalie schreien. Alles drehte sich um ihn, und jeder Knochen und Muskel in seinem Körper schmerzte.

Nicolas holte zu einem Schlag aus, aber sie wich ihm geschickt aus und ehe er sich versah, biss sie ihm von hinten in den Hals.

„Stirb, du Missgeburt!", brüllte sie. Nicolas packte sie und warf sie zu Boden.

„Glaubst du, dass du mich so einfach besiegen kannst, du Schlampe", zischte er.

Peter versuchte aufzustehen und seine Waffe zu packen. Allerdings war er noch so benommen, dass der Versuch scheiterte. Nicolas sah ihn an und lachte. Ein Tritt von ihm beförderte Nathalie zu ihrem Freund an die Wand.

„Nun, da habe ich euch beide gleich zusammen", grinste er. Nathalie sah Peter an, dann bemerkte sie die Waffe und feuerte das ganze Magazin auf Nicolas. Dieser schrie auf und versuchte sich vor den Kugeln zu schützen, aber sie ließ ihm keine Chance. Sie sprang auf und trat ihn so heftig in seine Männlichkeit, dass er quer durch den Raum flog und hinter dem Tresen liegen blieb.

„Alles in Ordnung, Peter?", fragte sie. „Ja, es geht so, ich fühle mich, als wäre eine Dampfwalze über mich gefahren", antwortete er.

„Wir müssen Duncan helfen", sagte Nathalie. Erst jetzt bemerkte Peter, dass sein Freund mit mehreren abgerissenen Tischbeinen an die Wand gepfählt war. Sein Gesicht war noch blasser, als er sonst eh' schon war. Er hatte viel Blut verloren. Sein Körper sah aus, als hätte ihn jemand durch den Fleischwolf gedreht. Ein normaler Mensch wäre bereits tot gewesen. Peter vermutete, dass nur seine vampirische Natur ihn noch am Leben hielt.

„Duncan? Duncan, kannst du mich hören?", rief Nathalie verzweifelt. Duncan stöhnte leise.

„Wir müssen ihn von der Wand nehmen", sagte sie.

Die beiden versuchten, die Tischbeine aus seinem Körper herauszuziehen. Sie hatten einige Mühe, denn sie steckten tief in der Wand, aber nach einer Weile schafften sie es. Duncan sank zu Boden.

„Wir müssen hier raus", sagte Nathalie.

„Aber wohin?", fragte Peter.

„Zurück in die Villa, Duncan braucht Blut", antwortete sie.

„So wie es dort aussieht, wird es keines mehr geben.", sagte Peter.

„Egal, wir müssen es einfach versuchen, los hilf mir, ihn in den Wagen zu bringen", sagte Nathalie.

„Was ist mit Nicolas?", fragte Peter. Hinter dem Tresen hörte man nur ein leises Fluchen und ein Stöhnen.

Als Nicolas wieder zu sich kam, schmerze seine Männlichkeit höllisch. Er dachte genüsslich daran, was er dieser Mistschlampe antun würde, wenn er sie zu fassen bekam. Der Club war verlassen, aber eine breite Blutspur führte zur Treppe und nach oben. Sie hatten Duncan wohl von der Wand geholt und nach oben geschleppt, dachte er. Als er nach draußen trat, sah er, wie der Jaguar sich in rasantem Tempo entfernte. Er wusste genau, wohin sie wollten. Aber die Nacht war noch nicht vorbei, und wenn der Morgen graute, würden sie nur noch Asche sein.

Nathalie raste mit Tränen in den Augen durch die Stadt. Peter saß auf der Rückbank mit Duncan im Arm. Er konnte seinen Freund nicht ansehen, denn sein Körper war zerschunden und blutverschmiert. Duncan hatte ihn immer beschützt und ihm geholfen, aber für ihn konnte er nichts tun. Peter empfand aber auch Wut. Duncan griff nach seiner Hand und drückte sie. Er drückte seine blutverschmierte Hand ebenfalls und sagte leise: „Halte durch, mein Freund."

Peters Kleidung war mittlerweile mit Duncans Blut durchtränkt, aber er merkte es nicht. Er war mit seinen Gedanken ganz woanders.

Sie erreichten die Villa und parkten den Wagen direkt vor dem Eingang.

"Wir bringen ihn in mein Zimmer", sagte Nathalie. Sie zogen Duncans fast leblosen Körper aus dem Auto. Nachdem sie ihn in das Zimmer seiner Schwester gebracht hatten, legten sie ihn auf ihr Bett. Nathalie öffnete ihren Schrank und holte einige Blutkonserven heraus. Zum Glück hatte Nicolas sie nicht gefunden und zerstört.

"Ich hoffe es ist noch nicht zu spät.", sagte sie unter Tränen. Sie hob Duncans Kopf und gab ihm das Blut zu trinken. "Trink!", brüllte sie. "Los, trink endlich." Aber ihr Bruder war zu schwach und das Blut lief ihm aus den Mundwinkeln heraus. Nathalie schrie auf.

"Nein, nein, nein! Peter, gib mir die Infusionsnadeln aus dem Schrank, schnell! Und nimm das Verbandszeug. Tränke es mit dem Blut der einen Blutkonserve und lege es auf seine Wunden." Peter sprang auf, holte die Nadeln und gab sie Nathalie. Dann begann er die Wunden zu versorgen. Es war schrecklich. Wo die Pfähle gesteckt hatten, waren tiefe Wunden und man konnte fast durch Duncans Körper hindurch sehen. Da sein Körper fast blutleer war, war es schwierig, eine Vene oder Ader zu finden. Endlich fand sie eine und stach die Nadel hinein. Dann verband sie die Blutkonserven mit der Nadel und hängte sie an den einen, noch intakten Bettpfosten. Nun mussten sie warten und hoffen, dass seine vampirische Natur es schaffte, die Wunden zu heilen.

Nach einer ewig dauernden Zeit waren die Blutkonserven aufgebraucht, aber sein Zustand schien sich nicht gebessert zu haben. Peter, der Duncans Wunden so gut er konnte versorgt hatte, sah Nathalie besorgt an.

„Was denkst du?"

„Ich weiß nicht, was soll ich nur ohne ihn machen", sagte sie und fing an zu weinen. Ihr Bruder durfte einfach nicht sterben. Peter nahm sie in seine Arme und drückte sie fest an sich. So saßen sie eine ganze Weile da und weinten still vor sich hin. Dann sagte er: „Meinst du, wir sind Nicolas los?"

„Nein, er wird nicht eher ruhen, bis wir alle tot sind", sagte sie bitter.

„Wo bin ich?" fragte eine schwache Stimme. Sie drehten sich um.

„Duncan!", rief seine Schwester. „Ich dachte, wir hätten dich verloren."

„So schnell stirbt es sich nicht", antwortete er und versuchte zu lächeln. Er war noch sehr schwach, aber es ging ihm wohl langsam besser. Seine Wunden waren im Begriff zu heilen. Nathalie umarmte ihn und weinte.

„Du erdrückst mich, Schwesterchen", sagte Duncan schwach.

„Das ist mir egal", antwortete sie, halb weinend, halb lachend. Er sah seinen Freund an.

„Alles in Ordnung Peter? Du siehst schlimm aus."
„Sieh dich lieber mal selbst an. Du siehst aus wie ein abgestochenes Schwein", erwiderte dieser.

„Hab' schon schlimmer ausgesehen", antwortete Duncan.

Die beiden wollten Duncan ein wenig Ruhe gönnen und verließen das Zimmer. Vorher gab Nathalie ihm noch eine letzte Blutkonserve, die sie noch im Schrank fand. Sie schlossen die Tür und setzten sich auf die Treppe, die in die Eingangshalle führte. Peter nahm Nathalie in den Arm und gab ihr einen Kuss.

„Es wird alles gut, Nathalie", sagte er.

„Ich wünschte, es wäre so, ich wünsche es wirklich", antwortete sie und erwiderte sein Kuss. Dann saßen sie eng umschlungen da und starrten schweigend in die Dunkelheit.

Ein schnarrendes Geräusch ließ sie aufhorchen. Es waren aber nur die Rollläden, die sich schlossen, um die nun toten Bewohner der Villa vor der aufgehenden Sonne zu schützen.

„Na, dann werden wir hoffentlich erst einmal Ruhe vor Nicolas haben und können überlegen, wie es weiter geht", antwortete Nathalie erleichtert.

In diesem Moment wurde die schwere Eingangstür mit unvorstellbarer Wucht aufgetreten. Sie erstarrten.

„Was war das?", fragte Peter erschrocken.

„Nicolas", sagte Nathalie entsetzt. Eine dunkle Gestalt betrat die Eingangshalle und sah zu den beiden hinauf. Es war tatsächlich Nicolas.

„Ihr dachtet doch nicht, dass ihr mich los seid, oder?", rief er ihnen zu.

„Lass uns doch einfach in Ruhe", brüllte Peter.

„Oh, das Menschlein begehrt auf", sagte Nicolas gelassen. „Na, dann wollen wir mal sehen, wie lange noch."

„Lass ihn in Ruhe!", schrie Nathalie und rannte mit gefletschten Zähnen auf ihn zu. Mit einem Handschlag wehrte er ihren Angriff ab. Sie flog quer durch die Eingangshalle gegen Alexanders Bürotür und blieb benommen liegen. Dann stürzte er sich auf sie und wollte ihr mit seinen Fangzähnen den Hals aufreißen.

„Nein!", schrie Peter vom oberen Ende der Treppe und wollte seine Freundin verteidigen. Mit einem Sprung war

Nicolas bei ihm und packte ihn am Hals. Er versuchte sich zu wehren, hatte aber keine Chance. Nicolas hob ihn über das Geländer.

"Nun, Menschlein, wirst du sterben", sagte er ruhig und ließ ihn los. Peter schlug auf dem Boden der Eingangshalle auf und blieb reglos liegen.

Duncan hörte das Geschrei in der Eingangshalle und wusste sofort, was es zu bedeuten hatte. Nicolas war hier und er würde nicht eher ruhen, bis er sie alle umgebracht hatte. Noch immer schwach, versuchte er aufzustehen und schleppte sich Richtung Tür. Als er sie öffnete, konnte er noch sehen, wie Nicolas Peter über das Geländer hob und ihn losließ. Rasend vor Wut rannte er auf Nicolas zu und packte ihn. Völlig unvorbereitet auf diesen Angriff hatte er Duncan nichts entgegenzusetzen. Die Wucht, mit der die beiden Vampire aufeinander prallten, war so stark, dass sie durch das Fenster am oberen Ende des Aufgangs brachen und in der Auffahrt landeten. Rauch stieg von ihnen auf, als die ersten Sonnenstrahlen sie trafen.

Die Sonne drang durch die eingetretene Eingangstür. Zum Glück lag Nathalie auf der Schattenseite der Eingangshalle. Sie schlug ihre Augen auf und griff sich an den Hals. Die Sonne schien durch die offene Eingangstür in die Eingangshalle und sie wich instinktiv in eine dunkle Ecke zurück. Ihr Freund lag regungslos am Fuße der Empore. Blut floss aus seinem Mund und seinen Ohren. Den Sonnenstrahlen trotzend schleppte sie sich zu ihm und nahm ihn in ihre Arme.

"Peter, wach auf", sagte sie leise und schüttelte ihn. Aber Peter regte sich nicht. Tränen liefen ihr über das

Gesicht. „Wach auf, Peter.", sagte sie mit tränenerstickter Stimme.

Draußen in der Einfahrt kämpften die beiden Vampire unerbittlich. Nicolas versuchte sich von Duncan loszureißen, um wieder in die schützende Villa zu kommen, aber der hielt ihn fest. Sein Körper brannte, aber er ließ seinen Peiniger nicht los. Das grelle Sonnenlicht schien Nicolas zu schwächen, denn er konnte Duncan nicht abschütteln.

„Jetzt beende ich es – ein für alle Mal!", brüllte Duncan und griff einen der Steine, die den Sandweg der Einfahrt umgaben. Dann schlug er, so fest er konnte, auf Nicolas' verbrannten Kopf ein, bis er nur noch eine breiige Masse war. Diese Bestie würde niemanden mehr quälen. Als Nicolas sich nicht mehr bewegte, ließ er den Stein fallen. Duncans Körper stand in Flammen und seine lederne Uniform hatte sich schon fast aufgelöst. Er hatte Schmerzen – unerträgliche Schmerzen. Mit letzter Kraft schleppte er sich in die Eingangshalle. Nathalie sah von Peter auf und sah ihren Bruder wie eine menschliche Fackel in der Tür stehen.

„Nein!", schrie sie. „Nein, nein, nein!" Er stand da wie eine schwarze verkohlte Statue.

„Es ist vorbei, Nathalie. Nicolas ist tot", sagte er schwach und schloss die Tür. „Ich liebe dich, Schwesterlein." Dann brach er in der Eingangshalle zusammen.

Draußen stieg die Sonne immer höher. Die Vögel begannen zu zwitschern und es war ein herrlicher Morgen.

Von Nicolas waren nur noch die Asche und eine dunkle Brandstelle in der Auffahrt übrig geblieben. Ein aufkommender Wind wehte sie langsam davon.

Liebe Leser!

Hat Ihnen das Buch gefallen? Dann freuen wir uns sehr über Ihre Bewertung. Ihren Erfahrungsbericht können Sie z. B. auf der Seite www.wagnerverlag.de/bewerten veröffentlichen. Ihre Bemühung wird belohnt: Jedes Jahr verlosen wir unter den veröffentlichten Berichten zehn Gutscheine im Wert von je 50,- Euro!

Lieben Sie Bücher und Spiele genauso wie wir? Dann werden Sie doch einer unserer Buch&SpieleVermittler! Als Buch&SpieleVermittler besuchen Sie Ihre Gastgeber und stellen den anwesenden Gästen Ihre Auswahl an Büchern und Spielen aus unserem Verlagsprogramm vor. Dabei genießen Sie größte Flexibilität: Organisation und Gestaltung der Buch&SpieleParty liegen ganz bei Ihnen. Ihre Arbeitszeit teilen Sie frei ein. Sie haben die Möglichkeit, mit Ihrem Hobby ein attraktives Nebeneinkommen zu erreichen, denn Sie erhalten auf Ihren Umsatz ein Honorar von 20 %. Haben wir Ihr Interesse geweckt? Dann setzen Sie sich mit uns unter der E-Mail-Adresse Buch-Party@wagnerverlag.de in Verbindung.

Gerne erklären wir Ihnen alle Details.

Viele Grüße, Ihr VerlagsTeam aus Gelnhausen